기다림의 미학

기다림의 미학

초판 발행 | 2014 년 6월 5일

지은이 | 김몽선
펴낸이 | 신중현
펴낸곳 | 도서출판 학이사
　　　　출판등록 : 제25100-2005-28호
　　　　주소 : 대구광역시 달서구 문화회관11안길 22-1 (장동)
　　　　전화 : (053) 554~3431,3432
　　　　팩스 : (053) 554~3433
　　　　홈페이지 : http : // www.학이사.kr
　　　　이메일:hes3431@naver.com

ISBN _ 978-89-93280-79-1 03810

기다림의 미학

김몽선 지음

學而思 | 학이사

몰라보게 달라진 세상

1950년대의 중학교, 사범학교 교우지에 실었던 글, 등단 이후 일 간신문, 방송, 여러 문예지, 각종 사보의 청탁으로 발표한 산문들이 내 서재 곳곳에서 외롭다고 아우성들이었다.

이제 그 소리를 못 들은 척하고 지나칠 수 없는 때가 되었다고 생각하여 한데 모아 편편의 이승 체험기로 묶어 본다. 이름하여 시인의 산문《기다림의 미학》이다. 1989년 이전의 글은 모두 현재 의 문법에 맞게 바꾸어 썼다. 조금 아쉬운 부분은 새로 써서 끼워 넣었다.

입력하느라 다시 읽으며 60년의 세월, 그 동안 우리 사회는 몰라 보게 달라졌음을 새삼 느끼기도 하였다. 냉철한 과학의 발달로 최 첨단 기기가 우리를 편하게 해 주었지만 따뜻했던 우리의 옛 정서 를 잃어 가고 있음은 안타까운 일이 아닐 수 없다.

일선 교육 현장에서의 새삼 깨달음을 적은 글 〈교육 현장에서 얻 은 진주〉, 문학 하면서 느끼고 생각한 글 〈문학 주변 이야기〉, 방송이나 각종 지지에 발표했던 생활 산문 〈노변 담화〉, 가난하고 어려웠지만 지금 생각하면 그립기만 한 옛날 얘기 〈돌아보면 아름다워〉, 조그만 창작 흉내를 내어 본 〈콩트·동화〉, 신문 등에 실렸던 나름대로의 생각과 주장 〈의견·논단〉, 해외 몇 나라를 돌아보며 쓴 기행문 〈낯선 풍토 다른 문화〉 등 7부로 나누어 실었다.

이 글이 신세대들에게 읽혀진다면 지난 세대, 그것도 바로 앞 세대가 고민하고 겪었던 생활 모습을 옛 이야기로 생각하며, 한번쯤 어려웠던 우리의 역사를 살필 수 있는 기회가 될 수 있지 않을까 여겨진다.

못난 글들을 한 권의 책으로 탄생시켜 주신 도서출판 학이사의 모든 분들께 감사하는 마음을 전한다.

2014년
김 몽 선

/기다림의 미학

차례 /

2/부 문학 주변 이야기

3/부 노변 담화 爐邊談話

4/부 돌아보면 아름다워

5/부 콩트·동화

6/부 의견 · 논단

7/부 낯선 풍토 다른 문화

1부

교육 현장에서
얻은 진주

진정한 자식 사랑은

"학교에 온 후 집에 전화할 일이 있으면 선생님께 얘기하고 하세요." 학년 초 처음 얼굴을 마주한 어린이들에게 내가 하는 첫 약속이었다. 그리고 며칠 후였다. "선생님, 집에 전화 좀 하려는데요." "무엇 때문에?" "저… 준비물을 잊고 와서…" "준비물? 전화하면 어쩔 건데?" "전화하면 어머니께서 갖다 주셔요." "그런 문제라면 전화 못 하지." 종국이는 얼굴을 찌푸린 채 머리를 긁적이며 도로 자리에 가 앉았다. 그날 종국이는 미술 두 시간을 애태우며 견뎌야 했다. 오후에 그의 집에 전화를 걸어 어머니께 협조를 부탁했다.

자식에 대한 부모의, 제자에 대한 스승의 사랑만큼 순수하고 고귀한 사랑은 이 세상 어디에도 없는 걸로 나는 믿고 있다. 그러나 그것이 맹목적이었을 때 문제는 달라지는 것이다. '세살 버릇 여든까지 간다', '엄한 부모 밑에 효자 난다', '매 끝에 정이 든다'는 우리 조상들의 교육정신이 절실히 요구되는 요즈음이다. '민주 가정'이니 '민주 교육'이니 하지만 진정한 민주는 철저한 자기 책임 완수와 엄격한 규율의 테두리 안에서 이루어진다는 사실을 깊이 새겨야 할 일이다.

전화만 하면 즉각 학교에까지 준비물을 가져다주는 일을 어머니는 자식을 사랑하는 뜨거운 방법이라 생각하고 있다. 조금이라도 자식이 불편을 겪지 않게 해 주려는 마음이야 누가 탓하랴. 스스로의 힘으로 해결할 수 없는 일에 도움을 주는 것은 당연하지만 스스로 할 수 있는 일까지 대신해 주려는 그릇된 사랑의 그늘 속에서 자라나는 어린이들은 그들의 책임감, 자립심의 싹을 여지없이 짓밟히고 있음을 우리 어른들이 빨리 깨달았으면 좋겠다.

며칠이 지났다. 종국이는 또 준비물을 잊었다. 교무실 가는 길에 언뜻 공중전화기 앞에 서 있는 그를 발견하고는 교실에 와서 몰래 전화한 잘못을 나무랐다. "전화 하니 뭐라 하시던?" "갖다 줄 수 없다고 전화를 끊었어요." "그래? 그거 참 잘 하셨네. 종국이를 위해서 말이야." 그는 자리로 돌아가면서 연신 눈물을 닦았다. 아마 어머니의 자기에 대한 돌연한 태도 변화에 몹시 섭섭했던 모양이었다. '네가 어른이 되어 오늘 내 말을 기억한다면

그때쯤 내 말의 깊은 의미를 알게 될 거야.' 조금은 성숙해 질 종
국이의 제 일에 대한 책임감이 저도 모르는 사이 제 가슴 속에
자리 잡게 되리라 믿는 마음으로 그의 뒤통수에 나만이 아는 사
랑의 눈길을 얹어 주었다.

대구매일 〈사랑의 교단〉. 1987.

현명한 부모 되기

"엄마, 자부럽다. 일기 내일 쓰마 안 되나?"

"오이야, 니 맘대로 해래이."

흔히 듣는 소리다. 이 어머니는 아이를 자율적으로 키우고 있다고 생각한다. 자율성이 길러지지 않은 어린이에게는 이런 경우 '방임'이 된다.

삼월은 입학의 달이다. 처음 학부모가 되는 이들은 귀여운 꼬마가 대견스럽게 가방을 메고 등굣길에 드는 모습이 신기하고도 가슴 뿌듯할 것이다. 그러나 학교에만 보내면, 학원에만 보내면 학부모의 생각대로 잘 교육될 것이라 믿고 있으면 위험하다.

어린이의 일생을 좌우할 성실하고 정직하며 용기 있는 성격이나 습관은 바로 우리 아버지 어머니로부터 가정에서 배우고 익혀간다는 것을 명심해야 한다. 학부모의 가슴 속에 그리는 이상적인자녀로 기르려면 먼저 학부모 자신이 그 이상의 모범을 보여 주는 가정생활을 이루어야 한다. 아름답고 공손한 말씨, 바른 예절, 남을 칭찬할 줄 알고 스스로 겸손하며 남을 도울 줄 아는 태도, 웃어른을 공경하는 마음씨 등 가정에서의 본은 곧 어린이의 올바른 인격으로 자리 잡게 되는 것이다.

봄이 오고 있다. 정원의 나무들은 싹틔울 준비를 하고 있다. 정원사는 벌써부터 가위질로 바쁘다. 부지런히 가지를 쳐야 보기 좋은 나무로 자라기 때문이다. 분재 가꾸는 일, 사업하는 일, 취미 생활에 온 정성을 기울이면서 과연 자녀 가정교육에도 그만한 정성과 세밀한 관심을 가지는 지 새삼 반성해 볼 일이다. 세 살 버릇 여든까지 간다는 속담을 깊이 새기고 아이가 태어날 때부터 취학할 때까지, 아니 그 이후에도 훌륭한 가정교육이 모든 교육의 근본임을 가슴에 새겨야 할 것이다.

대구일보 〈대일산필〉. 1996.

끌기와 밀어주기

"다리가 아파 못 걷겠어요." "이 정도 걸어서 다리가 아프면 어떻게 해. 잔말 말고 따라 와." 이렇게 되면 끌려서 산을 오르는 아들은 괴롭기 그지없다. 어른의 욕심이 앞서서 어린이에겐 무리임을 깨닫지 못한다. "아버지 그리로 가면 길이 없을 것 같은데요" "허허 걱정도 팔자야. 날 따라오면 되잖아. 내가 가는데 무슨 걱정이야." 이 정도가 되면 괴로움 참기가 터져 불평, 불만이 따르게 되고 급기야는 반항(?)에 이르고 만다.

"아버지, 다리가 아파 좀 쉬고 싶어요." "그래? 그럼 좀 쉬어 가자꾸나." 뒤에서 밀어주며 따라오던 아버지가 앞선 아들의 어깨를 어루만져 주면서 나무 그루터기에 나란히 앉는다. "아버지, 이리로 가면 길이 나올 것 같네요." "가만 있자. 그런 것 같기도 한데 저리로 가면 계곡으로 빠져 나갈 것 같구나. 너 다시 한 번 잘 살펴보렴." "그래요. 아버지 말씀이 맞는 것 같은데요. 저리로 가요. 아버지." "그러자꾸나." 아들은 신이 나서 앞장을 선다. 뒤에서 따라가는 아버지는 그저 흐뭇하고 믿음직스럽기만 하다. 정상을 향해 산을 오르거나 길을 잃어 헤맬 때의 두 모습을 우리들은 우리 자식들, 제자들의 진로지도에 비견해 볼 수 있다.

과연 우리 부모들이나 선생님들은 어느 쪽의 방법을 택하고 있는지 스스로 한번쯤 뒤돌아볼 필요가 있다. 어린이들의 진로지도 이전에 이루어져야 할 어른들의 전근대적 의식의 개혁과 무분별한 가정교육 현장에서의 언동 자체에 대하여 짚고 넘어가야 할 것 같다. 행정의 고관이 된 친구를 만난 자리에서 다른 친구가 말했다. "야, 자네 출세했네." 출세의 참뜻을 바르게 알고 바르게 쓰는 현명한 부모 밑에 바른 길 바로 가는 자식이 난다. 돈을 많이 벌었다고, 지위 높은 신분이 되었다고, 명성을 크게 떨쳤다고, 권력을 잡았다고 출세했다는 선망을 서슴없이 던지는 부모 밑에서는 할 수 없이 권력지향, 명예지향, 재물지향의 소위 출세지향에 병드는 자식이 자라날 수밖에 없을 듯하다. 아직도 관존민비의 망령이 바람처럼 우리 이웃의 구석구석을 쓸고 다니고, 사농공상의 낡은 정신들이 어른들의 머리를 휘저어 놓고 있음을 쉽게 볼 수 있다.

지금 자라나고 있는 우리들의 자녀들은 21세기의 주역이요, 21세기에 꿈을 펼칠 귀한 존재들이다. 그들의 시대에는 먹을 것, 입을 것, 살 집을 걱정하지 않을 것이다. 우리 어른들이 과거에 겪었던 피눈물 나는 가난과 고통을 그들은 겪지 않을 것이다. 물론 그것은 전적으로 오늘 우리 어른들의 뜨거운 희생이 바탕이 된 것일 것이다. 그런 그들을 남보다 돈을 더 많이 벌 수 있는, 남보다 더 높은 자리에 가는, 남의 앞에 설 수 있는, 남보다 더 이름을 떨칠 수 있는 직업 쪽으로 적성, 소질을 무시한 채 무조건 끌고 간다면 서로의 불행만이 그들을 기다리고 있을 것이다.

　"아버지, 저 선생님 될래요.""뭐? 임마, 겨우 선생하려고 대학을 가? 돈이 있어? 힘이 있어?"

　"그럼, 기술자 될까요?""시끄러. 너는 잔말 말고 판사나 검사를 해. 힘이 있어야지. 그래야 이 아버지 한을 풀지." 생각 없이 자녀들과의 대화에서 들어낸 부모의 한풀이는 자라나는 자녀들 머릿속에 자연스럽게 직업의 귀천을 심어주고 있는 것이다. 가정에서 부모들이 주고받는 무심한 일상의 대화에서 자녀들은 자기의 적성이나 소질, 취미를 생각해 볼 겨를도 없이 부모들의 한풀이 직업관에 익숙해지고 풍선 같이 마냥 텅 빈 가슴만 부풀게 되는 것이다. 이것이 곧 불행의 싹이 된다는 것을 부모들은 알아야 한다.

　학업이 부진한 아이에게 부모들은 곧잘 이렇게 말한다. "공부

못하면 대학 못가고 대학 못가면 저렇게 힘든 노동을 해야 한단다. 남보다 잘 해서 편안하고 돈 많이 버는 직장 가야지. 응?” 하기야 어느 부모치고 자기 자녀들의 직업이 남들보다 못해도(?) 좋다고 여길 것인가? 하지만 이런 생각이 철도 많이 덜 든 어린 자녀들에게 서슴없이 표출된다면 첨단 과학사회에서의 평등한 직업관을 뿌리째 뒤흔드는 결과가 될 것이다. 한 술 더 떠서 오늘날 부모들은 자기 자녀들의 학업 성취 결과가 부진한 것을 노력 부족으로만 치부하려 한다. 아무리 IQ가 후천적으로 교육환경에 의해 개발된다고 하더라도 그의 우열은 어느 정도 어차피 생겨 있는 것을. 다만 종합적으로 머리가 좋다 나쁘다는 위험한 생각을 버리고 어떤 면에는 우수하고 어떤 면에는 조금 모자란다는 분석적 생각을 함으로써 자녀들의 적성과 소질을 부모가 냉정히 판단할 수 있어야 할 것이다. 초등학교 졸업반 어린이들에게 직업을 위한 진로지도는 급하지 않다. 직업에 대한 올바른 생각을 심어주는 일이 바람직할 것이다. 생계유지를 위한 직업이 아닌 사는 보람을 찾기 위한 직업이라는 측면에서 직업의 필요성을 스스로 인식할 수 있게 해야 할 것이다.

부모의 유산이 많으면 놀고먹는 것이 행복하다는 생각을 할 수 있는 우리 자녀들에게 자기가 할 수 있고 하고 싶은 일을 한다는 것이 가장 행복하다는 것을 가슴 깊이 새겨줘야 할 것이다.

여기서 하고 싶거나 할 수 있는 일이란 국가 사회에 유익한, 남에게 폐가 되지 않는 일이란 것도 철저히 심어줘야 한다. 직업도 남에게 폐가 되는 것은 직업이 될 수 없기 때문이다.

직업을 위한 진로 탐색에는 많은 여건이 참작되어야 한다. 가장 중요한 것은 본인의 적성과 소질이라 여겨진다. 하기 싫은 일을 해야 하는 것은 괴롭다. 하기야 싫은 일도 때로는 어쩔 수 없이 감당해야 하는 것이 인생살이지만 평생을 그렇게 보내야 한다는 것은 본인을 위해서나 국가 사회를 위해서나 지극히 불행한 일이 아닐 수 없다. 초등학교 시절에는 부모의 영향이 절대적이다. 부모의 욕심 때문에 자녀의 적성과 소질이 제대로 개발, 육성되지 못하는 수가 많은 현실을 우리들은 자주 본다. 부모의 강권에 못 이겨 법대에 진학한 학생이 2년을 못 채우고 자퇴했다든가 성적만으로 유수한 대학 공대에 진학했다가 1년 만에 포기하고 재응시 했다는 얘기는 우리가 흔히 듣는 가슴 아픈 소식이다. 이 모두가 어릴 때부터의 관심 있는 진로지도 결핍에 그 책임이 있음은 부인하지 못한다. 가정 형편이나 부모의 직업과도 진로에는 상당한 관계가 있다. 이것은 자녀와의 진정하고 정성어린 대화에서 이루어질 수 있다.

부모와 자녀의 대화는 가정교육의 출발점이자 종점이다. 가업을 이어주고 싶은 아버지와 아버지의 가업을 탐탁지 않게 여기는 자녀 사이에 어떤 대화가 조화를 이루어 타협점을 마련해 줄 수 있을까? 부모나 자식은 항상 대화 전에 마음속으로 일대 양보를 결심하고 임하는 자세를 가져야 한다. 설득하다가 안 되면 차선의 자리로 양보해야 한다. 만약 그렇지 않고 한 쪽의 주장대로 상대의 주장이 묵살되었을 경우 대화의 영원한 단절이 될 수도 있음을 알아야 한다. 겉으로야 형식적이나마 대화가 되었다고 하겠지만 일생을 건 승부였기 때문이다.

부모가 자식의 삶을 살아 줄 수 없다는 사실은 인정하면서도 자식을 위해서라는 껍질을 씌워 부모의 뜻대로 끌려오기를 원하는 부모가 있다면 즉시 포기하고 자녀의 등 뒤로 가서 밀어주기 자세를 취해야 할 것이다. 건전한 사고의 부모, 화목한 가정의 분위기 속에서 자란 청소년은 반드시 바람직한 진로를 찾게 될 것이다.

〈진로교육자료〉 문교부. 1989.

더러는 무관심도 약인데

"엄마, 여기 공중전화인데… 저… 차비가 없어서…" "아니, 얘, 상봉아! 거기 어디냐? 응?" "여기… 몰라요, 어딘지. 달성공원에서 걸어오니 네거리가 있는데 거기에요." "그래서, 그럼 동산병원 부근이가?" "몰라요. 큰 건물도 있고 건너편은 시장 같기도 해요." "음, 알았다. 꼼짝 말고 거기 있거라. 내 곧 갈게." 엄마는 가슴이 덜컥 내려앉았다. 도대체 어떻게 된 일일까? 아침에 분명히 차비를 들려 보냈는데. 초등학교 4학년인 상봉이는 담임선생님과 제 아버지를 따라 달성공원 미술실기대회에 참가하러 학교에서 바로 간 것이다. 그날은 토요일이었다. 그리고 제 아버지는 바로 나였다.

헐레벌떡 택시를 타고 서문시장 네거리에서 내린 엄마는 길을 건너 동산병원 부근에서 두리번 두리번 아이를 찾았다. 그러나 좀처럼 보이지 않았다. 펄떡거리는 가슴을 안고 이리 저리 다녔 지만 없었다. 애가 탔다. 그때 어디서 부르는 소리가 들렸다. 돌 아보았다. 공중전화 부스 뒤였다. "엄마!" 엄마 치맛자락을 잡고 는 그만 울음을 터뜨리고 말았다. 엄마도 눈물이 핑 돌았다. "얘. 상봉아, 어떻게 된 일이니? 아침에 갈 때 차비 줬잖니?" "예." "그런데 그 돈은?" "… 친구들과 어울려 나오다보니 리어카에 사과가 있길래 먹고 싶어서 얼른 하나 샀어요. 먹고 생각하니 차 비가 없잖아요." "그럼, 아버지는?" "아버지는 달성공원에서 다 른 선생님들과 가셨어요. 나올 때는못 봤어요." "그럼, 전화는 무슨 돈으로?" "아무리 생각해도 방법이 없었어요. 어딘지도 모 르지요. 생각다 못해 지나가는 아저씨 한 분을 붙들고 사정을 했 지요. 전화비만 좀 빌려 달라고…" "그랬더니?" "저를 바라보더 니 웃음을 띠시고는 '옛다, 빌려주는 게 아니라 거저 주는 거 다.' 하시며 20원을 주고 가시대요." "그 아저씨 참 고마운 분이 시구나." 엄마는 자칫 잃을 뻔 했던 아이를 찾은 것이 감사하고 감사했다. 황당한 상황에서 전화비를 빌리는 용기가 대견스럽게 여겨졌다. 그게 벌써 10년도 더 된 이야기다. 상봉이는 벌써 대 학교에 다니고 있으니 말이다.

나는 그날 집에 와서 제 엄마한테 애들 몰래 큰 꾸중(?)을 들을 수밖에 없었다. "도대체 당신은 머슴아 하나 있는 거 왜 그렇게도 무관심해요?" 나는 할 말이 없었다. 내 잘못이 분명했다. 하지만 내 소신은 달랐기에 아이에게 말해 주었다. "놀라긴 했지만 좋은 공부했다. 상봉아, 돈을 함부로 써서는 안 된다는 것이며 아버지를 의지해서 졸졸 따라 다니지 않는 독립심이며 어려울때 그것을 해결하는 용기를 함께 배우게 되었으니 말이야. 안 그러냐? 상봉아." 그는 고개만 끄덕끄덕할 뿐이었다. 변명인지는 몰라도 나는 지금도 그런 생각에는 변함이 없다. 아무리 어린 아이라도 제대로 두면 제 나름대로의 해결방법을 궁리하게 되고 그것은 평생을 두고 그의 좋은 교훈으로 횃불처럼 가슴을 밝혀 주게 되는 것이다.

　요즘 일부 부모들의 과보호는 이런 어린이들의 스스로 체험하는 문제해결의 창의력을 사랑이라는 거룩한 이름의 너울로 덮어버리고 있는 것이다. 나는 몇 학년을 맡든지 항상 가능하면 제 문제는 제가 해결하도록 내버려 둔다. 실패하고 잘못되면 몇 번이든지 되돌린다. 특히 학습면에서 그러하다. 스스로 해결하는 힘을 길러주기 위해서이다. 표나는 사랑이 교육에서는 금물임을 나는 굳게 믿고 있다. 칭찬과 사랑은 엄연히 다르다. 그 표나는 사랑이 가정에서는 형제자매들 간의 갈등으로, 학교에서는 급우들 간의 편애로 오해되어 모두를 힘들게 할 수 있기 때문이다. 때로는 의도적인 무관심도 교육의 한 방편인 것을….

《대구문예》. 1990.

홀로 서는 연습과 본보기

　내 큰 아이는 태어나면서부터 다섯 살 때까지 할머니의 큰 관심 안에서 자랐다. 그러다가 다섯살 때 할머니가 돌아가셨다. 어린 그로서는 대단한 충격이었을 것이다. 보호막이 갑자기 사라진것이다. 그 후 효목초등 1학년에 입학했다가 자리가 있어 내가 근무하는 사립학교로 전학해 왔다. "상봉아, 집에서는 내가 아버지지만 학교에서는 선생님으로 불러야 한다. 그리고 함부로 나를 찾아오면 안 돼." 함께 다니게 된 나의 첫 부탁이었다. 그 후로 그는 나의 말을 잘 따르고 있었다.

　그러던 어느 날 교무실로 집에서 전화를 걸어 왔다. "여보, 상봉이가 아직 안 왔어요. 학교차 오는 시간도 지났는데…." 몹시 걱정스러운 목소리였다. "그래? 알았어. 내 알아 볼게." 전화기를 놓고 1학년 교실 담임선생님을 찾아 물어 보았다. "아니, 조금 늦기는 했지만 차는 타고 갔을 텐데." 방법이 없었다. 전화를 걸어 조금 더 기다려 보라고 했다. 한참 후 전화가 왔다. 애가 왔다는 것이었다. 자세한 얘기는 집에 와서 하자고 했다.

　퇴근 후 들은 얘기는 뜻밖이었다. 참으로 놀라운 일이었다. 그리고 아내에게 면목이 없었다. 그날, 만 여섯 살짜리 1학년 상봉이는 하교시간 선생님 말씀을 듣고 가방을 챙겨 학교 버스로 갔지만 차는 이미 출발하고 없었다는 것이다. 그런데 아버지께는 안 가기로 했으니 갈 수가 없고 차비도 없을 뿐더러 가는 길도 몰랐다. 여하튼 걸어가기로 했다는 것이다. 학교가 있는 신천2동서 전에 살던 신천4동, 그리고 이사 간 지 얼마 안 되는 효목동(지금은 만촌동)까지는 상당히 먼 거리였고 길도 가 본적이 없었던 것이다. 그는 물어서 신천동 동신교까지 와서 우리 집 가까이 지나는 70번 버스를 기다려 그 버스가 가는 길을 따라 가다가 모르면 서서 다시 70번 버스가 지나가기를 기다렸다를 반복했다. 청구네거리, MBC네거리, 70번 도로, 교수촌 정류장까지 하염없이 걸어 왔다는 것이다. 거의 세 시간이나 걸린 것이다. 내 가슴이 먹먹해 왔다.

　아내는 나보고 타박이었다. "그 어린 것에게 선생님이니, 아버지니, 찾아오지 말라느니 부산을 떨더니 결국 이런 아슬아슬한 일을 애가 당하도록 하고…" 나도 반성을 했다. '정말 내가 너무 했는가? 위험한, 지나치게 힘든 일이지만 지나고 나면 모두 약이 되는데. 앞으로 자기 일을 처리하는데 큰 자립심을 배웠겠다.'고 속으로 생각했다. 4학년이 될 때까지 내가 그의 아버지인 줄 아는 선생님이 몇 안 되었다.

큰애는 지금 그때의 내 나이가 되어 초등 5학년 딸과 1학년 아들을 두고 있다. 그는 대학교를 졸업한 후 대학원 진학에서부터 취직까지 모든 것을 제 힘으로 개척했다. 다만 그럴 때마다 나에게 자문을 구했다. 나는 이 모두가 어릴 때 조금은 과하다 할 정도로 체험했던 일들이 많이 도움 되었을 것이라 믿고 싶다.

맏이가 두 돌이 되어 갈 무렵부터 우리 어머니는 손자가 귀여워 밥 먹을 때마다 "상봉아, 아빠 식기 전에 진지 드세요. 해 봐." 하셨다. 그때 배운 것을 지금도 밥상에 어른과 같이 앉으면 그대로 한다. 두 동생도 오빠 본을 보고는 그대로 따라 한다. 우리 어머니께서는 이미 70년 대 초부터 밥상머리 교육을 하셨다. 큰딸 도현이는 대학시절 여름방학 때 용돈도 벌고 체험도 한다고 대구 모 방직공장에 한 달 간 근무하기로 했다며 내게 허락해 달라고 했다. 일주일 후 그는 말 했다. "아버지, 다른 애들은 모두 못하겠다고 그만 뒀어요." "그래서?" 했더니 "저는 견디어 볼래요." 과연 그는 그 찜통더위 속을 견디고 임금을 받아 왔다. 홀로서는 연습을 톡톡히 했다고 생각했다. 그도 직장은 자기가 구했고 지금도 잘 근무하고 있다. 막내는 대학을 졸업하고 1년 간 관리약사를 하며 돈을 모으더니 어느 날 내게 와서 말했다. "아버지, 친구들과 해외 배낭여행 다녀오면 안 될까요?" 순간 나는 멍했다. 아내와 숙고 끝에 홀로 서는 연습으로 생각하고 허락했다. 두 달 간 유럽 여러 나라를 돌아보고 왔다. 1년 후 그는 두 번째 해외 배낭여행을 떠나 서남 아시아를 석 달 간 돌아왔다. 지금 생각해 보면 과연 내가 어떻게 그것을 허락해 주었을까? 내 자신이 의심스러워진다. 나이 드니 더 소심해지는 건가?

2011.

촛불로 밝힌 야외 교실

　팔공산 남녘 자락, 계곡 깊숙이 자리한 대구 학생야영장을 쏟아질듯 맑게 빛나는 밤하늘의 수많은 별들이 숨죽이며 내려다보고 있다. 수백 명의 귀여운 고사리 손 위에는 제 몸을 태워 세상을밝히는 촛불들이 죄어오는 어둠을 밀어내느라 안간힘을 쓰고 있다. 신나던 잠시 전의 흥겨운 놀이 마당은 쥐죽은 듯 고요 속에 묻혀 갔다. 나지막하지만 힘 있고 호소하는 듯한 목소리만 확성기를 돌아 나와 차가워지는 밤공기를 흔들어 놓고 있다.

　"이 밤 우리 부모님은 무얼 하고 계실까요? 낯선 곳으로 떠나보낸 걱정으로 잠을 이루지 못하고 계시지나 않을까요? 부모님의 따스한 품이 그립지 않습니까? 동생의 재롱을 보고 싶지 않습니까? 부모님 은혜에 무엇으로 보답할까요? 걱정 끼쳐드리지 말아야지요. 기쁘게 해 드려야지요. 우리들을 위해 애쓰시는 선생님의 사랑을 생각해 보았습니까? 이웃의 행복을 위해 진심으로 기도해 본 적이 있습니까? …"

사회를 맡으신 선생님의 말씀은 물기가 배었고 점점 더 깊이 어린이들의 가슴 속을 파고들어 마음의 창을 열게 하고 말았다. 마침내 내 앞에 앉아 있던 우리 반 진이의 까만 두 눈에서 눈물이 반짝 빛났다. 그리고 연이어 그 뒤, 그 옆 어린이 눈에서도 빛나는 눈물이 주르륵 볼을 타고 흘러내리는 것을 볼 수 있었다. 내 가슴이 찡 하고 내 눈시울이 더워옴을 느끼는 순간이었다.

입영 첫날의 많은 수련활동을 마치고 이 밤 운동장 흙바닥에 주저앉아 두 손 모아 촛불 켜들고눈을 감고 감동의 눈물, 그리움의 눈물, 감사의 눈물, 후회의 눈물을 귀하게 스스로 자아내고 있는 것이다. 야외 학습장에서의 이들의 모습은 피곤한 선생님들의 마음을 시원히 풀어 주고 남았다. '애들아, 내 가슴 속에는 사랑스런 너희들의 맑은 눈빛만 가득하단다. 나는 늘 탈 없이 자기 할 일 열심히 하는 너희들을 고맙게 생각한단다. 조금씩만 남을 먼저 생각하며 살자꾸나. 애들아, 사랑하는 애들아!'

나는 그래서 이른 아침, 귀여운 어린이들을 만나고 싶어 일찍 그들의 교실 문을 연다.

영남일보 〈열린 교실 신나는 교실〉. 1999.

선생님 오늘은 시조 안 씁니까?

"선생님, 오늘은 시조 안 씁니까?" 일찍 온 철이가 나를 보고 묻는다. "맞아요. 오늘이 토요일이지요. 써야지요." 나는 어제 준비해 둔 주제와 제목의 보기를 들고 칠판 앞으로 나간다.

'주제 : 감사하는 마음, 제목(보기) : 아버지, 어머니, 할아버지, 할머니, 선생님, 친구…' 칠판에는 시조짓기 안내가 눈을 뜨고 어린이들의 생각을 기다린다. 연이어 들어오는 귀여운 친구들은 부산하게 인사들을 하고 재잘거리다가 칠판을 보고는 뒤편에 얌전히 기다리고 있는 자기의 시조 짓기 공책을 찾아 책상 위에 펼쳐 놓고 다시 재잘거리기 시작한다.

8시 30분. 나는 말한다. "자율학습 시간이에요. 오늘은 시조 짓기 날이지요. 주제를 생각하고 제목을 정하여 시조를 지어 보세요. 아름다운 마음으로."

학년 초의 약속이었다. 매주 토요일 아침 자율학습 시간은 시조 짓기 시간으로 한다고. 처음에는 참고 작품을 칠판에 써 놓고 감상하고 형식을 익히며 흉내 내어 짓기를 여러 번 했다. 그 후 어느 정도 형식이 잡혀지고 나서부터 주제와 제목 보기를 주고 나름대로 짓기를 시작했다. 퇴고후 공책에 정리해서 제출하면 나는 작품을 보고 형식이 맞으면 동그라미 두 개, 재미있는 표현에 따라 세 개 혹은 네 개 씩 그려준다. 더러는 동그라미 많은 작품을 자기 솜씨로 시화를 만들어 게시하고 함께 감상한다. 아침 자율학습 시간 30분은 독서 시간이다. 하지만 우리 교실의 토요일만은 시조 짓기 시간으로 할애하고 있다.

깊이 있게 차분히 생각하는 생활, 우리 조상들의 훌륭한 얼을 이어받는 멋있는 생활로부터 점점멀어져 가는 오늘의 사회 현상 속에서 자라나는 우리 어린이들에게 우리 고유의 전통시를 통하여 의젓하고 사려 깊은 선비정신을 길러주고 싶은 심정에서 출발한 시조 짓기가 이젠 좀 더 창의적인 생각과 감동적인 표현의 작품이 되었으면 하는 욕심으로 자랐다.

아버지 어머니 안녕히 주무셨어요
세수하고 식사하고 가방 챙겨 나서 보니
교문엔 금빛 햇살이 먼저 와서 기다린다

일상생활로부터 쉽게 접근해 보았더니 큰 어려움 없이 홍미롭게 모두들 다가와 주었다. 이제는 토요일 아침 시간을 기다리는 어린이들이 많아졌다. 상큼한 아침 시간에 생각의 아름다운 꽃밭을 나비처럼 훨훨 나는 어린이들의 깜찍한 모습을 바라보는 나의 눈앞에는 영롱한 무지개가 선다. 마냥 신나는 교실, 모두가 신나는 교실만이 능사가 아님을 우리는 진정 알아야 한다. 앞으로는 시조로 묻고 답하는 시간도 가져 봐야겠다.

영남일보 〈열린 교실 신나는 교실〉. 1999.

'꿈 가꾸기 날' 단상

 한때 자유학습의 날이 뜸을 뜨다가 소리 없이 자취를 감추더니 지난 해 후반부터 꿈 가꾸기 날로 변신, 등극했다. 사실 학교 울타리 안, 그것도 교실에서만 머리를 굴리다가 새로운 곳으로 눈을 돌려 본다는 것은 어린이들에게 무척 흥미롭고 신나는 일이 아닐 수 없다. 물론 교내에서도 민속놀이(제기차기, 팽이치기, 공기놀이, 장기나 바둑 등)나 그림 그리기, 글짓기, 악기연주, 동화 구연, 웅변, 역할극 등등으로 꿈을 가꾸고 있다. 학교를 벗어나면 박물관, 공장, 고적지, 어린이 회관, 수영장 등에 가는 것이 대부분이다. 하지만 시야를 넓히면 어린이들에게 새로운 꿈을 심어줄 곳은 더 많다. 달성공원에 있는 상화시비를 찾거나 앞산공원 전승기념관, 호우시비를 찾아 역사와 시를 감상하며 시인이 될 꿈을 키우거나 시민회관, 대구문화예술회관에 가서 그림전시회, 서예전시회를 보며 화가, 서예가의 꿈을 키울 수도 있다. 자주는 없지만 어린이 뮤지컬, 동극, 인형극을 관람하며 상상의 나래를 마음껏 펼치게 할 수도 있다.

앞산 심신수련장이나 신천둔치에 가서 마음껏 운동을 하며 체력을 단련할 수도 있고 가까운 산을 오르는 등산대회로 그들의 꿈을 키울 수도 있다. 도심을 조금만 벗어나면 모내기 하는 모습, 벼가 자라는 논을 볼 수 있고 과수원에 가면 과일 열린 모습을 보며 김매는 봉사활동도 할 수 있다. 낙동강, 금호강, 신천의 더러운 곳을 찾아가 물의 오염이 어떠한지를 직접 눈으로 경험하게 하는 일도 꿈 가꾸기의 중요한 하나가 될 수 있다. 골고루 보이고 체험시켜 미래의 살기 좋은 우리나라 역군이 될 올바른 꿈을 듬뿍 안겨 주는 '꿈 가꾸기 날'이 되었으면 하는 생각이다.

동부교육. 1996.

언어환경 오염

물, 공기, 토양 오염은 질펀한 산업화 속에 각 개인의 이기적 생각 때문에 심각한 문제로 우리들에게 다가와 있다. 그래서 당국이나 사회가 온통 환경오염에 대하여 신경을 곤두세우고 있다.

그런데 우리의 혼을 좀먹는 언어환경 오염에 대해서는 무관심이다. 반만년의 역사를 가진 우리말과 500여 년의 역사를 가진 독창적인 우리글, 한글은 우리 겨레의 혼이다. 근세 청나라를 세워 중원을 호령했던 만주족, 그들은 그들의 문자가 없어 한족의 문화 속에 깊숙이 가라앉아 버렸다.

만주족은 지금 세상에 존재하지 않는다. 일제말기 일본 사람들이 악을 쓰고 우리말 우리글을 못쓰게 하고 성과 이름을 일본식으로 바꾸게 한 이유가 바로 민족혼을 말살시키기 위함이었다.

선진국 진입을 눈앞에 두고 '그린 정신', '와이프', '샤프한', '터프한', '롱다리', '터프가이' 등등 이런 잡탕의 외국어들이 방송을 통하여 온 나라의 언어환경을 사정없이 오염시키고 있다. '텔레비전', '라디오', '버스' 등은 우리말로 바꿀 수 없어 그대로 익은 외래어이다. 외국어와 외래어를 구분해서 쓸 줄 아는 국민이 되어야겠다. 방송이나 신문, 주위의 어른들이 함부로 쓰는 외국어들은 자라나는 우리들 2세, 자주 들먹이는 21세기 주인공들의 맑고 아름다운 우리 언어환경을 오염시키고 있음을 깨달아야 한다. 외국어를 함부로 입에 올리는 것이 유식하고 세계화인 것으로 오해하고 있지나 않은지 심히 걱정되는 현실이다. 세계화는 먼저 우리 것을 잘 지키고 든든히 한 다음에 이루어져야 한다. 내가 딛고 선 땅이 모래벌판인데 그 위에 무슨 큰 무게를 더할 수 있을까?

대구일보 〈대일산필〉, 1996.

선생님, 우리 선생님

옛날에는 신학기가 4월이었다. 그래서 그런지 꽃피는 4월이면 그리운 선생님들이 있다. 정부수립부터 6·25전쟁 전후의 그 혼란했던 시절, 그 어렵던 여건 속에서도 오늘의 우리들을 바르게 길러주셨던 선생님들이 새록새록 그리워짐은 나만의 생각일까?

1948년에 입학한 1학년 우리들에게 동극을 지도해 주시고 줄판에 철필로 원지를 긁어 등사한 시험지에 100점 만점의 틀을 깨고 103점을 신나게 적어 주시던 김대진 선생님, 그 분은 연전 정년퇴임 문집에 나에게 한 편의 글을 싣는 영광도 주셨다. 2학년 때는 갸름하고 예쁜 얼굴에 치마저고리를 즐겨 입으시던 박정희 처녀 선생님, 그 분은 금호강 건넛마을에 가정방문을 가실 때 심심하다시며 나를 데리고 가기도 하셨다. 3학년 때는 1학년 때 선생님이 다시 맡으셨고 4학년 때는 정상진 선생님이셨다. 학교를 미군부대에 내어주고 면사무소 창고에서 거적을 깔고 공부할 때 수업 후에는 꼭 동화나 소년소설을 읽어 주셨다. 5학년 때는 엄격하셨던 조희갑 선생님, 6학년 때는 촌놈 대구로 진학시키려고 밤새워 애써 주셨던 이영규 선생님이셨다. 이 교장 선생님은 퇴임식 때 나에게 참석의 영광을 주셨다. 중학교 1학년 때는 삼덕동 형무소 앞 가교사에서 국어 담당 소지영 선생님을 만났고 그 분은 첫 방학 때 편지를 드리고 처음으로 석장이나 쓰신 답장을 받는 감동을 주셨다. 2학년 때는 수학 담당 서재극 선생님, 3학년 때는 생물 담당 김태식 선생님, 모두모두 고마운 분들이시다. 사범학교에 진학해서 1학년 때는 생물 담당 최도환 선생님, 2, 3학년 때는 사회 담당 김덕량 선생님을 만났다.

돌아보면 아득한 세월이지만 알뜰하고 정겨웠던 가르침은 지금도 새롭기만 하다. 가르침대로 살려고 노력하는 것을 보은이라 생각하며 오늘의 내가 선 교단을 늘 되돌아본다.

대구일보 〈대일산필〉. 1996.

존경하는 스승님께

  저는 47년 전 6·25전쟁 휴전 이듬해 화약 냄새 가시지 않은 어수선하던 때 시골 금호에서 기차 통학하던 경대사대부중 1학년 1반 김몽선입니다. 선생님의 기억 속에 제가 남아 있으리라고는 생각지 않습니다. 무수히 많은 제자들 중 언뜻 스쳐간 학생 중의 한 사람이기 때문입니다. 하지만 저는 선생님의 그 늠름하시고 위엄 있으시며 정 깊으신 모습과 존함을 가슴 속에 고이 간직하고 지금까지 살아 왔습니다. 제가 선생님과 같은 길을 걷게 되면서 제자들로부터 편지를 받을 때면 선생님은 언제나 제 가슴 속에서 눈을 뜨셨습니다.

  1954년 여름방학 때 시골 오두막집에서 보내 드린 촌스런 편지 한 통, 그리고 생전 처음 학교 고무인이 굵게 찍힌 두툼한 봉투 속에 학교 원고지 3장 가득 굵은 만년필 파란색 필체로 주신 말씀은 제 가슴 속에 일생의 횃불로 타게 하셨습니다. 링컨도 오두막집에서 자랐다는 격려의 구절은 상기도 머릿속에 생생하게 남아 있습니다. 그 덕으로 저는 지금 문학에서 생활의 한 보람을 얻고 있다는 믿음을 가지고 살아갑니다.

존경하옵는 소지영 선생님, 저에게 일생의 등불 주신 그 은혜를 선생님 계신 곳도 모르면서 이제야 여기 공개하게 되는 못난 제자를 넓으신 아량으로 용서해 주시리라 믿습니다. 어느 하늘 아래 계시더라도 항상 건강하시고 축복받으시기를 빕니다.

2001년 6월
선생님을 가슴에 모시고 살아가는
못난 제자가 올립니다.

학생경북일보 〈그리운 나의 선생님〉. 2001.

몸으로 말씀하시던 우리 교육의 현장

1948년 10월 어느 날, 경북 영천군 금호국민학교 1학년 교실, 점심시간이었다. 우리들은 사각의 낡은 도시락 뚜껑을 수저로 두들겨 장단을 맞추며 떠들고 있었다. 그 속에는 거무튀튀한 보리밥이 뚜껑에 눌려 있고 한쪽에는 된장, 신 김치 몇 조각이 들어 있을 터였다. 잠시 교무실에 다녀 오시던 선생님께서 이 광경을 보셨다. "이놈들 봐라, 음식 그릇을 두들기며 장단을 맞춰?" 우리들은 찔끔하여 일제히 두들기던 젓가락을 책상 아래로 내리고 바로 앉았다. "음식이 얼마나 귀한 것인데, 음식을 놓고 젓가락으로 두들기는 장난을 해. 농부들, 아버지 어머니의 고마움을 생각하고 감사한 마음으로 먹어야 한단 말이다." 그러시고는 우리들의 얼굴을 하나하나 뚫어지게보셨다. 바지저고리에 까까머리인 우리들은 쥐죽은 듯 앉아 있다가 선생님께서 수저 드시는 것을 보고서야 조용히 밥을 먹기 시작했다.

지금으로부터 44년 전의 일이었다. 그때 1학년 순진한 개구쟁이들은 필자를 포함한 우리들이었고 선생님은 바로 정년퇴임 기념문집을 내시는 김대진 선생님이셨다. 그런데 지금 생각해도 이상한 것은 그때 벌써 1학년이 점심을 싸 가지고 다녔다는 일이다. 6·25전쟁이 나던 해에 다시 우리들의 담임선생님이 되셨다. 그 후 상급학교로 진학하고는 잘 뵙지 못했다. 그러다가 필자가 현직에 나온 후 몇 번 뵌 적이 있었다. 정말 살기 바쁘다는 엄살들이 오늘날의 우리들에게 편리한 핑계로 자리하게 되었다는 생각이 든다. 교단에 서서 스승의 날을 맞을 때마다 필자는 송구스러운 마음으로 꽃을 받아 오고 있다. 수많은 은사님들께 변변한 인사도 드리지 못하고 사는 제자 꼴이 나의 제자들 앞에서 한없이 초라하게 느껴졌기 때문이었다. 어느덧 세월은 흘러 국민학교 1학년 때 담임선생님께서 정년을 맞게 되셨다. 그러고 보니 필자도 교직에 발을 딛고 산 지 어언 31년, 그러니까 정년으로 따지고 보면 14년 남은 셈이 된다.

선생님께서는 참으로 학생 교육에 열성적이셨고 희생적이셨으며 부지런하셨다. 오래된 기억이지만 그 당시 벌써 1학년에게 동극을 지도하셨다. 학교의 학예발표회를 위해 열심히 연습하였던 기억이 생생하다. 제목은 잊었지만 주인공 '봉선이'는 생각난다. 그 주인공을 필자가 맡았기 때문인가 보다. 또 선생님의 지도로 〈동무 얼굴〉이라는 크레용 그림을 그려 영천군 내 대회에서 특선 상을 받고 귀한 공책 7권을 받은 일도 있다. 그러고 보면 선생님은 만능이셨다.

이 책에는 선생님께서 40여 년 교직생활을 통해 느끼고 얻고 주장해 오신 한결같은 신념들이 꾸밈 없이 실려 있다. 교육 실천 현장에서 씨 뿌리고 거둬들인 노 교육자의 귀중한 체험이 오늘, 이 교단수기에서 두 눈 부릅뜨고 일어나 후배 교사들을 깨우치게 하고 있다. 무릇 실천은 이론에 앞선다. 모든 이론은 실천에서 비롯된다 할 것이다. 이 글 속에 무게 있게 강조되고 있는 부분이 있다. '학교교육의 중심은 교사다' 이 말은 언뜻 이론 차원에서 보면 온당치 못하다. 그러나 아동중심교육에 맞서는 교사중심교육이 아니란 점을 이해한다면 교육의 중요한 인적환경으로서의 교사는 사실 교육활동에서 가장 핵심적인 역할자이지 않을 수 없는 것이다. 우리는 40여 년의 교직생활을 悔過自責(회과자책 : 허물을 뉘우쳐 스스로 책망함)하는 마음으로 생각한 바를 모아 인간형성면을 주로 하여 엮은 선생님의 교단수기 《始業의 鐘소리》에서 뜨거운 교육애와 강한 신뢰감을 한겨울의 볕살같이 한가슴 안게 된다. 역시 교육의 대상도 담당자도 인간이기에 교사 자신부터 성실하고 건전하며 긍정적 사고를 가진 인격자여야 하고 또 그렇게 되려는 피나는 노력을 아끼지 않아야 참

교사의 자격을 얻게 된다는 사실을 새삼 깊이 깨닫게 된다.

'어린이는 어른의 거울' 이기 때문이다. 나아가 그 어려운 시대를 일관된 신념으로 교육에 헌신해오신 선생님께서 교단을 떠나시는 마지막 순간까지 우리 교육에의 간절한 애정을 아낌없이 몽땅부으시겠다는 거룩한 뜻이 담겨 있어 더욱 이 책이 값지게 읽혀지게 될 것이다.

선생님께서는 섬세하고 자상한 분이셨다. 얘기는 다시 필자가 국민학교 1학년이던 때로 돌아 간다. 국어시험지였다고 생각된다. 어디서 등사를 하셨는지 국어교과서 문장을 큼직큼직한 글씨로 옮겨 쓰시고 중간 중간에 □□를 넣어 완성하게 하는 시험이었다. 며칠 후 시험지를 받아본 나는 어리둥절하였다. 시험지에는 붓글씨 같은 굵은 글씨로 103이 쓰여 있었던 것이다. 나중에 말씀을 들으니 배점을 100점에 맞게 출제했는데 여분의 문제가 들어가는 바람에 그것까지 합쳐서 점수를 매기셨다는 것이다.

선생님의 글 속에서 우리는 어버이 같은 자상하심을 발견하게 된다. 교육의 알파에서 오메가까지. 교육자라면 누구나 한번쯤은 생각하고, 느끼고, 거쳐야 할 세세한 면까지 놓치지 않고 기술하고 계신다. 이 글을 읽으면서 우리는 무심코 지나쳐 버릴, 미처 발견하지 못한 교사들의 손, 발, 입, 눈빛, 표정, 몸짓에 이르기까지의 새로운 의미를 깨닫게 된다. 한 세대 전과 후의 교육

모습에 변화 없는 부분이 많다는 선생님의 지적에 우리 모두는 부끄러움을 느끼지 않을 수 없다.

교육정책 입안자나 직접 현장에서 뛰는 일선 교사나, 이를 뒷받침해주는 행정가나, 학부모나 모두가 철저히 반성하고 넘어가야 할 문제가 아닌가 생각되기도 한다. 혼자의 힘으로 되는 것은 아니지만 교육계 전체가 한층 분발하고 심기일전해서 우리 교육 풍토를 날로 새롭게 변화시켜 나가야 할 것이다.

서양 내지 선진국의 교육이론이나 모형을 여건과 환경이 다른 우리나라에 접목시키려 얼마나 애쓴 지난 시대였던가. 연구는 연구, 공개는 공개로 끝나고 담당자의 전보나 승진에 일익을 주는 것으로 만족하는 풍토가 되고 말았다. 학급당 인원수도, 기자재 보급도, 교육시설, 환경도 거북이걸음인데 이론만 토끼걸음으로 갔으니 그럴 수 밖에 없었다. 우리 나름의 한국형 교육이론과 모형을 개발할 교육학자는 없는가. 목이 마를 따름이다.

선생님께서는 이 글 속에서 이런 여러 가지 우리나라 교육의 면모들을 여러 각도에서 투시, 진단하고 처방도 제시해 주고 계신다. 이 책이 그 어떤 교육이론서보다 우리 교사들에게 공감의 폭이 넓은 체험서가 될 것으로 믿는다. 높으신 연세에도 불구하고 깊고 넓은 사고와 왕성한 필력으로 그려 담아 주시는 우리 교육 및 교육계의 자화상을 경건한 마음으로 읽어 자정의 노력에 인색치 말아야 할 것이다. 선생님의 고귀한 교육에의 신념과 애정은 후배 교사들의 메마른 가슴을 포근히 감싸게 될 것이며 나아가 우리 대한민국의 교육입국에 명실상부한 터전이 될 것이라 믿는다. 끝으로 선생님의 정년퇴임 기념문집 발간을 축하드리며 만수무강하심과 퇴임 후의 모든 일들이 선생님의 뜻대로 이루어지시기를 두 손 모아 빌어 올린다.

김대진 선생님 정년퇴임 문집 〈사업의 종소리〉. 1992.

교육자의 사명

　대학교육 수요자가 넘쳐난다. 대학 입시 방법이 손바닥 뒤집 듯 바뀐다. 그에 따라 초중고교 교육이 춤을 춘다. 그 여파는 이루 말할 수 없는 지경이 되었다. 겨우 말 배울 때부터 영어학원으로, 유치원에서는 미리 초등과정을, 초등에서는 중등과정을, 중등에서는 고등과정을 선행학습하는 학원, 과외가 전성기를 이루고 있다. 이래서 국민들 모두는 공교육이 붕괴되고 있다고 걱정스런 눈길을 보내고 있다. 교육의 바람직한 개혁을 원하고 있다. 선결문제가 무엇일까?

　1953년 7월 정전협정이 체결되면서 3년 넘게 불타던 6·25전쟁은 일단 멈췄지만 한반도는 대구부산 지역 외는 거의 폐허가되어 있었다. 나는 그해 초등학교 6학년이었다. 학교 건물은 미군, 국군 부대가 번갈아 주둔하고 있었는데 뒷교사 몇 교실을 얻어(?) 밤늦게까지 중학교 입학시험 공부를 했다. 선생님들은 퇴근시간 후 밤늦게까지 무료봉사를 하고 계셨다. 시골서 보는 것은 전시교재 뿐이었다. 선생님께서 대구로 나가 구입해 오신 문제집을 칠판에 쓰고 우리들은 그것을 베껴 쓴 뒤 문제를 풀고 채점, 틀린 것만큼 매를 맞고 다시 외우는 일이 반복되었다. 밤늦게 집에 가는데 상식 1,000문제 만들고 답 써 오기라는 숙제를 안겨 주기도 하셨다. 그해 말 국가 학력고사가 실시되었는데 무슨 영문인지는 몰라도 입시에 활용되지 못했고 이듬해 3월 대구에 있는 중학교 입학시험을 치러야 했다. 국립으로 알려진 경대 사대부중, 사범 병설중은 특차, 경북중 등은 1차, 대구중 등은 2차, 그 외는 3차까지 자유롭게 응시할 수 있는 제도였다. 특히나 특차는 경험삼아 모두들 응시하기 때문에 경쟁률은 엄청나게 높았다. 입학시험 문제는 학교마다 달라 폭넓게, 상식문제까지 외워야 했다. 나는 경대사대부중에 응시하여 시험을 치렀다. 합격자 발표 날, 대구 삼덕동 부중 가교사 뒤 형무소 붉은 담벼락에 길게 합격자 명단이 게시되었다. 400점 만점에 340점 받은 학생이 수석이고 다음에 점수 차례로 명단이 이어져 내려갔다. 합격자 100명 중 100번째로 내 이름이 붙었고 그 아래 점수는 266점(동점이 6명)이었다. 꼴찌라도 합격이 기뻤다. 경쟁률은 15대 1이었다. 지금 생각하면 합격의 영광은 모두가 사명감에 불타는 헌신적인 사랑과 열정으로 우리들을 가르쳐 주신 선생님들의 것이었다.

중 1학년 1학기 영어시간에 처음으로 치른 영어단어 쪽지시험에 65점을 받았다. 황당했던 기억이 난다. 대구에서 진학한 대부분의 학생들은 방학 중에 영어공부를 미리 했던 것이었다. 그후 나는 기차통학을 하면서 나름대로 열심히 공부했다. 1학기 성적표를 받는 날, 선생님께서 한 말씀 하셨다. "이번 성적은 전체적으로 그리 좋지 않다. 평균 85점 이상인 학생은 상장을 주는데 우리 반에는 해당이 없다. 우리 반에서 제일 잘한 학생은 김몽선 군이다." 총점 431점, 우리 반에는 수석 입학한 학생도 있었다. 돌아보면 선행 학습도 그리 효과적이지 않았다고 생각된다.

중 3때, 고등학교 진학을 앞두고 형님은 사범학교로 가야 한다고 하셨다. 그래서 대구사범, 안동사범 특차 두 학교에 모두 원서를 내었다. 먼저, 입시 날짜가 빠른 대구사범에 응시했다. 남자 100명 모집에 1550명이 지원서를 냈다. 놀라운 경쟁률이었다. 면접을 거친 뒤 합격자 발표를 하루 앞 둔 날 형님이 대구일보를 들고 오셨다. "金夢善 君 1等 師範校 男子部 - 15.5대 1 이라는 전국 제일의 경쟁률(남자 지원자 1550명)을 보이던 대구사범본과 합격자 사정은 지난 9일 밤 1차 합격자 남자 161명 여자 151명을 대상으로 최후 사정을 한 결과 남녀 각각 백 명을 결정하였다. 그런데 이번 합격자 중 남자부에서는 총점 340점 중 부속중학 김(金夢善)군이 300점으로 1위이고 여자부에서는 제일여중 박(朴大善)양이 256점으로 1위로 합격하였다 .그리고 최저합격 점수는 남자부 215점, 여자부 156점이었다."- 4290년(서기 1957년) 3월 10일. 대구일보 3면- 기사와 함께 같은 지면에 합격자명단도 보도하였다. 잦은 호적이동에 호적 담당자의 실수로 배 선船자가 착할 선善자로 잘못 기재되었음을 발견하고 사범학교 1학년 때 정정했다.

오로지 합격이 문제였지 성적은 전혀 신경 쓰지 않았는데 수석이라니 실감이 나지 않았다. 뭐 특별히 공부한 것도 없었다고 생각된다. 틀림없이 선생님들의 따뜻하시고 알뜰하신 지도 덕분이라 지금도 굳게 믿고 있다. 입학식 때 선서를 내가 했다고 하는데 나는 전혀 기억에 없다.

1960년 2월 말 토요일 본과 학생들은 운동장에 모였다. 교장선생님의 말씀을 듣기 위해서였다.

나는 본과 3학년, 졸업반이었다. 교장선생님의 말씀 내용은 이러하였다고 기억된다. "제군들은 이제 얼마 후면 선생님의 사명을 띠고 일선 교단에 서게 된다. 요즘 나라가 시끄럽다. 시내 다른 고등학교에서는 상부의 지시로 내일이 일요일인데도 등교를 시킨다고 한다. 아마 내일 수성천변에서 열리는 야당 부통령 후보 연설회가 있어 학생들이 거기에 몰려가지 않도록 하기 위해서 일 것이다. 나는 제군들을 믿는다. 함부로 행동하지 않을 것을. 해서 우리 학교 학생들은 내일 등교하지 않는다. 이상." 교장 선생님의 소신에 찬 말씀이 어찌 그리 마음 든든했던지 지금 생각해도 존경스럽기 그지없었다. 때문에 2·28대구학생의거에 참여하지 못한 아쉬움은 있지만 교육의 성패는 뭐니 뭐니 해도 교육자들의 사명감에 찬 끝없는 사랑, 열정 그리고 소신에 달려 있다고 나는 굳게 믿고 있다. 교육자란 가정에서는 부모를, 학교에서는 선생님을 지칭한다고 말할 수 있다.

내가 사범학교를 졸업하고 교육 현장에 나왔을 때만 해도 선배 선생님들의 그 훈훈하고 열정적인 모습에 많은 감동을 받고 그 보다 더 잘 해보려는 욕심을 내어 보기도 했다. 그런 속에서 나도 그 선배 같은 모습으로 닮아 가는 것을 느끼게 되었고 그것이 그렇게 즐거울 수가 없었다.

지금 교단에 서는 교사들, 꽤나 많은 이들은 정신 근로자라는 말을 즐기며 법으로 주어진 출퇴근 시간에 지극히 충실하고 자신의 승진을 위한 일에 우선을 두고 있음을 확실하게 보여주고 있는 것을 학부모들은 유리알처럼 들여다보고 있다. 그래서 걱정스런 눈빛을 감출 수가 없는 것이다. 교사는 8시 30분 출근이지만 학생들은 7시 30분이면 등교가 시작되고 8시가 되면 거의 등교는 완료가 된다. 교사 출근 8시 30분까지 교실은 난장판이 된다. 한 교실만 그런 것이 아니고 다른 교실 거의 다 그렇다. 이 일을 어찌하면 좋을까? 여기에다 시류에 갈대처럼 흔들리는 학부모들의 유행 따라가기가 또한 큰 몫을 하고 있는 것이다. 학교의 선생님들이나 가정의 부모들은 가르친다기보다는 바른 역사관을 가지고 언행의 올바른 본을 일상생활에서 보여줘야 한다. 콩 심은 데는 반드시 콩이 나기 때문이다. 사명감과 사랑, 확실한 소신을 가진, 변함없는 언행의 모범을 보여줄 수 있는 부모교육과 교사 양성 방법부터 획기적으로 바꿔야 하지 않을까?

2010.

《시간의 역사》를 읽고

    지구 위의 인간 세상은 그야말로 혼돈의 시대다. 더불어 사는 열린 마음이 닫혀지면서 이기심만 똘똘 뭉쳐 마침내 블랙홀로 추락하고 주위의 모든 것을 멸망으로 끌어들이지나 않을까 부질없는 걱정도 해 본다. 수년 전 나는 미국에 다녀온 적이 있다. 왕복 하루 반에 가까운 비행기 안에서의 무료함을 달래기 위해 평소 관심이 많았던 우주에 관한 책 한 권을 골랐다. 영국의 천체물리학자 스티븐 호킹이 지은《시간의 역사》였다.

    스티븐 호킹은 현재 50대 중반의 세계적인 천체물리학자로 우주의 신비를 캐기 위해 상대성이론 양자역학 대폭발이론을 뛰어넘어 전 우주를 설명할 대통일이론을 추구하면서 신의 마음을 읽으려 애쓰고 있다. 이 책은 일반 독자들을 위해 지은 첫 번째 그의 저서다. 그는 성한 사람이 아니다. 그는 옥스퍼드 대학의 학부를 졸업하고 케임브리지 대학의 대학원 물리학과에 수석으로 입학하면서부터 불치병인 근육무력증(루게릭병)에 걸렸다. 휠체어에 몸을 싣게 되었고 10여 년 전에는 목소리까지 잃어 컴퓨터의 도움으로 의사소통을 할 수밖에 없는 처지가 되었다. 이 책에 나오는 블랙홀, 우주론에 관한 뛰어난 업적들은 모두 그가 신체의 여러 기능을 잃은 뒤에 이룬 것이었다. 나는 이 책의 내용보다 스티븐 호킹이라는 한 인간의 강인한 의지, 천재적인 두뇌, 번쩍이는 창의력에 먼저 탄복하였다. 모처럼 참인간의 냄새를 맡는 기회가 되었다.

  이 책은 우리의 우주관, 공간과 시간, 팽창하는 우주, 불확실성의 원리, 소립자와 자연의 힘, 검은 구멍, 검은 구멍은 그다지 검지 않다, 우주의 기원과 숙명, 시간의 화살, 물리학의 통일, 결론으로 구성되어 있다. 우리 지구가 있는 태양계, 그 태양계가 속해 있는 은하계에는 수천억 개의 태양 같이 빛나는 항성이 있고, 우리 은하계 밖에는 또 수천억 개의 다른 은하가 산재한다는 사실을 인간이 알아냈다는 자체가 신에 대한 불경이 아니겠는가 생각되기도 한다. 결국 스티븐 호킹도 만약 우리가 실제로 완전한 이론을 발견하게 되면 과학자, 철학자, 일반 사람들 모두가 인간과 우주가 왜 존재하는가라는 문제를 함께 논의할 수 있을 것이며, 그것은 인간이성의 최종적인 승리가 될 것이라 했다.

'우리가 현존하기 때문에 있는 그대로의 우주를 본다.' 는 〈우주의 기원과 숙명〉에 나오는 인간원리는 김춘수의 시 〈꽃〉을 떠올리게 한다.

스티븐 호킹은 공간적으로 시간적으로 시작과 종말이 없는 우주, 그래서 조물주가 할 일이 없는 우주라는 결론을 잠정적으로 내리고 있다. 과연 시간은 어디서 와서 어디로 가는지? 시간도 인간이성 안에서 생겨난 것이므로 인간이 없다면 시간도 없어지는 것이 아닐까? 아인슈타인의 특수상대성 이론에 의하면 빛과 같은 속도의 우주선을 타면 시간은 정지될 것이고 빛보다 빠른 속도로 움직이면 과거를 볼 수 있을 것이다. 그러나 빛과 같은 속도가 되면 인간도 빛처럼 입자나 파동이 되어야 하니 불가능한 일일 것이다.

나는 심심하면, 아니 머리가 복잡하면 이 책을 펴 든다. 지식과 흥미로 읽고 내던지는 것이 아니라, 나도 우주의 탐구자가 되어 나름대로 마음껏 상상의 날개를 펼치며 혼자 즐거워하고 부대끼는 세상사를 잊기도 한다. 곳곳에 배광을 깔고 누워있는 블랙홀을 조심하면서.

영남일보 〈내가 읽은 책〉. 1996.

2부

문학
주변 이야기

그저 좋아서

　지금 생각해도 신기한 일이다. 체제가 완전히 잡힌 지금이야 초등학교에서의 특별활동이 이상스러울 게 없지만 6·25전쟁 중 내가 다니던 시골 초등학교에서는 특별활동이 있었다. 나는 그저 좋아서 문예반에 들어갔다. 아직도 기억에 생생한 것은 오른 팔을 하얀 천으로 칭칭 감아 목에 둘러메고 금테 안경을 쓰신 문예담당 선생님의 미남 얼굴이다. 하얀 살결에 수염을 기른 선생님의 팔이 왜 붕대로 감겨져 있었는지는 몰랐다. 제목을 주고 시를 지어 보라고 하시면 우리들은 아무렇게나 적어 내놓았다. 그러면 선생님께서는 무어라 말씀을 열심히 해 주셨는데 지금 기억에는 없다.

　시골에 시집이 있을 리 없었다. 형님이 어디서 공책에 적어 온

시들을 외기도 하고 작은 종이 쪽에 정성스레 써 모으기도 하였다. 중학교에 와서는 과학반에 갔지만 글쓰기는 중지하지 않았다. 일 년에 한 번씩 발간되는 교우지《무궁》에 기행문도 싣고 콩트도 실었다. 요즘 내 서재에는 〈우정〉이라는 제목의 콩트가 중학교 교우지에서 튀어나와 가끔씩 꾸짖는다. '너는 왜 꾸준히 창작을 하지 않았어. 이 답답한 사람아!'

사범학교 시절에 다시 문예반이 되었다. 별다른 욕심이나 꿈이 있어서가 아니라 그저 좋아서였다. 교내 백일장에서는 늘 산문을 써서 그것도 2석 이상은 받아 보지 못했다. 그러나 청하 보경사로 문학 수련을 다녀온 것이 가장 인상 깊게 남아 있다. 보경사 주위의 폭포들을 돌아보며 신비스런 절의 내력을 듣고 달빛 환한 계곡을 소녀들과 거닐던 즐거움을 잊을 수 없다. 아마 그 동안 잠자던 마음의 문을 열어 주는 계기가 되지 않았나 생각되기도 한다. 거길 다녀와서 교내 시화전을 열었다. 그때 나는 처음으로 시조를 지어 출품했다.

현직에 나와서 문학은 잊어지기 시작했다. 2·28대구학생의거, 3·15부정선거, 마산의거, 4·19혁명, 5·16혁명, 군 입대 등 복잡한 사회와 나 개인의 가계에 파묻혀버린 탓이었다. 혹은 주위가 문학과는 거리가 먼 사람들이었다는 게 또한 큰 원인이었을지도 모른다. 하지만 가끔씩《교육자료》에 발표되는 시를 즐겨 읽기도 하고 1960년에는 〈연기〉라는 시를 발표하기도 했다.

문단이나 등단에 대해서는 아는 바가 없었다. 목구멍이 포도청이라는 말이 있듯이 살아가는데 너무 골몰하다 보니 문학도 먼 새벽하늘의 희미한 별로 사라지게 되었다.

1970년대 중반 우연한 기회에 사범학교 동기동창인 김이주(작고) 시인의 권유로 학창시절 문예반 기분이 되어 다시 문학과의 인연을 맺게 되었다. 대구사범 출신 문학인들의 '문학 경부선' 회원이 된 것이다. 부중, 사범 선배 류상덕 시인도 그때 재회했고 초보 예비 시인인 나에게 많은 조언을 해 주었다. 술이 거나하게 되면 문학 얘기로 큰 소리 치던 김이주 시인은 일 년 남짓 나와 함께 무수한 만남과 기이한 추억들을 남겨 놓고 새벽달처럼 홀연히 이 세상을 하직 했다. 내가 《월간문학》 신인문학상 당선 통지를 받았을 때 제일 먼저 집으로 쳐들어와 동동주 단지에 흠뻑 빠졌던 그는 시인으로서의 싹을 땅위에 내밀고는 더 크지 못했다. 나는 그를 기인으로 기억한다. 어느 날 그에 대한 이야기를 할 기회가 있으리라 믿는다.

시의 이론은 중요하다. 그러나 이론이 있기 전에 문학 작품이 먼저 씌어졌다. 창작하는 사람은 모름지기 비평에 지나치게 민감할 필요가 없다고 나는 생각한다. 요즘 나는 두꺼운 콘크리트 벽 앞에 선 기분이 든다. 이 벽을 뛰어 넘어야 하는데 세월은 가고 용기는 줄어드니 기어 올라갈 엄두라도 낼 수 있을지 걱정이다. 하지만 절망은 않는다. 140억 개의 뇌세포 중 아직도 80~90%의

여분은 남아 있으니까 이놈들을 끌어내어 볼기라도 쳐야겠다고
마음먹고 있기 때문이다. 역시 문학은 자신과의 고독한 싸움일
수밖에 없다.

《미래시》9집 . 1986.

시는 언어로 그리는 그림

　나의 방 남쪽 창문으로 은빛 가을 햇살이 눈부시게 쏟아져 내리고 있다. 보석처럼 빛나는 잎새 위의 햇살을 새삼 신기하게 바라보며 나는 내 의식 속에 찬란한 한 폭의 그림을 그리고 있다. 자꾸 어려지는 내 가슴을 쓸어내리며 이제까지 방해되던 잡다한 시름도 말끔히 비우고 유리처럼 투명한 내 심상을 건져내고 있다.

　나에게 시를 짓는 특별한 버릇이나 형식은 없다. 나의 삶도 그렇다고 여기고 있다. 그저 시간 있는 대로 아무데나(주로 신문에 끼어 오는 광고지의 뒷면이나 잘못 쓴 원고지의 뒷면) 긁적거려 놓는다. 이것은 얼마의 시간이 지나고 퇴고가 이루어진 뒤에 내 시작 노트에 일단 등재된다. 그리고 시간 나는 대로 들여다본다.

전혀 타인이 되어서….

'시는 언어로 그리는 그림'이라고 생각하고 있다. 인간의 깊은 내면에 자리하고 있으면서 외부의 충격이 있을 때마다 여러 가지 형태로 표출되어 나오는 것이 감정의 발로라고 한다면 그것을 선율로 나타내면 음악, 그림으로 나타내면 회화, 글로 나타내면 문학이 될 것이다. 그것은 문학 중에서도 시가 될 것이다. 그러므로 시는 인간의 오묘한 감정을, 그것도 눈에 보이지 않는 감정을 눈에 선하게 떠올릴 수 있도록 그려내어야 하는 언어의 그림이 될 수밖에 없지 않은가?

형상이 없는 감정들을 오감을 통해 짜릿하게 느낄 수 있도록 하는 데는 주위의 사물이 동원된다. 새로운 시어를 찾아 방황한다. 그러나 새로운 시어가 우리의 일상을 떠나 먼 곳에 존재하지는 않는다. 바로 내 주위에 가까이 있음을 새삼 깨닫기도 한다. '산 표현'이란 말이 있듯이 그 사물을 표현하는데 가장 알맞은, 하나 밖에 없는 시어를 찾는 일, 그것이 곧 시인의 개성이 되고 창작이 되는 것이다. 결국 새로운 표현이란 나에게는 신선한 시어들의 새로운 구조와 유추를 발견해 내는 일이 될 수밖에 없다.

더구나 시조는 일정한 형식 속에 갇혀야 하기 때문에 같은 이미지를 표현하는 데도 자유시보다는 엄청난 언어의 제약을 받는다. 이미지의 연결에도 짧은 3장 속에 기승전결의 함축이 요구 되므로 더더욱 힘이 든다. 그렇지만 바로 거기에 우리 시조의 묘미가 있고 멋이 있어 수백 년을 두고 우리의 민족시로 계승 발전하여 왔을 것이라 생각한다. 지나친 자유 속에 살다 보면 오히려 구속 안의 자유가 더 편안해지는 이치와 일맥상통하는 것이라 해도 좋겠다. 가능하면 나는 우리시조 속에 생경한 한자어나 외국어를 배격한다. 그것은 우리의 순수 민족 문학 속에 한없는, 그리고 가장 우수한 우리말과 글을 녹여 넣고 싶고, 갈고 닦아 보고 싶은 욕심에서이다. 사실 나는 고적지나 명승지에 들를 적마다 심히 못마땅한 광경들을 자주 본다. 우리 한글로 된 비문을 한문식 세로쓰기로 했다든가 옛날식 어려운 한자를 그것도 한글로 표기해 둔 것을 볼 때 이를 쓴 사람이나 추진하는 사람들의 고루한 생각이 한심스럽게 여겨지는 것이다. 그렇게 하는 것이 좀 더 품위 있고 고상하다고 생각하는 자체가 문제인 것이다.

한 편의 시를 서정이든 서경이든 서사든 지을 때 나는 반드시 거기에다 우리의 삶을 버무려 넣는다. 하기야 모든 문학이 다 그렇겠지만. 삶의 참 의미가 어떤 것인지 아직은 잘 모르지만 그것을 나름대로 깔고 그 위에 한 편의 시가 우뚝 서기를 바라는 마음으로 나의 시작은 이루어지고 있다. 타들어가는 담배에서, 지쳐 늘어진 단풍잎에 내리는 빗줄기에서, 핏빛 노을에서, 누군가를 그리워하는 간절한 눈매에서, 알알이 익어가는 석류알 속에서 나는 우리들 삶의 편린들을 찾아내어 시조 속에 용해시켜 보려 한다. 좋은 시조가 창작되는 결과보다는 그렇게 애쓰는 가운

데 내 부족한 인격과 시재와 생활에 조그마한 보탬이 되었으면
하는 욕심을 나는 갖고 있다.

《미래시》 10집 . 1986.

자연의 신비와 의식의 교감에서

    사범학교 시절, 우리들은 문예반 수련을 위해 동해안에 있는 내연산 보경사에 갔다. 처음부터 우리는 보경사의 그 엄숙한 퇴락과 스님의 참말 같은 전설을 보고 들으며 마냥 문학이라는 깃발을 내연산 12폭 계곡 위로 흔들어 올렸다. 동해의 검푸른 물결에 젖어오는 소금기 섞인 바람 속에 안개 같은 구름이 산허리를 칭칭 감아 도는 모습이나, 그 속에 간간이 뿌리는 이슬비는 나를 신비의 세계로 밀어 넣기에 충분하였다.

    마지막 날 밤, 휘영청 밝은 달빛 아래 괴괴한 절 주위를 스님의 독경소리를 들으며 거닐고 있었다. '표현할 수 없는 이 밤의 정취와 감동을 어떻게 무엇으로 담아낼 수는 없을까?' '저 둥근 달, 저 검은 하늘, 조그만 바람결에도 예민하게 떨고 있는 굴참

나무 잎사귀들, 그리고 이름 모를 뭇 벌레들의 합창, 이건 다 무엇의 조화인가?'

나는 갑자기 철학자가 된 듯 하염없이, 하염없이 하늘을 쳐다보았다. 인간의 한계, 표현의 한계를 느꼈다. 가슴이 답답했다. 비로소 나는 멋진 시를 쓰고 싶다는 생각을 했다. 무한히 크고 깊게 울려오는 나의 내면세계를 간결한 언어와 그 행간에 배추를 절이듯 그렇게 항아리에 담아 잘익은 김치 맛 같은 시를 빚어 내어보고 싶었던 것이다.

돌아오는 날 오후에는 정말 희한하게도 내연산 서쪽 등성이 위로 곱게 쌍무지개가 얼굴을 내밀어 주었다. 모처럼 깊은 계곡에서 하늘에 걸린 쌍무지개를 보는 그 신비로움과 짜릿한 탄복은 지금도 내 전신에 남아 있다. 사범학교 시절 내 시심은 이렇게 싹이 텄다고 할 수 있다.

누구나 가슴 속에는 고만고만한 시심들을 보듬고 살지만 결국 시인이 되어 시를 쓴다는 것은 얼마만큼 주위의 변화와 자연의 섭리를 나의 세계로 이끌어오는 창의적 사고를 갖는가, 그리고 나의 내면 깊숙이 자리한 사상이나 감정을 또는 무의식의 세계를 어떻게 타인들이 공감할 객관의 자연섭리에 이입시켜 내려고 눈을 크게 뜨고 가슴을 넓게 열어 두뇌를 번개처럼 번득이는가에 달려 있다고 나는 생각한다.

학교에 돌아오니 시화전을 연다고 시를 써 내라는 것이었다.

나는 즉각 수련회 갔던 그 신비로 가득한 기억의 보고를 열어 그 속에 잠자고 있던 쌍무지개를 깨워내는데 열을 올렸고 자연스럽게 시로 리듬을 태워 그야말로 용감하게(?) 첫 작품을 시화전에 출품하였다. 지금 생각하면 도무지 타령조밖에 아무것도 아니었지만 30여 년 전, 그땐 혼자 생각에 가장 멋진 내 영혼의 모습을 짧은 시행 속에 잘도 그려 넣었다고 만족해했던 기억을 지금 부끄럽잖게 떠올리기도 한다.

> 방울 따라 열리는 영롱한 칠색 다리
> 금강산 팔상담이 불현 듯 생각나서
> 행여나 선녀 내릴까 돌아 돌아보누나
>
> - 1958. 졸작 〈쌍무지개〉

내가 30여 년 전 문예반 얘기를 먼저 꺼낸 것은 내 시가 어디서 출발되었는가를 말하기 위해서였다.

주위를 돌아보면 신비롭지 않은 것이 없다. 까만 씨앗 한 톨이 싹 터서 그 많은 잎과 꽃과 열매를, 그것도 갖가지 색깔의 조화를 다 보여 주면서 우리의 심성을 곱게 닦아 주고, 또 우리는 그것을 감탄의 몸짓으로 받아들이고 있음을 생각하면 우리의 삶 자체가 온통 거대한 한 편의 장편 서사시임을 절감하는 것이다. 이렇게 생각하고 글을 쓸 수 있다는 것도 우리 인간에게 주어진 크나큰 은총일 것이며 나아가 이런 생각을 할 수 있는 사람은 곧 시심을 더욱 살찌게 하는 농부의 부지런함을 함께 가진 이들인 것이다.

나는 이처럼 주위의 모든 사물을 신비롭게만 생각해 왔고 내 감동의 가슴을 열고 그 속에 안주하고 있던 갖가지 내 자신의 의식을 끌어내어 자연섭리 속의 신비와 인연을 맺게 해주기로 한 것이다. 그것은 무한한 문학수업의 조그만 시작이었다. 곧 서정시로서의 출발이 된 것이다. 감동의 눈으로 보면 세상 만물이 모두 감동의 대상이다. 내 시의 이미지는 이렇게 천착되어 왔다. 그러나 이미지는 형상이 없었다. 다시 말해서 모습이 없었다. 모습이 있는 것은 내 눈에 비친다. 물론 모습이 없는 추상의 이미지도 내 망막에 상상의 나래를 펴고 선히 떠오를 수 있지만 그것은 상대에게 전달할 수 없는 안타까움이 있었다. 나는 여기서 내 언어 세계의 폭이 좁다는 사실을 깨달았다. 즉 내 의식 속에 살아 꿈틀거리는 이미지를 어떤 언어로 나타내어야 할까가 문제였다. 결국 비유하는 방법이나 상징하는 방법을 찾을 수밖에 없었다. '예쁜 꽃'이 '복숭아 꽃'으로 구체화되고 '근무에 시달린 직장인들의 퇴근 무렵의 심정'을 간접적인 우회 표현을 함으로써 은유와 상징의 기법을 도입해 넣었다. 이것은 자신의 스스로의 터득이었다. '궁하면 통한다'는 우리의 속담 그대로였다.

풀기 잃은 언어들을

74

묶어낼 즈음에는

포슬포슬 정겨운
눈발이나 되고 싶다.

하얗게
시린 눈매로
사랑 큰 하늘이고 싶다.
- 〈퇴근 무렵〉 첫 수

　내 졸시이다. 내 시는 언젠가 나도 모르게, 자연의 신비로운 들
녘과 산과 계곡에 천연스럽게 놀고 있다가 내 이웃으로 달려와
있었다. 조금은 내 자신을 돌아보는 현실에 눈을 뜨게 된 것이었
다. 옛 우리 조상들의 고시조는 거의가 산천경계를 노래했거나
아니면 군신의 의를 연인으로 비유하여 읊은 것이었지만 이젠
내 삶이 주제가 되어야겠다는 생각을 하게 된 것이다. 어떻든 내
삶을 중심하여 문학도, 직업도, 사회생활도 형성된다는 사실을
인식하지 않을 수 없게 된 것이다. 내 주위를 한참 맴돌다 보니
나를 길러주신 부모님께로 나아가 조국으로 시야가 확대되어 있
었다. 특히나 나는 고향부터 시적이었다고 이제 와서 가끔 생각
을 하곤 한다. 해방 전 그 어려운 시절, 고향을 등지고 동해 외딴
섬 울릉도를 유랑하신 우리 부모하며 거기서 태어나 네 살 들며
아버지를 여의고 독도처럼 외롭게 살다가 강원도 진부령 밑 평

창군 어느 산골에서 해방을 맞은 일이 그것이다. 지금도 내 시심의 창고에는 반 넘게 그때의 편린들이 비록 빛은 바랬지만 쌓여 있다. 해방 직후 무질서한 중에도 석탄 냄새, 검은 차창에 실려 죽령 그 긴 '따뱅이굴'(속칭)을 지나 금호강가 어느 마을에 달랑 떨어져 앉아 거기서 철이 들고 문학의 싹도 텄으니 말이다.

나는 다시 우리 조상(특히 내 어머니)들의 그 어렵고 힘들었던 삶의 모습들을 오늘날 우리 후손들에게 실감 있게 시화시켜 보려고 애를 썼다. 그게 〈한지韓紙〉 연작이었다. 과거의 모습을 그대로 그려 놓았다고 시가 되는 것은 아니었다. 거기서 시인이 나타내고자 하는 이미지를 분명히 하고 그것을 형상화하는데 필요한 소재와 시어 그리고 기법을 찾아내어야 하는 것이었다. 그것이 오늘날 우리에게 어떤 메시지를 주느냐 하는 것도 중요한 문제라고 나는 생각했다. 이미지의 표출이 직접적이거나 그 시 속에 어떤 메시지가 쉽게 노출된다면 그것은 시로서 성공할 수 없다는 사실을 깨닫고 나는 작품을 쓸 때마다 무한히 애써 봤지만 쉬운 일이 아님도 함께 깨닫게 되었다. 조상들의 그 피눈물 나는 삶을 재조명해 본다는 것은 오늘을 사는 우리 문학인들의 사명이 아닌가 생각해 본다.

  죄어오는 쾡한 적막
  밀어 내며 밀어 내며

내사마 우얄끼고
타는 속을 우얄끼고

문풍지
바람도 떠는
내 한 생生은 절인 심지.

이슬 젖은 싸리울을
자정子正 멀리 떠 보내고
와 이레 허기지노
무섭도록 까만 하늘
멍울도
후미진 가슴
쥐어짜서 홰를 친다.

허벅지로 삼아 내는
이 겨레 매운 넋은
핏물 자아 올린 천정
소지燒紙로 서성이다
잃은 땅
바람막이에
먼동으로 와 앉는다.
　　　－〈한지·1〉 전문

지금은 한지 연작에서 분리하여 〈호롱불〉이라는 제목으로 독립시켰다. 호롱불이 지지직 심지를 태우며 온 방의 어둠을 밀어내듯 우리 어머니들은 그 답답한 일제의 압박과 죽음보다 힘들었던 가난의 굴레를 쓰고 호롱불처럼 살아왔다는 생각을 한 것이다. 그러고 보니 영락없는 우리 어머니는 호롱불 신세였다. 이것은 누구의 어머니에게도 두루 통하는 이미지가 될 것이라 믿었다. 이렇게 우리 어머니에서 출발하여 우리 겨레까지로 이미지를 확산시켜 보았다.

김몽선의 〈韓紙·1〉에서 압축된 형식미 속에 형상화되어 나타난 시의 주제를 대한다. 그 시적 주제는 〈韓紙〉를 통한 '이 겨레 매운 넋'의 형상화이다. 그것을 〈韓紙〉로서 보여주는 主情的 형상화이다.

문풍지 바람도 떠는 내 한 생은 절인 심지

이슬 젖은 싸리울을 子正 멀리 떠 보내고
와 이레 허기지노 무섭도록 까만 하늘
멍울도 후미진 가슴 쥐어짜서 홰를 친다.

허벅지로 삼아내는 이 겨레 매운 넋은
핏물 자아 올린 천정 燒紙로 서성이다,

78

主情으로 읽는 이 〈韓紙〉는 한민족의 얼굴의 대변이다. 우리의 숨결이 그 함축미 속에서 들린다. 함축미 속에 주제를 용해시켰음에 이 시의 미학은 내용미와 형식미로서 형상화된다. 즉 형식과 내용의 융화를 보여 준다. 그 융화가 이 시의 미학이다.

요약하면 내용 없는 시는 한낱 언어의 나열에 불과하고, 형식미를 외면한 시는 산문의 토막에 불과하다. 내용미와 형식미의 융합 속에서 시는 더욱 시다워진다 함도 그 소이가 바로 여기에 있다

— 《한국문학》(1983)에 실린 시인, 평론가 張伯逸의 월평 중에서

시는 직접적인 표현이 아닌 간접적인 표현이어야 한다. 그래야 그 속에 생각할 여유의 시간을 구겨 넣을 수 있고 상상할 여유의 공간을 접어 넣을 수 있기 때문이다. 멋있는 시를 생각할 때 나는 늘 우리 어머니의 김치 담그는 솜씨를 생각한다. 알맞게 절인 배추 속에 갖은 양념을 잘 버무려 넣었을 때 나는 그 독특한 맛이 곧 우리 시인이 빚는 시의 각각 다른 독특한 맛이 아닐까 생각하는 것이다.

질펀한 서라벌의 푸른 영지 깊은 넋은

고목의 뿌리를 물고 벼랑 끝에 휠리다가
무영탑 살튼 허리를 쓸어안고 눕는 바람
  - 〈서라벌의 바람·1〉 첫 수

영지와 무영탑의 전설은 오늘날 우리들에게 애절하고 살뜰한 사연으로 닿아온다. 그 아사녀, 아사달의 넋이 오늘 현재 살아 있다면 무영탑 살튼 허리를 쓸어안고 눕는 바람으로 남았을 것이라는 생각을 한 것이다.

김몽선의 〈서라벌의 바람〉은 천 년 전의 일인지 오늘의 일인지 모를 정도다. 세상이 컸다가 작았다가 하면서 유동하고 있으며 시간 개념을 무너뜨리고 있다. 그만치 연상 감각이 생동하면서 의도한 리듬대로 흐르고 마디지고 있다.

- 시조시인 徐伐의 평

시의 이미지는 내 주위에 지천으로 널려 있고 그 소재, 또한 지천이지만 내 시야가 관념을 뛰어넘지 못하고 가슴이 더 넓지 못하여 재료나 도구를 선택하고 다루는 솜씨가 부족함을 스스로 자책하며 사는 일이 보통 시인이 보통시대를 살아가는 지혜인지 모를 일이다. 여하튼 내 시는 요즘 자정인지, 삼경인지 도시 모르는 상태에서 헤매고 있다. 이웃들이 나에게 주는 절망과 고통과 그들의 독설이 그 이유가 된다고나 할까. 그러나 어쩌면 그게 내 시를 더욱 공고히 하고 자긍심을 밟아 단단히 하는 계기가 될지도 모른다는 희망으로 자위한다.

시인은 위대한 발명가여야 하고 모험적인 탐험가, 발견가여야 하며 놀랄만한 창조자여야 한다. 또한 먼 과거와 먼 미래를 바라볼 수 있는 혜안을 가져야 하고 심령의 소리를 듣는 귀를 가져야 한다. 우리들 영혼이 육체를 떠나, 가는 곳, 빛과 같이 형체 없는 영혼들이 모여 천당과 지옥을 이루고 사는 곳이 4차원의 세계일 거라고 희한한 상상을 하는 머리도 가져야 한다.

시인은 맑은 옹달샘에 잠겨 보석처럼 빛나는 초롱한 별빛 같은 어린이들의 천진한 눈동자 속을 헤아릴 줄 알고 그들의 근심과 고통과 기쁨을 녹여 낼 수 있는 용광로 같은 가슴을 가져야 한다. 시인은 권태와 나태에 빠져 있거나 절망과 고뇌에 허덕이는 이들에게 용기와 희망을 일깨워 주고 때 묻은 우리의 앞자락을 환하게 씻어 줄 수 있는, 시혼이 숨 쉬는 시를 쓰기 위해 혼신의 힘을 다 해야 한다. 시는 시인 자신이 터득한 대로 쓸 일이다. 이론은 시인의 작품을 따라오며 분석하고 연구할 뿐이다. 그 결과는 후진 시인들에게 참고가 될 것이다. 시 이론은 절대적일 수 없다. 이론에 얽매이고 비평에 눈치를 볼 필요는 없다. 다만 진지한 마음으로 귀를 기울여 자기 창작활동에 참고하고 스스로 자기가 창출한 이미지를 가장 감동적으로 독자에게 전달할 수 있는 방법을 창조할 일이다.

요즘은 자꾸 쓸쓸해지는 일만 보이는 것 같다. 연륜 탓일까? 그래서 나는 '쓸쓸해지는 연습'을 하고 있다. 갑자기 쓸쓸해지면 안 될 것 같아 워밍업을 하고 있다. 졸시 〈쓸쓸해지는 연습· 6〉을 적으며 내 체험적 시론을 끝맺는다.

> 발끝에도 손끝에도 매달려 우는 시간
> 문득 돌아 저어보면 허허한 나의 둘레
> 바쁜 듯 적요한 날이 무서리로 접혀진다.
> 나잇살의 꺾인 허리 아픈 시늉 그 여죄로
> 아려오는 뼛마디가 눈치 속에 숨어드네
> 한 목숨 너를 위하여 삽짝 열고 살면 될까.
>   -《시와 산문》〈나의 체험적 시론〉1994

봄 처녀

봄 처녀 제 오시네 새풀옷을 입으셨네
하얀 구름 너울 쓰고 진주 이슬 신으셨네
꽃다발 가슴에 안고 뉘를 찾아 오시는고

님 찾아 가는 길에 내 집 앞을 지나시나
이상도 하오시다 행여 내게 오심인가
미안코 어리석은 양 나가 물어 볼까나

1925년 마산 합포에서 - 라는 부제가 붙은 시조 〈봄 처녀〉는
1932년 발간된 이은상 시인의 첫 시조집 《노산 시조집》에 수록
되어 있다. 이 시조에 홍난파님이 곡을 붙여 우리들에게 시조라

기보다는 가곡으로 더 많이 알려져 있다.

나는 중학교 때 이 노래를 배웠다. 화사한 봄볕 아래 서면 눈이 부시게 아름다운 산 너머 남촌이 다가서고, 들길에 서면 푸른 비단 같은 하늘 자락 아래 연둣빛으로 물들어가는 아득한 들판이 어머니 품처럼 다사롭게 보인다. 봄은 이제 우리들 곁에 형상 없이 밀려들고 있다. 이 형상 없는 봄의 서정을 이은상 시인은 우리 고유시인 시조에 '청순미 넘치는 처녀'로 비유하여 형상화해 놓고 있다. 얼마나 가슴 설레는 모습인가? 봄이 오면 더러 바쁜 일상 속에서도 이런 서정적인 시조 한 수, 노래 한 곡 쯤 읊거나 불러보는 넉넉한 여유를 가져봄은 어떨는지?

일만 달러의 소득을 가지는 우리들이 이제는 좀 더 진지해지고 정직해지고 아름다워져야 하지 않겠는가? 물질적으로 정신적으로 풍요한 생활, 정보화된 생활 속에서 이런 정서는 빛과 소금의 역할을 해주기 때문에 더욱 필요하다 할 것이다. 해마다 찾아오는 봄 처녀가 올해는 어떤 모습으로 우리들을 찾아올까? 두 팔 벌리고 가슴 펴 웃음 띤 얼굴로 봄 처녀 마중 나가는 동심으로 돌아가 보는 여유는 우리들에게 무형의 큰 재산이 될 것이다.

대구일보 〈대일산필〉. 1996.

살구꽃 핀 마을

고향 길, 고향집, 고향 친구, 고향 사람 등의 말이 주는 느낌은 역시 포근하고 정답다. 원래 고향은 선친의 고향을 뜻하지만 이제는 태어난 안티고향, 어릴 때부터 자란 곳도 고향의 범주에 들게 되었다. 고향이란 말에 이렇게 아름다운 정감을 느끼는 세대를 '쉰 세대'라 해야 할는지?

'살구꽃 핀 마을은 / 어디나 고향 같다 / 만나는 사람마다 / 등이라도 치고 지고 / 뉘 집을 / 들어서 보면은 / 반겨 아니 맞으리' 경산시에서 남쪽으로 트인 청도행 국도를 타고 가다 보면 굽이굽이 돌고 도는 고개를 만나게 된다. 그 고개 마루에 숨 헐떡이는 차를 세우면 남쪽 멀리 탁 트인 들판 너머에 아련히 청도가 보인다. 차에서 내리면 상쾌한 공기와 함께 시비詩碑를 만나게 된다.

영남 현대시조의 한 획을 긋고 가신 고 이호우님의 작품 〈살구꽃 핀 마을〉 첫수가 새겨져 있다.

초등학교 국어교과서에도 실렸던 명작이다. 우리 겨레의 정서가 물씬 풍기는 맛이 그윽한 우리의 시다. 시비 앞에 서서 조용히 읊어보면 이 짧은 시조 한 수 속에 살아있는 수많은 고향 사연과 그 정다움이 짜증나는 우리들의 가슴을 시원하고도 즐겁게 해 줄 것이다. 물질적 풍요 속에 정신적 빈곤을 느끼게 되는 요즘은 조선 시대 대쪽 같은 성품으로 일마다 정열을 쏟던 선비가 그리워 진다.

살구꽃 환히 피는 계절, 복숭아꽃도 아름답게 야산비알을 수놓고 있다. 낯선 사람도 고향 친구같이 느껴지는 살구꽃 피는 마을, 이 아름다운 우리의 강산, 그 모습들을 우리 자녀들에게 뜻 깊게 보여주는 것이 곧 21세기 든든한 한국의 주역을 기르는 첫 걸음이 아닐까 생각된다. 우리의 문화 전통을 소중히 아낄 줄 아는 자세가 절실히 요구되는 시대에 우리는 살고 있다.

대구일보 〈대일산필〉. 1996.

우리 것 찾기

'나의 시에 있어서의 실험 정신'이란 거창한 주제는 내게 막막함을 준다. 나는 시를 아주 쉽게(?) 생각한다. 어쩌면 건방진 소리 같지만 그게 아니고 오히려 모르기 때문일 것이다.

시가 무엇이냐는 물음에 답은 시인 각자가 달리 할 것이다. 시가 원시인들의 무속에서 유래되었다면(모든 예술이 다 그렇지만) 그것은 바로 우리 생활 자체이다. 객관화 될 수 있는 내 가슴 속의 무수한 무형의 심상들을 시어라는 매체를 통하여 유형의 형상으로 그려내는, 그러면서 독자에게 무한한 상상의 공간을 제공해 주는 것이 시일 것이라고 나는 생각한다. 더구나 그 중에서도 틀이 정해진 장르로 한 겹 더 싸인 시조를 창작한답시고 애쓰고 있다.

이미 정해진 틀을 조금은 느슨하게 하는 것이, 아니면 그 틀을 재창조해 보고자 하는 것이 실험정신일 수도 있다. 그러나 나는 고집스럽게도 조상 대대로 이어져 오는 그 우리만의 틀을 변형시켜 보려는 생각은 추호도 없다. 오히려 끝까지 고수하고 싶은 심정이다. 정해진 틀을 벗으면 그것은 이미 시조가 아니기 때문이다.

　그렇다면 무엇을 나의 실험 정신으로 말할 수 있을까? 곰곰이 생각해 봐도 잡히지 않으니 안타까울 뿐이다. 하지만 나는 실험 정신이란 이름 아래 나 개인의 시작에 있어 고집하고 싶은 얘기를 하고자 한다. 시조는 고루하다고 한다. 그 명칭에서 오는 선입견일 수도 있고 현대시조 작품들 중 일부에서 드러내는 치부일 수도 있다. 시인은 가슴에 와 닿는 모든 사물을 자신의 삶이란 체로 일차 걸러내어야 뜻 깊은 시의 이미지를 잡을 수 있다. 삶 자체를 있는 그대로 그려내는 것만으로는 소기의 목적을 달성할 수 없다. 거기에 자신의 잔잔한 긍정이나 찬탄, 혹은 날선 비판의식이 함께함으로써 시의 가치를 얻게 되는 것이다.

　과거가 오늘에 다시 살아나고 미래를 향한 원동력이 되도록 잘 짜여진 시조를 창작해야 되겠다는 생각을 늘 가지고 있다. 순수와 참여에 대한 논쟁도 있지만 순수한 순수도, 순수한 참여도 맥빠지는 얘기다. 서로 적당히 조화를 이루는 가운데 독자들이 공감할 수 있는 작품이 탄생할 것이라 믿고 있다. 해서 나는

내 시조 속에 순수와 참여를 적당히 버무리는 작업을 시도하고
있다.

전신에 스며 오는
빗물 같은 기억들이

방울방울 창문 위로
길을 찾아 헤매고 있다.

이런 날
우연히도 그는
대문 밖에 설 것 같다.
　　　- 〈비 오는 날〉 둘째 수

　사람이 나고 늙어 죽듯 말도 나고 늙어 죽는다. 우리말은 우리
겨레 최대의 무형 자산이다. 수천 년 동안 우리의 삶을 끈끈하
게 이어 준 우리말이 요즈음 급속히 병들고 늙어 가고 있다. 그
이유 중 하나는 '세계 속의 한국'이 잘못 인식되는 데 있다. 가
장 한국적인 것이 가장 세계적인 것이라는 진리를 새삼 깨달아
야 할 것 같다. 세계 각국에서 들어와 악취 풍기는 외국어들이
얼마나 많은가? 나는 내 시조에 가능하면 외국어, 한자투어를
배제한다.

한길을 비껴 앉아
맨살 부빈 찬샘골이

해만 뜨면 질러 와서
봇도랑에 무너지고

솔갑불 빈 아궁이가
가재기에 노을 졌다.
  - 〈한지·12〉 첫 수

  우리의 사대주의 뿌리는 깊고도 깊다. 우리 조상들의 시문을
보면 더욱 잘 나타난다. 시문 속의 지명이나 인명은 중국 것이
많다. 고사의 비유도 중국 대상이 대다수이다. 어쩔 수 없는 문
화 선진국에의 기댐이었지만 그 부끄러운 그림자가 오늘 같이
밝은 고도 문화 사회에서도 유유히 너울거리고 있으니 심기 불
편한 일이 아닐 수 없다.
  가짜라도 물 건너 온 박사는 위대한 눈빛으로 보고 국내 박사
는 그렇지 않다는 항간의 우리 현실이 비참하기까지 한데 문화
계도 예외는 아니다. 시 이론을 밝힌다든지 문학 얘기만 나오면
으레 서양 시인, 서양 평론가, 서양 문학서를 근거로 들며 거품
을 물고 열변을 토하는 것을 종종 본다. 우리의 감정, 우리의 풍
속, 전통이 그들과 판이하고 그 속에 표현되어 온 우리의 시가
그들 것과 다를진대 어떻게 우리의 시를 그들의 자로 재어 볼 수

있겠는가?

신문학이 들어오고 100여 년, 해방되고 40여 년 동안 우리에게는 우리 문학을 잴만한 독자적 우리 이론이 없어서 일까? 아니면 있어도 무시해서 일까? 더구나 시조는 더 하다. 시조 이론 내지 길잡이가 될 만한 저서와 저자는 있는 걸로 아는데 아직은 서양 이론가나 문인들만치 활용(?)되지 못하고 있다.

시어로서의 생명은 그 자체가 아니고 그것이 짜이는 기법과 구조에 따라 달라진다. 시어로서 생명이 없다고 하는 상투어, 관념어지만 그것이 새로운 의미구조로 얽어질 때 그 생명은 살아날 수 있는 것이다. 결국 시어의 생명을 창조해내는 것이 시인의 사명이라고도 할 수 있겠다. 어휘 하나하나가 생명력을 가지고 재등장하는, 오관에 짜릿하게 와 닿는, 가슴 뭉클하게 하는 시조가 궁극적 목표가 아닌가 한다. 우리는 현대시조 속에서 그 대상이 꽃이든 동물이든 추상이든 결국은 인간의 참모습이 은은하게 비쳐나도록 그려내어야 한다.

현대인은 순수 감정이 퍽 무디어져 있다. 어지간한 자극으로는 감동할 줄 모른다. 이것을 우리는 '인간 상실이다. 비인간화다'라고들 말한다. 문학의 한 가지 기능인 참인간으로의 구제는 잃어버리고 있는 인간 본연의 순수감정을 되찾아 살려줄 수 있는 감동의 작품을 빚어내는 일이다.

시조 형식을 고수하면서도 거기에 담기는 산뜻한 새 이미지와 알맞은 시어의 선택, 그리고 새로운 구도로의 형상화에 남보다 다른 면을 보이고 싶은 욕심인 것이다. 이것은 하루 이틀에 끝날 일이 아니고 평생을 두고 밀고 당겨야 할 과제이다.

《미래시》11집. 1987.

타고난 시재詩才

- 이 시인을 말한다

"제가 경대사대부중 2학년 때 이 사람은 1학년, 3학년 때 2학년, 사범학교 1학년 때는 부중 3학년, 2학년 때 1학년, 3학년 때 2학년, 그러니까 5년 선배 아닙니까? 어이, 5년 후배 맞제 그제" 문인들과 함께 하는 자리에서 손가락을 꼽아가며 류상덕 시인은 필자와 같은 중·고등학교 5년 선배임을 진지하게 농담하곤 한다. 희한하게도 부중, 사범학교를 1년 뒤에 쪼르르 따라다닌 셈이 된다. 그리 흔치않은 인연이라 여기고 있다. 류 시인은 잊었는지 몰라도 그가 중3 때 교우지 《무궁》(1956)에 발표한 〈절간〉이란 시를 본다.

통꽃이 진다

허물어진 절간에는
황혼이 몰려온다
외로이 우뚝 솟은 종각 위로는
성운이 곱다랗게 무늬를 놓는다

호젓한 절간에는 전설만 어려
갸냐알픈 통꽃
한 잎 두 잎 진다

　류 시인은 팔방미인이었다. 배구, 육상, 축구, 핸드볼, 테니스
선수로, 서예, 그림, 노래에 남다른 재능을 가진 그 위에 문학이
라는 언어예술의 창조자로 못하는 게 거의 없는 사람이다. 중학
교, 고등학교 시절 늘 그는 학교 대표로 경북학도 예술제에 참가
했다. 그가 사범학교 3학년 제3회 경북학도 예술제에 참가 시조
부 1등을 한 작품 〈포도鋪道〉를 교우지 《사원》 7호(1958)에서 찾
아본다.

이미 여문 가슴에 오랜 날을 마주 했기에
그 머언 그리움도 목이 메어 피멍인 채 짓밟혀 헐리고 뜯겨도
한 번 놓인 그대로다

바램은 눈이 부셔 푸르고 아득한 것
헐벗어 찢어진
세월 가슴 아파 떨려 와도

외면해 넘치지 못하는
거기 내가 거닌다.

이렇듯 학창시절 문명文名을 떨친 그가 현직에 나와서 일찍 문단에 오르게 된 것은 너무도 당연한 일이었다.

류 시인은 다정다감한 사람이다. 주위 사람들의 많은 일에 세심하게 관심 주며 가슴 저리도록 손잡아 준다. 때론 고집도 세지만 문학모임에 회장을 안 하려고 뺑소니를 치다가도 농담 한마디에 무거운 짐을 선뜻 지는 수월함도 있다. 술을 많이 하지는 않지만 매우 좋아하는 편이어서 그와 술자리에 앉으면 누구랄 것 없이 밀고 당기다 자정을 넘기는 것이 공식이 된다. 세상살이 누구나 같이 근심 없는 이 있으랴만 그는 만나면 언제나 웃는 얼굴이다. 하기야 어쩌다 찡그린 얼굴 대면할 때도 있지만 실없는 소리 한 마디에 맥없이 풀리고 만다. 섬세하고 토속적이며 정감 어린 그의 시혼은 바로 그런 그의 넓고 뜨거운 가슴 속에서 우러나오는 것이라 생각된다.

류 시인은 보기 드문 효자였다. 6·25전쟁에서 형이 전사하고 노모는 늘 그 긴 세월을 눈물로 지새웠다. 근년 93세로 돌아가실 때까지 홀 노모를 지성으로 모셔 온 그는 효자로 통했다. 그는 동촌 비행장이 보이는 곳에 서면 그 곳을 가리키며 6·25전쟁 때 징발 당해 활주로에 묻힌 그의 고향을 그리워한다. 그리고 전사한 형을 그리워한다. 현충일이면 언제나 노모를 모시고 앞산 현충탑에 올라 다 말라버렸을 듯한 눈물을 뿌리며 향을 피우곤 했다. 이젠 그 일도 혼자의 몫이 되고 말았지만. 류 시인은 대구의 토박이 민족시인이다. 일찍 시조에 몰두하여 척박하던 대구 땅에 시조부흥을 위해 젊은 시절부터 앞장 서 왔다. 영남시조문학회(낙강) 창립회원으로 힘써 일해 온 사람이다. 그의 첫 시조집 《백모란 곁에서》가 나왔을 때의 일이 생각난다. 대명동 나지막한 한옥에 그의 서예작품이 속표지 다음에 실린 시조집을 쌓아놓고 친구, 후배들을 불렀다. 우리들은 증정본 봉투에 주소를 쓰고 류 시인은 정성스레 증정본에 사인하고 도장을 눌러 댔다. 여름의 더위를 씻으라고 속이 빨간 수박을 내어 주시던 사모님의 모습이 시조집만큼이나 아름다웠다. 리어카에 책을 싣고 우체국으로 향하던 발걸음 위에 우리들은 부러운 눈길을 보내고 있었다. 18년 전의 일이었다.

류상덕 시집 《바라보는 사람을 위하여》. 1996.

선무당이 사람 잡는다

박인수 씨는 실존 인물입니다. 그는 몸도 마음도 건강한 대한 민국의 남자입니다. 그는 지금 쉰살을 넘겼습니다.

인수 씨의 살아온 과정은 우리나라 현대사 그대로입니다. 숱 한 괴로움을 참고 울분을 삼키며 두세대에 가까운 세월을 살아 왔습니다. 그의 눈에 비친 세상은 다채로웠습니다. 혹은 아름답 고, 눈물겹고 혹은 더럽고, 아니꼽고 혹은 자랑스럽게 비쳐날 때 도 있었습니다.

그러나 변하지 않는 것은 그의 깊은 심중이었습니다. 공산당 에 대한 뚜렷한 부정과 민주주의 제도에 대한 확실한 신념, 그것 이었습니다. 인수 씨는 인간의 가장 행복한 삶의 조건 중 제일을 '자유'로 꼽고 있습니다. 그것이 확실하게 보장되지 않는 어떤 이념도, 체제도 싫어합니다.

철없고 멋모르던 시절의 턱없던 생각이 뉘우쳐지기도 하고 미처 깨닫지 못했던 소중한 의미를 늦게나마 건져내기도 합니다. 그래서 사람은 죽을 때까지 철이 들며 사는 것입니다. 학생들의 실제 사회에 대한 이해와 판단은 미숙합니다. 그것은 경륜이 부족하기 때문입니다.

학교에서 배우는 학문의 세계와 현실은 일치하지 않는 수가 많습니다. 그게 부조리라고 할 수 있을지는 몰라도 꼭 그렇다고 단정할 수만은 없는 것입니다. 인간은 아무도 신의 범주를 침범할 수 없기 때문입니다. 즉 신이 아닌 인간은 모두가 완전할 수 없다는 뜻입니다.

우리나라는 반공 국가입니다. 이것은 아무도 부인하지 못합니다. 일본이나 프랑스 같은 나라에는 공산당이라는 정당을 합법화하고 있지만 우리나라에는 불법으로 되어 있습니다. 남북 자유통일이 이루어지기 전에는 변함이 없을 것입니다.

'선무당이 사람 잡는다'는 우리 속담이 있습니다. 공산주의 제도에 대한 깊은 연구를 한 학자도 아닌, 겉껍질에 현혹된 사람들의 서툰 언행은 모르는 사이에 무서운 결과를 낳게 됩니다.

이 책에 나오는 박인수 씨는 우리 모두의 아버지입니다. '옛날에는…' 하는 지난 얘기가 신물나는 것만은 아닙니다. 우리 아버지, 어머니들이, 아니면 할아버지, 할머니들이 우리들만 했을

때 어떤 생각을 하고 살아왔는지 알아보는 것은 '세대차'라고
하는 거리를 좁혀 줄 것입니다. 또한 반공의 참 의미도 깨닫게
될 것입니다.

성장소설 《애비 병법》〈책머리에〉. 1988.

형식미를 지붕 삼고

늦깎이로 목사 된 친구의 말이 생각난다. 목사가 되고 수년 만에 만난 자리에서 술 한 잔 하자고 했더니 안 된다고 했다. 형식이 뭐 그리 중요하냐는 내 말에 그는 이렇게 물었다. "야, 벼 낟알이 생길 때 쌀물부터 생기냐, 껍질부터 생기냐!" 지금도 나는 이 말을 가슴 깊이 새기고 있다. 시조는 형식을 가진다. 형식을 무시한 작품은 시조라 할 수 없다는 생각을 줄곧 해 왔다. 음보를 전제하고 보편화 된 자수율에 충실한 시조 창작의 길에 발을 들여놓은 지 어언 30년이 되었다. 우리 고유의 그릇 안에 신선한 이미지와 그것을 창의적인 형상화로 담아내는 작업은 아무래도 시재 부족한 내게 과분한 욕심이 아니었나 하는 자책감도 드는 요즘이다.

내 연배의 거의 모든 이들은 일제말기에서부터 지금까지 참으로 수많은 역사적 고비를 온몸으로 겪으며 살아왔다. 가장 혹독한 시기였던 6·25전쟁 시절, 나는 초등학생이었다. 전쟁 중인데도 시골 초등학교에 특별활동이 이루어졌다. 그림반, 붓글씨반, 글짓기반 등이 그것이었다. 지금 생각하면 정말 신기한 일이고 그때 선생님들의 열정에 고개가 숙여진다. 이름도 모르는 시인들의 시를 들려주시고 우리가 지은 글을 봐 주시던 선생님의 모습이 눈에 선하다. 그때는 다만 관심일뿐이었다. 중학교에 진학해서는 기차통학을 하느라 문예반에 들지 못하고 교우지에 기행문, 콩트를 발표하는 것으로 만족해야 했다. 사범학교 시절에는 문예반에 들어가 교우지도 편집하고 콩트도, 시조도 발표했다. 그러나 그것 역시 관심일 뿐 문학에의 꿈은 아니었다. 현직에 나오자 4·19혁명이 일어났다. 그해 후반기에는 《교육자료》에 〈연기〉라는 시도 발표했다. 1년 후엔 5·16군사혁명이 일어났고 군대에 입대했다. 복직 후 학교에서 학생들의 일기지도, 글짓기지도, 학교신문 발간 등에 골몰하느라 내 문학에의 꿈은 사라지고 있었다.

1976년 어느 날, 친구 김이주 군이 느닷없이 문단으로 가는 길에 동행을 강요하였다. 대구사범선후배 문인 및 문학 지망생들이 모여 문학 동인회를 만든다는 것이었다. 몇 번의 손사래 끝에 할 수 없이 '문학 경부선'에 합류하였다. 그 첫 동인지에 시조 세

편을 내라고 했다. 참으로 황당하였다. 시조 지어 본 것이 언제였던가? 며칠을 씨름해서 3편을 지어 보냈고 그것이 동인지 창간호에 실렸다. 이듬해 선배의 권유로 《월간문학》에 보낸 작품이 신인문학상에 당선되어 5월호에 발표되었다. 정완영 선생님께서 심사하셨음을 그때서야 알았다. 나는 한 번도 그 분을 뵌적이 없었다. 당시 나는 문단이라는 울타리 밖에 살면서 그 곳의 상황이나, 인맥, 친분 등 모두가 꽝인 상태였다. 그 후 백수 선생님은 낙강 모임에서 가끔 뵙게 되었다. 그 해 12월 신인문학상 시상식에도 참석 못하고 다음해 1월 추운 어느 날, 문협 사무실을 찾아 상장을 받았다. 그날 어떻게 만나게 되었는지 가물가물한 기억이지만 백수 선생님과 간단한 점심을 먹은 후 선생님의 인도로 작품 한 편을 들고 《시문학》사를 찾았다. 주인인 듯한 여자 분의 선생님을 대하는 태도가 영 마음에 들지 않았다. 반기는 기색은커녕 귀찮다는 표정이 역력하였다. 그래도 선생님은 나를 소개하시고 원고 한 편을 내미셨다. 그는 원고를 받자마자 우리가 보는 앞에서 캐비닛 문을 열더니 휙 던져 버렸다. 참으로 자존심 상하는 광경이었다. 선생님께 죄스런 마음 이루 말할 수가 없었다. 그때의 그 심정을 지금도 생생히 기억하고 있지만 선생님께는 말씀드리지 못했다. 1년 후 나를 문학의 길로 불러 준 김이주 군은 젊은 나이로 내 곁을 영원히 떠나갔다.

등단 후 나는 일제 암흑기를 견뎌 온 조상들의 잊혀져가는 정신을 작품 속에 담아내 보려는 의도로 〈한지韓紙〉 연작을 시도하였다. 50편이 완성 발표되었다. 첫 시조집에도 수록하였다. 그중 몇 편은 〈한지〉에서 분리, 독립된 새로운 제목의 작품으로 재생산되기도 했다.

20여 회에 걸친 《현대시학》《월간문학》의 시조 월평 집필이 나에게는 또 다른 계기를 주었다. 작품 보는 시각을 다양하게, 날카롭게 만들었다. 반면 내 작품을 창작하는데 상당한 장애를 주기도 했다. 그래서 나는 스스로 결론을 내렸다. '평론은 평론가에게.'

시의 정의는 다양하다. 아니 '이것이다.'라고 모든 이가 공감할 정의를 내릴 사람도 없다. 내게 누가 '당신의 시세계를 말해 보라.'고 한다면 나는 아마 이렇게 대답할 것이다. '공空이다. 다만 나는 새로운 이미지가 떠오를 때 많은 사람들이 공감할 수 있는 시적 공간을 마련하고 그 안에 신선한 방법의 형상화를 위해 고민할 뿐이다.'

사람은 갖고 싶어도 못 갖는 것이 있고 갖기 싫어도 가져야 하는 것이 있다. 결국 자기 의지대로만 살아갈 수는 없다는 말이 된다. 내 문학의 길도 이와 같은 경우가 반복되었다 할 수 있다. 시조집, 평론집 등을 출간한 것은 내 의지였지만 그 외의 문단 활동은 거의 주위의 권유를 뿌리치지 못해 받아들인 경우였다. 중앙에서 받은 두 번의 수상도 누구의 추천으로 받게 되었는지 몰라 고맙다는 인사 한 마디 하지 못해 지금도 미안한 마음 살아 있다. 그러나 지금 후회하지는 않는다. 인생에 있어 후회만큼 어리석은 일이 또 있을까?

　돌이켜 보면 나의 시조 창작 활동은 그야말로 형식미를 지붕 삼고 그것을 벗어나지 않으려고 온힘을 쏟으며 그 안에서 올망졸망 능력껏 애써 왔다. 그 위에 가능하면 우리의 토속어를 잘 살려 쓰는데 힘을 기울였다. 그 성과는 늘 부끄럽다는 내면의 소리로 내게 되돌아왔다. 하지만 주어진 길, 묵묵히 시조 창작에 최선의 노력을 해야겠다는 다짐을 다시 새롭게 하고 싶다. 늘 신인이라는 조심스러움으로.

《시조시학》〈자전적 시론〉. 2007.

마음의 고향

어머니는 내 마음의 고향이다. 지금도 저승에 계시는 어머니 생각만 하면 눈시울이 뜨거워짐은 어쩔 수 없다.

어머니는 나의 신앙이다. 어머니 사진을 대청 위에 걸어 놓고 나며 들며 쳐다본다. 기쁜 일도 슬픈 일도 힘든 일도 어려운 일도 모두 어머니의 뜻으로 여기고 즐겁게 감사하며 살아가기로 마음먹고 있다.

울릉도에서의 젊은 남편 사별, 강원도 산골에서의 울분과 좌절, 그리고 경상도에서의 가난과 고통 그 모두를 이겨내고 살아오신 우리 어머니는 나에게 둘도 없는 위인이시다.

어느 어머니인들 자식에 대한 사랑이 지극하지 않으랴만 우리 어머니는 가슴 속 깊이 사랑을 간직하시고도 겉으로는 늘 대장

부처럼 남편 없는 가정을 꾸려 오셨다. 그런 어머니는 귀여운 손자가 장성하는 것도 못 보시고 예순 셋에 저 먼 하늘나라로 가셨다. 늦게 얻은 손자가 하도 좋아서 땅에 내려놓지 않았고 경기도 먼 친정에 가실 때도 어미 아비가 못 미더워 굽은 등에 세 살손자를 업고 가셨다. 우리 큰애에게는 하늘같은 할머니셨다.

봄이 되어 새싹이 돋고 할미꽃이 필 때면 북망산 봉분도 열려 환히 웃으며 살아오실 것 같은 어머니, 공항에 서 있으면 지구 저쪽 먼 곳에서 비행기를 타고 와 출구로 돌아오실 것 같은 어머니, 그래서 나는 어머니 모습을 떠올리며 내 시조 속에서 반갑게 어머니를 다시 만나는 것이다. 돌아가신 지 올해로 23년이 되지만 내가 창작을 할 때면 언제나 나의 곁에 계신다.

이 빠진 가슴 가슴 군불 지펴 데워 내는
그래도 애달픈 정 차마 놓지 못하는 손
돌아서 고이는 눈물 안개 뿌연 새벽 공항

얼싸안고 반기는 어느 모녀 추스른 어깨
바라보고 있노라면 저 세상 울 엄마도
어쩌면 오늘 비행기로 돌아올 것 같기만 하고

뒤돌아 돌아보며 조그맣게 멀어가는
손끝에 뒷모습을 간절히 재어보면
어느 날 갑자기 떠난 달빛 같은 그림자 진다.
　　　　　　　　　- 〈공항에서〉 전문

어머니를 노래하는 일은 참으로 신나고 아름다운 일이다. 살
맛이 나는 일이다. 나에게는 일찍 아버지가 돌아가셨기에 남들
보다 어머니에 대한 기댐이 두 배로 크지 않았을까? 세월이 지
나면 우리 세대 어머니들의 공통된 삶의 역경과 명암을 좀 더 익
은 솜씨로 조명해 보고 싶다.

《그리움은 길이 없어라》 5인 시집. 1996.

청보리 축제를 보며

　과거를 돌아보는 것은 후회하기 위함이 아니고 진지한 반성 위에 더 나은 미래를 설계하기 위함이다. 고창 너른 구릉지에 막 이삭이 팬 푸른 보리가 남녘 산들바람에 물결친다. 구경꾼들이 타고 온 차들로 길은 주차장이 되어 있다. 젊은이들은 그 사이를 비집고 보리밭으로 들어선다. 보리가 밟히든 말든 아랑곳 않고 사진 찍기에 여념이 없다. 이들은 과연 저 보리가 반세기 전 조상들의 명을 이어 주던 귀한 곡식이었음을 알고 있을까?

　시대가 바뀌고 생활이 몰라보게 발전하였다. 그래서 그런지 과거를 서슴없이 부정하는 목소리가 자주 들려오는 요즘이다. 그것은 눈높이를 조절 못한 탓이다. 1950년 북한 공산군의 기습 남침으로 시작된 6·25전쟁 때 피난길 기차에 매달려 가는 피난민들의 사진을 보고 '고속버스를 타고가지 왜 저럴까?' 밥이 없어 굶었다는 말을 듣고는 '라면이라도 끓여 먹지 왜 굶어?' 라고 하는 초등학생의 사고와 다를 바 없다. 과거는 과거의 시대 상황에 맞는 잣대로 평가해야 한다.

미국이 영국으로부터 독립을 얻기 위해 싸울 당시 독립 운동가였던 페트릭 헨리의 연설 중 지금도 회자되고 있는 말이 있다. "나에게 자유를 달라. 그렇지 않으면 죽음을 달라." 6·25전쟁 당시의 피난민이나 지금도 굶주리고 있는 아프리카 난민들에게 물어 보라. "자유를 줄까? 음식을 줄까?" 인간 생존의 기본욕구 중 먹는 것만큼 절실한 게 또 있을까?

보리 익는 6월을 보릿가을이라 했다. 1950 ~ 1960년대 그 보리가 익기도 전 4, 5월이면 양식이 바닥나 굶주리기 시작했다. 오죽했으면 덜 익은 청보리의 이삭을 잘라와 삶고 말려 찧은 찐보리쌀로 목숨을 이었을까? 보릿고개를 힘겹게 넘고 목숨을 이어와 오늘의 풍요를 이루어 물려준 이 시대, 살아 있는 조상들의 피눈물로 얼룩진 노고와 그 은혜에 고개 숙일 줄 아는 교육적 축제가 아쉽다는 생각이 든다.

> 얼어 터진 겨우살이 아는 이야 드물지만
> 구경거리 청보리밭 그 애련愛憐 딛고 서면
> 들린다. 맥령麥嶺을 넘던 상여소리 지던 눈물.

가마솥 텅 빈 둘레 헛기침만 돌던 날은
허기 덮고 명줄 놓던 보릿고개 반세기 전
놀랍다. 너무나 낯선 장밋빛의 저 무심無心.
　　　- 〈청보리 축제〉 전문

　과거를 경시하고 부정하는 오늘날의 이런 풍토는 전적으로 잘
못된 교육의 탓이다. 교육은 백년대계라고 입이 있어 함부로 달
고 다니는 우리나라 정치인들, 행정가들 그들은 5년 앞도 내다
보지 못하는 교육정책을 주무르고 있다. 그 혼란 사이에 사교육
은 춤을 추고 공교육은 붕괴 직전이 되었다. 최신 컴퓨터만 무작
정 보급하면 선진화이고 뱃속 아기 때부터 영어 교육에 매달리
면 세계화다. 문학 교육의 바탕이 부실한 학생들에게 급조된 논
술만 족집게로 학습시키려는 교육 환경도 가관이다.
　관광 위주의 청보리 축제도 여기에 한 몫을 하고 있다. 뿌리
깊은 나무는 바람에 흔들리지 않는다. 교육도 문학도 건강한 뿌
리 위에 가지 뻗고 꽃피우고 열매 맺는다. 좁은 이 나라 수많은
각종 축제들이 바람을 일으키고 있다. 모든 행사는 먼저 교육적
가치를 우선해야 한다. 자라나는 세대가 이 나라의 새싹이고 꽃
이기 때문이다.

《대구시조》11호 〈시가 있는 산문〉. 2007.

통영 거리

통영이었다가 한때 충무로 불렸다가 이제는 다시 통영시가 되었다. 가끔 충무라고 해서 핀잔을 받기도 한다.

통영에는 자주 들르는 편이다. 가족끼리 미륵섬에서 1박, 욕지도에서 1박으로 다녀오기도 하고 등산을 위해 미륵섬의 미륵산, 욕지도, 사량도를 찾기도 했다. 하지만 지난봄에는 문학기행이라는 깃발을 달고 문인끼리 갔기 때문에 그 느낌이 사뭇 달랐다. 문학기행의 참된 의의를 새삼 깨닫는 기회가 되었다.

한국의 나폴리라고 불리는 만큼 푸르고 맑은 바다, 그림처럼 옹기종기 둘러앉은 갖가지 모양의 아름다운 섬들, 수많은 크고 작은 배들 그리고 해저터널, 그 위에 날아 춤추는 갈매기까지 그 풍경이 실로 눈부시다.

통영은 그야말로 예향이다. 다는 모르지만 시조시인 초정 김
상옥, 시인 대여 김춘수, 시인 청마 유치환, 극작가 유치진, 주
평, 소설가《토지》의 박경리, '빛의 마술사'라 불리는 아흔이 넘
은 전혁림 현역 화가 등 모두가 이 고장 출신의 훌륭한 예술가들
이다.

통영에는 청마 유치환 문학관이 있고 청마거리가 조성되어 있
다. 또 초정 김상옥거리도 아름답게 꾸며져 있다. 여기에 들르면
길을 밟고 걷기가 무척 송구스러워진다. 초정 선생의 시조가 곳
곳에 걸려 있고 길바닥의 타일에는 점점이 선생의 그림과 글씨
가 예쁘게 수 놓여 있기 때문이다. 이 두 거리를 거닐다 보면 문
학에 절로 젖는 우리 자신을 발견하게 된다.

> 발을 차마 딛지 못해 경중경중 뛰어 본다.
> 초정 선생 그림, 글씨 살아 눈을 뜨시어서
> 후생들 가없는 선망 혼신의 힘 그것뿐야.
> ─〈통영 거리〉 전문

대여 김춘수 유물관에는 그가 생전 쓰시던 유물과 사진, 작품
들이 경건히 전시되어 있다. 최근에는 박경리 선생의 묘소도 조
성되었다고 한다. 아흔 넘으신 현역 전혁림 화가께서는 미술관
을 지어 시민들에게 예술을 함께 향유할 수 있는 장소와 기회를
제공하고 계시다. 이 모든 문화 예술 시책들이 통영시 당국의 계

획적이고 과감한 추진의 덕택이겠지만 거기에는 시민들이나 현역문화 예술인들의 적극적인 관심과 참여에 힘입은 바 더 크지 않았을까 하는 생각이 든다.

이런 면에서 이번 문학기행은 나에게 무한한 부러움을 안겨주었다. 우리 대구에도 훌륭한 예술가들이 많다. 앞산공원, 달성공원, 두류공원 등에 시비들이 세워졌거나 세워질 계획인 걸로 알고 있다. 중구 계산동에는 얼마 전 시인 이상화 고택이 새로 단장되어 대구의 자랑거리가 하나 늘게 되었다. 앞으로 문화 예술이 우리 삶을 더욱 윤택하게 가꾸어 갈 수 있도록 시 당국이나 시민, 문화 예술인들이 적극적으로 참여하고 관심 가져 주어야 할 것이다. 대구문협이 추진하고 있는 대구문학관도 빠른 시일 내에 건립될 수 있도록 우리 모두 함께 힘써야 할 일이다.

2008.

타향도 정이 들면

　'타향도 정이 들면 고향' 이라는 대중가요 구절이 새삼 가슴에
와 닿는 시대에 우리는 살고 있다. 옛날에는 선친의 고향만을 의
미하던 것이 이제는 타향도 정이 들면 고향으로 인정받는 시대
가 된 것이다. 농경 사회에서 공업 사회로, 나아가 다양한 직업
사회로 바뀌면서 대를 이어 선친고향을 지키기가 어렵게 되었기
때문일 것이다.

　〈고향〉이란 말은 우리들에게 어머니 같은 포근함을 준다. 일
제강점기에 나의 선친은 고향 영일을 떠나 전전하다가 울릉군
남면 도동에 일시 닻을 내렸었다. 거기서 나는 막내로 태어났다.
네 살 들며 아버지를 여의고 6살 때 강원도 평창군 방림면 베이
실(방의동) 고모가 살던 골짜기로 옮겨 살다가 거기서 해방을 맞

114

왔다. 그 이듬해 경북 영천군 금호면 냉천동으로 이사와 어머니, 형과 세 식구가 낯선 둥지를 틀고 초등학교, 중학교 시절 10년을 보냈다. 그 후 경산군 하양을 잠시 거쳐 대구에 정착한 지는 이제 40년이 다 되어 간다. 그리고 보면 나에게는 안티고향 울릉도, 태백산 깊은 골의 베이실, 그리고 어린 학생 시절의 꿈이 곱던 금호가 모두 든든한 고향으로 자리하고 있음을 부인할 수 없다.

울릉도에 대한 기억은 천장에 앙상하게 매달려 있던 백열등 하나, 새콤달콤했던 귤 한 조각의 맛뿐이다. 하지만 우리 어머니로부터 하도 많이 들어서 사실 내 머리 속에는 울릉도가 자세하게 그려져 있다. 눈이 많이 내려 눈 속으로 굴을 뚫고 이웃과 내왕했다는 얘기, 초봄 눈 속에 누렇게 돋아나는 명이나물(산마늘)로 끼니를 잇기도 했다는 얘기 등등.

연전 나는 수십 년 만에 처음으로 울릉도를 찾은 적이 있다. 얼굴 모르는 아버지의 영혼이 숨 쉬는 푸른 동해 위로 배를 타고 도착한 도동은 어딘가 낯익은 듯 했다. 우리가 살던 곳을 찾아보기도 하고 어머니 친구 분도 만나 뵙는 감격을 맛보았다.

2년 남짓 살았던 태백골 베이실은 짧은 기간이었지만 내 기억에 대단히 아름다운 꿈이 아롱지던 곳이었다. 흰 머리에 주름이 유난히 많던 정 많으신 월성손씨 친할머니와의 생활을 마감했던 곳이기도 하다. 후에 가 보았을 때는 너무나 작은 개울이었지만 그때 기억으로는 제법 큰 시내쯤에서 밤에 횃불을 들고 고기 잡던 일이며 높다란 앞산을 토끼처럼 뛰어 오르내렸던 일, 그 높은 산 위에 하얗게 빛바랜 낮달이 구름과 함께 떠 흐르던 모습들은 아직도 나에게 설레는 그리움으로 남아 있다. 해방 직전 한두 집씩 흩어져 살던 골짜기 길을 따라 흰옷 입은 청년들이 어깨에 붉은 글씨 띠를 두르고 몇 안 되는 동네 사람들의 배웅을 받으며 지골(계촌)로 향하던 일이며 해방 후 그 청년들이 살아 돌아왔다고 잔치를 벌이던 일 등이 눈이 선하다. 지금 생각하면 일제 말기의 험악했고 고통스러웠던 징병, 징용이었다는 것을 그때는 모르는 철부지였다.

맨손으로 둥지를 튼 금호 냉천동은 사실 지금까지 내가 고향이라고 생각하며 가장 먼저 꼽는 곳이다. 해방 후의 어수선했던 정부수립 직전 5·10 총선 모습이 재미있게 떠오른다. 트럭에 탄 사람들이 "000을 국회로 보내자."라고 외치면 우리들은 그 먼지 뿌연 트럭 뒤를 따르며 "00을 꾹꾀로 보내자."라 소리치며 깔깔 웃어댔다. 경상도 사투리로 '꾹꾀'는 하수구 밑바닥에 질척이는 찌꺼기를 말한다. 국회가 뭔지 알 턱이 없던 시절이었다. 초등 3학년 어느 날, 금호역에 놀러 갔다가 이상한 소리를 들었다. "북괴가 쳐들어 왔다." "임진강을 넘어 공산군이 쳐들어 와 전쟁이 터졌다." 그 해 8월에는 우리가 사는 금호는 물론 금호강변까지 온통 피난민들로 출렁거렸고 급기야는 피난명령이 떨어진 초등학교 운동장에 여러 대의 대포가 진을 쳤다. 대포 쏘는 소리가 천지를 진동시켰고 그럴 때마다 우리 집 벽에서는 흙이 주룩주룩 흘러내리곤 했다. 처음 보는 미군들이 뽀얗게 먼지를 덮어 쓰고 트럭 위에 인형같이 앉아 영천 땅고개 쪽으로 올라 갔다. 우리가 금호강을 건너 피난 가던 날, 호주 색색이라 불리던 제트 폭격기는 쉴 새 없이 땅고개 너머 영천 읍내를 폭격하고 있었다. 인민군이 영천까지 들어왔기 때문이라 했다. 급박한 상황이 인천상륙 작전 성공으로 반전되어 북진하고 있을 때 학교에 주둔한 미군부대에서는 밤마다 전봇대 같은 미군들이 권총을 차고 나와 동네를 휘저었고 더러는 여자들이 몸을 빼앗기는 슬픈 역사도 보았다. 도움 받는 민족의 아픔을 분노로 삼킨 어린 마음이었지만 어쩔 도리는 없었다.

금호강, 풍락지(사일못), 죽림사, 금호 넓은 들, 집 뒤 하보(작은 개울을 막아 물을 가두어 두었던 곳), 겨울에는 그 곳에서 썰매를 탔다. 낡은 터 허름하게 서 있던 교회당, 그리고 금호강을 따라 길게 누워 있던 방천 둑, 금호강을 가로지르던 잠수교, 강 건너 과수원들과 그 사잇길 등등은 빈틈없이 나의 눈물과 기쁨과 꿈이 범벅되어 있는 곳이다. 우리 아이들은 대구에서 태어나 대구에서 성장했으니 대구 외에 달리 고향이 없겠지만 진짜 고향 맛 나는 고향이 아니어서 섭섭하지나 않을지 염려되기도 한다.

《보리밥 풋고추》 5인 시집. 1998.

3부

노변 담화

기다림의 미학美學

 기다림은 여유일 수도 있고 조바심일 수도 있다. 기약된 시간일 수도 있고 기약 없는 허공일 수도 있다. 여하튼 기다림은 타의든 자의든 기다리는 사람에게 자유분방한 사색의 시간을 준다. 기다림의 결과 역시 만남일 수도 있고 허탕일 수도 있다. 만나게 될 때까지나 허탕이라고 마침표 찍고 자리에서 일어설 때까지 기다리는 사람의 마음속은 한결같이 화려한 동화 속이다.

 우리는 하루 세 끼 식사 시간을 기다린다. 그리고는 출근길에 올라 삼등 인생의 발을 기다린다. 전쟁터 같은 버스 안에서 하루의 즐거운 일과를 기다린다. 오후가 되면 퇴근 시간을, 때로는 퇴근 시간의 전화를 기다린다. 다정한 벗에게서 막걸리 한잔 하자는 소박한 목소리가 가느다란 전화선 타고 와 주기를 기다린다. 아무리 바빠도 친한 사람끼리, 보고 싶은 사람끼리 만난다는 것은 여간 즐거운 일이 아니다. 늘 대하는 가족들이나 직장 동료들에게서 느끼지 못하는 신선한 기쁨이 있는 그 밖의 친분 있는 사람과의 만남은 우리 생활을 한층 더 윤택하게 해 준다.

기다리는 동안 머릿속은 온통 아름답게 살아 움직이는 그림이다. 이제 막 싹이 트는 생각에서 싱싱하게 잎을 치켜드는 풍성한 가슴, 그리고 소담스레 열매 지어지는 우리들의 노오란 공감의 식, 때로는 눈밭에 멀리 찍혀간 한 쌍의 발자국 환상까지 그려지는, 사철을 함께 보는 그런 그림인 것이다.

굵은 힘줄을 세우며 첫 새벽 인력시장에 나온 인부는 식솔들의 며칠 끼니를 이어 줄 일자리를 기다린다. 일찍 출근한 선생님은 학생들의 하얀 순수를 기다리고 어깨 처진 학생들의 식은 가슴은 선생님의 불타는 사랑의 체온을 기다린다. 일하고 싶은 수많은 실업자들은 바늘구멍 같은 취직시험 합격을 기다리고 만년 과장은 부장의 퇴직을, 아니 굵은 밧줄 하나 잡기를 목 빼고 기다린다. 수평선 가르는 해돋이를 안고 출어하는 어부들은 풍어를 기다리고 그 가족들은 안전과 만선의 귀항을 경건하게 기다린다. 거북등처럼 갈라지는 논바닥을 자신의 살갗 트는 아픔으로 애타는 농부들은 새파란 하늘을 보며 비를 기다리고 돈 벌러 해외에 나간 사내의 순한 아낙은 한 짐 돈 지고 건강하게 돌아올 남편을 기다린다. 노년에 자부를 본 완고한 시부모는 귀한 첫 손자를 기다리고 일천만 이산가족은 살아 만날 피붙이를, 우리 온 겨레는 남북통일의 그날을 목마르게 다린다.

기다림은 곧 희망이다. 희망을 갖지 않는 사람은 없을 것이다. 따라서 기다림이 없는 사람도 없다. 기다림은 인간의 의지로 이루어지는 것도 있지만 그렇지 않는 것도 있다. 자신의 의지로 이루어지는 기다림이라면 자신의 노력 여하에 달린 것이다. 인간의 의지와 관계없는 기다림은 좋은 의미로는 무조건의 믿음이고 나쁜 의미로는 끝없는 요행심일 뿐이다. 정신적, 육체적 노력 여하에 따라 내 긴 기다림은 환희와 작약의 열매가 되기도 하고 실망과 번뇌의 나락이 되기도 한다. 세상에 투자 없는 수익이 어디 있으랴. 애써 노력했음에도 불구하고 기다림의 결과가 쓴 잔으로와 내 가슴을 멍들게 했다손 치더라도 우리는 절망할 필요가 없다. 그 순간부터 우리는 또 다른 기다림을 잉태하는 행운을 얻게 되기 때문이다.

하지만 노력 없는 기다림은 올림픽 복권 1장에 1억 원의 거금을 꿈꾸는 환상 속이다. 인생이 연극이라 하지만 환상의 무대 위에 올려진 요정이 아니고 피눈물 나는, 그리고 손발 부르트는 고된 현실 연기자의 길이 곧 인생임을 깨달아야 한다.

기다림의 결과는 늘 우리의 바람과 일치하지는 않는다. 거기에 기다림의 묘미가 있지 않을까? 인간의 바람대로 기다림의 결과가 꼬박꼬박 안겨 온다면 기다림의 의미는 없어지기 때문이

다. 기다림이 인간의 가슴 속에서 사라지는 순간, 이승도 함께
사라질 것이라 생각된다. 그러나 이 세상을 떠나는 순간에도 저
승 낙원에의 기다림을 갖는지는 아무도 알 수 없는 노릇이다.

《죽순》. 1986.

우리는 우주여행 중

꽈배기 세상에 가슴이 답답할 때는 밤하늘의 별을 바라보자. 얼마 전까지만 해도 해외 여행은 드문 일이었는데 이제는 흔한 일이 되었다. 21세기에는 우주 여행도 바라보게 되었다. 그런데 우리는 이미 태어나면서부터 1년에 무려 약 9억 4천만 Km나 되는 태양의 둘레를 여행하고 있다. 올해 3월 20일은 춘분이다. 태양을 중심으로 360도, 지구의 공전 궤도를 15도씩 나누어 24절기를 만든 인간은 지구의 우주 여행 출발점을 춘분점으로 잡았다.

수많은 우주의 별들은 초속 약 30만 Km(지구 7바퀴 반 되는 거리)나 되는 빛의 속도로 1년 간 달려간 거리를 1광년으로 해서 계산하는 먼 거리에 있다. 우리는 거대(?)한 지구라는 우주선 위에 올라 무한한 우주의 사방을 두루 구경하며 살고 있다.

우리의 지구가 태양의 둘레를 얼마나 빠르게 돌고 있을까? 지구와 태양 간의 평균 거리가 약 1억 5천만 Km, 이것이 지구 공전 궤도의 반지름이 되겠다. 지름에 원주율(3.14)을 곱하여 둘레가 되는 공식에 대입하면 지구 공전 궤도는 약 9억 4천만 Km, 이 거리를 1년 365일에 달려가려면 하루에 약 2백 58만 Km, 1시간에 약 10만 8천 Km, 1초에 약 30Km의 빠르기다. 태양이 움직이지 않는다는 가정 아래서다. 우주선이 지구의 인력을 벗어나는데 초속 11.2Km 이상의 속력이 있어야 한다고 한다. 달이나 화성 가는 우주선을 쏘아 올리는 로켓 속도의 약 3배 빠르기로 우리 지구는 60억 인구와 온갖 생물, 무생물을 싣고 태양 주위를 여행하고 있는 것이다.

우리들은 이렇게 상상할 수조차 없이 빠르게 달리는 지구 위에서 봄에는 사자자리가 있는 부근의 우주, 여름에는 전갈자리 부근의 우주, 가을에는 페가수스자리 부근의 우주, 겨울에는 오리온자리 부근의 우주를 구경하며 한 살씩 나이라는 걸 먹고 있다.

'너른 우주 속에 살고 있는 우리들을 창조주의 눈으로 내려다본다면 전자현미경 속에서나 볼 수있는 바이러스만 하게 보일까?' 생각해 보면 우리들 일상의 아귀다툼이나 목에 핏대 올려 삿대질하는 짓이 모두 부질없는 일임을 깨닫게 된다. 네 탓은 내 탓으로 돌리고 아름다운 눈으로 세상을 보자.

대구일보 〈대일산필〉. 1996.

야자 타임

　나에게는 참으로 마음이 통하는 친구, 20여년 아래인 까마득한 후배 두 사람이 있다. B 선생과 G 선생이다. 남들이 보면 세대차도 한참 큰 세대차가 있는 사이다. 기회가 되면 구이집에 앉아 간단한 주안상을 차려 놓고 세상 이야기, 신변 이야기며 스트레스 푸는 잡담 등을 시간가는 줄 모르고 주고받는다. 때로는 노래방에 들러 신나게 사랑을 앓기도 하고 세상을 향하여 호통을 치기도 한다.

　몇 년 전의 일이었다. 그날도 세 사람은 의기투합하여 신천동 어느 구이집에서 쉰내 나는 세상일을 안주 삼아 술상 위에 얹어 놓고 질겅질겅 씹고 있었다. 갑자기 제일 후배인 B 선생이 말했다. "선배님, 야자 타임 하실래요?" 사실 나는 그게 뭐하는 건지 처음 듣는 말이었다. 그러나 나는 그들이 하자는 일에는 언제나 주저 없이 함께 해 왔으므로 서슴없이 대답했다. "그래요. 해봐요. 뭐." 그러자 즉각 나에게 호통이 떨어졌다. "야! 이제 그만하고 일어서! 2차는 내 차례니까 따라와!" "예, 그러지요." 나는 얼떨결에 일어섰다. "야자 타임이 시작 되었으니 지금부터는 G 선생이 후배, 김 선생이 제일 후배야!" 나는 홍겹게 그날 밤을 보내면서 처음으로 새로운 시대의 새로운 풍속을 배우게 되어 기뻤다. '아하, 이런 게 야자 타임이구나.'

이튿날 아침 출근했더니 먼저 그가 날 찾아 왔다. "선배님, 어제는 실례가 많았습니다. 용서해 주시는 거죠?" "무슨 말씀, 얼마나 재미있었는데요. 앞으로 자주 야자 타임 갖자구요." 20년 젊어지는 기분을 누가 감히 느낄 수 있으랴. 바로 일상생활 속에 도입한 역할극의 한 가지였다.

오해로 범벅이 되는 세상사, 때로는 역할을 바꾸어 생활해 보는 시간을 짧게나마 가져 지혜롭게 풀어가는 것도 좋지 않을까? 젊은 세대는 경험을 얻고 나이 든 쉰 세대는 싱싱한 사고를 얻는 기회를 만들면 세대차는 줄어들 것이라 생각해 본다.

대구일보 〈대일산필〉. 1996.

어떤 거짓말

평소 상사에 대한 불만이 가득한 부하 직원이 상사 앞에서는 이렇게 말한다. "부장님, 뭐든지 시켜만 주십시오. 신명을 다 바칠 것입니다." 이것은 아부 형 거짓말이다. "선생님, 교문에 손님이 기다리시던데요." 한 어린이가 와서 말한다. 선생님은 부리나케 교문으로 달려 나갔다가 허탕치고 돌아온다. "야, 아무도 없던데." "선생님 어찌 하시나 보려고 거짓말 했어요. 오늘이 만우절이잖아요." 이것은 농담 형 귀여운 거짓말이다.

거짓말을 해 놓고 상대방이 속는 모습을 보고 낄낄거리며 좋아하는 것은 장난이겠지만 악취미다. 텔레비전에도 종종 이런 장면이 나온다. 별로 좋은 현상은 아니다. "이 시계는 00회사 첫제품으로 선전 기간에 한하여 선전 인건비만 받고 드립니다. 다

드리는 것이 아니고 추첨에 당첨된 분께만 드립니다." 고속버스 휴게소에 들르면 가끔 차에 올라와 유혹하는 사람이 있다. 번호표를 죽 나누어 줘 놓고는 추첨하는 척 하다가 숫자를 부른다. 물론 그의 눈에 어수룩하게 보여 찍힌 사람이다. "참으로 운이 좋은 분이십니다." 그리곤 무척 고마워하는 사람의 손에 시계를 건네주고 몇 만원의 돈을 받고는 내려가 버린다. 이것은 사기 형 거짓말이다. 더 심한 경우는 여기저기 친한 친구에게서 돈을 빌려 높은 이자를 꼬박꼬박 주다가 어느 날 갑자기 자취를 감추는 범죄 형 거짓말도 있다.

하지만 30 ~ 40년 전 모두가 배고프던 시절, 도시락을 못 가져온 제자에게 자신의 도시락을 내어주며 "얘야, 오늘은 선생님 속이 거북하구나. 이것 네가 좀 먹어 주렴." 하셨던 선생님의 거짓말은 눈시울이 붉어질 만큼 감동적이지 않은가? 맛있는 귀한 과일을 먹다가 어머니가 먼저 손을 놓으신다. "얘들아, 나는 이런 것 별로 좋아하지 않는다. 너희나 먹어라." 자식들 맛나게 먹는 모습이 보기 좋아 거짓말 하시던 우리들 어머니의 그 사랑 어린 모습이 지금은 그립기만 한 시대가 되었음이 못내 안타까울 뿐이다.

대구일보〈대일산필〉. 1996.

절대로 배반하지 않는 친구

자연도 철이 덜 들었는지 날씨가 들쭉날쭉하다. 한겨울에 개나리가 노란 종을 소리 없이 울리기도 하고 한여름에 코스모스가 실없이 웃기도 한다. 자연이 이러한데 하물며 사람이야….

배은망덕도 괘씸하고 배신도 화나지만 친구의 배반 앞엔 할 말을 잊는다. 하지만 절대로 배반하지 않는 친구가 있다. 그가 바로 책이다. 아무리 오래 소식 접고 돌아보지 않았어도 삐치지 않고 손 내밀면 언제나 한결같은 기쁨으로 안겨 오는 친구다.

그는 말이 없다. 우리에게 요구하는 것도 없다. 항상 아낌없이 주기만 한다. 우리는 그에게 얼마간의 관심만 기울여 주면 된다. 세상에 이런 친구가 또 어디 있을까? 그는 우리가 원하면 예나 지금, 미래, 이 세상 곳곳의 모든 사건, 인물, 창작품 등 뭐든 살

샅이 들려주고 보여준다. 그의 풍성한 은혜 안에서 우리는 올바른 가치관도 아름다운 삶의 방식도 깨우치고 창의적인 사고의 동력을 얻기도 한다.

그는 우리를 고독으로부터 환하게 해방시켜준다. 변신의 귀재인 그는 우리에게 다양한 모습으로 다가와 즐거움을 선사한다. 그에게는 우리를 열광하게 하고 감동하게 하고 설레게 하는 마력이 있다. 불의를 물리치는 통쾌한 정의도 있다. 이들 모두 우리의 자상하고 다정한, 심심찮은 친구가 된다.

그는 그가 지니고 있는 갖가지 영양으로 우리의 메마른 영혼을 살찌워 주고 노화되어 가는 우리의 영혼을 청춘에 머물게 해준다. 나는 50년 전 고등학교 시절 국어 교과서에 실렸던, 일제 강점기를 살다간 소설가 민태원의 〈청춘 예찬〉을 잊을 수가 없다. 마치 그날의 청춘이 지금도 그대로인 듯. "청춘! 이는 듣기만 하여도 가슴이 설레는 말이다. 청춘! 너의 두 손을 가슴에 대고 물방아 같은 심장의 고동을 들어 보라. 청춘의 피는 끓는다.(중략) 이성은 투명하되 얼음과 같으며 지혜는 날카로우나 갑 속에 든 칼이다.(중략) 이 황금시대를 영원히 붙잡아 두기 위하여 힘차게 노력하며 힘차게 약동하자."

하늘 맑고 드높은 가을날, 이 멋지고 믿음 든든한 친구를 찾아 오색 우정 나누며 우리 영혼의 청춘 길이 구가하는 행운을 잡아보자.

〈대봉도서관문화〉. 2008.

책 읽는 모습은 아름답다

세상에는 아름다운 것이 많다. 아름다움을 추구하는 눈에는 아름다움이 그렁그렁하다. 봄철의 연둣빛 새싹과 화사한 꽃, 여름의 싱싱한 바다와 우거진 녹음, 가을의 풍성한 열매와 고운 단풍, 겨울의 눈 덮인 산과 들, 어머니의 젖을 물고 초롱초롱한 눈망울을 굴리는 아기, 구슬땀 흘리며 자기 일에 몰두하는 청년, 흰 머리카락 날리며 주름 가득한 얼굴에 미소 짓는 인자하신 할아버지…. 이러한 아름다움은 그것에 대한 깊숙한 사랑이 함께 할 때 진정한 아름다움으로 우리 삶을 한 단계 격상시켜 준다. 그런데 요즘은 단지 눈에 보이는 것만의 아름다움이 열풍을 일으키고 있어 우리들의 마음을 우울하게 한다.

순진무구한 어린이들이나 재기발랄한 청소년들의 모습에서

우리는 우리의 아름다운 미래를 본다. 어버이의 사랑 그윽한 눈에는 자식의 책 읽는 모습이 마냥 아름답게 보인다. 사람이 만든 책이 사람다운 사람으로 만들어 주기 때문이다.

책은 시간과 공간의 제약을 뛰어 넘는 타임머신이다. 책은 인류 역사상 수많은 사람들의 다양한 생각을 힘든 세상 살아가는 우리들에게 유용한 정보를 안겨 준다. 책 속 인물의 언행이나 사건전개 과정에서 참다운 인간의 올바른 가치관을 확립해 주는 이성과 감성을 스스로 계발하도록 가장 훌륭한 스승의 역할도 해 준다.

체험만큼 좋은 학습은 없다고 한다. 그렇지만 동서고금을 두루 체험하기는 불가능하다. 시간도, 경비도, 여건도 허락하지 않는다. 그러나 이를 허락해 주는 것이 있다. 곧 책이다. 하지만 위대한 천재가 인류에게 남긴 보석 같은 유산인 책도 깨어 있는 의식으로, 표현되지 않은 부분까지 읽어 낼 수 있을 때 독서의 효과는 극대화 된다. '독서만 하고 사고가 없는 사람은 그저 먹기만 하려는 대식가와 같다. 아무리 영양 많고 맛좋은 음식이라도 소화액을 통해 소화하지 않고서는 아무런 이로움이 없다.'는 볼테르의 말이 그것을 잘 말해 주고 있다.

낙엽 지는 가을이다. 인구에 회자되는 빛바랜 천고마비의 계절이다. '시몬, 나무 잎새 떨어진 숲으로 가자. / 낙엽은 이끼와 돌과 오솔길을 덮고 있다, // 시몬, 너는 좋으냐? 낙엽 밟는 소리가, … 가까이 오라. 우리도 언젠가는 낙엽이리니….' 프랑스 시인 구르몽의 〈낙엽〉이라는 시가 문득 생각난다.

　손에 책을 들고 있는 사람이 고귀해 보인다. 책을 읽고 있는 사람이 진정 아름답게 보인다. 틈 날 때마다 책을 읽는 아름다운 모습은 바라보는 사람까지도 흠뻑 아름다움에 젖게 만든다. 항상 책을 가까이 하는 사람들, 도서관을 자기 집 서재로 여기고 사는 사람들이 늘어나는 만큼 흔들리는 오늘날의 가치관도 든든하게 제자리를 찾게 될 것이라 믿는다.

〈달성도서관소식〉. 2004.

인사 유감

사람 사람의 만남과 헤어짐에는 인사가 따른다. 인사하는 몸
짓이나 말이 우리나라만큼 발달한 나라도 드물 것이다. 출퇴근
길에 만나는 동료나 이웃들의 인사는 각양각색이다. 개선장군처
럼 씩씩하게 손을 번쩍 쳐들어 보이는 이, 만면에 가득 웃음만
띠어 보이는 이, 정중하게 허리 굽혀 예를 보여 주는 이, 그런가
하면 겨우 고개만 까닥해 보이는 거만한 듯한 이 등등. 이런 천
태만상의 인사는 상대를 즐겁게도 해 주고 불쾌하게도 해 준다.
그러나 한발 뒤로 물러서서 바라보면 저마다의 독특한 습관일
뿐 그 속에 흐르는 반가운 정은 같을 것이다.

아침에 만나면 "안녕히 주무셨습니까?" "진지 드셨습니까?"
오랜만에 만나면 "그간 안녕하셨습니까?" 다정한 인사를 주고

받는다. 다정하고 예의바른 인사는 하루를 즐겁게 열어 주는 마법을 지니고 있다. 5·16후 한때는 이 인사말에 시비가 많았던 걸로 기억된다. 얼마나 불안한 사회에서 살아왔기에 "밤새 안녕하셨습니까?" 여쭈어봐야 하고 얼마나 굶주려 살아왔기에 "진지 드셨습니까?"를 인사말로 입에 올려야 했느냐는 것이었다. 언뜻 생각해 보면 그럴싸한 말이다. 급기야는 인사말을 바꾸기 위한 국가 주도의 사회운동이 벌어지기도 했다. "재건하셨습니까?" "재건합시다."로. 그러나 세월이 가면서 자연히 '재건'은 사라지고 말았다. 그때 어느 연사는 외국의 인사, 특히 미국의 인사말 '좋은 아침' '좋은 저녁'을 예로 들어가면서 입에 거품을 물고 고유의 우리 인사말을 뜯어 고쳐야 한다고 소리 높이 외치기도 했다. 그때마다 나는 아니꼬움을 참을 수 없었다. 걸핏하면 '외국에서는', '선진국에서는' 하는 허두를 붙이는 사람치고 옳은 애국자 없다는 생각을 하고 있었기 때문이다. 외국에서 배울 것이 왜 없을까만 말끝마다 외국과 선진국을 달고 다니는 사람들, 많이 한 구석 모자란다고 생각하는 것이 나의 편견일는지? 수천 년 내려오는 우리의 전통적인 인사말을 긍정적으로 해석해 볼 여유는 못가지고 어찌 그리 쉽게 전적으로 무시할 수가 있었을까? 극히 안목이 짧은 이들의 사대주의적 발상이었으리라 여겨진다. 하기야 지금도 이런 부류의 지각없는 식자들이 없는 것은 아니지만. 한데, 요즘 우리 주변에는 우리들이 쓰는 말의 의미가 다르게 변질되어 가고 있음을 발견하게 되고 그때마다 깜짝깜짝 놀라게 된다. '청첩장'이 남발되는 바람에 그 귀한 뜻은 어디가고 '고지서'로 통하게 되었다. 반가워야 할 청첩장이 귀찮음의 고지서로 둔갑되는 데는 청첩 당사자의 책임 외에 받는 이의 지나친 확대 해석에도 있다 할 것이다.

어느 관청에 근무하는 친구 몇 사람이 모인 술자리에 합석을 하게 되었다. 막역한 친구 사이라 농담도 곧잘 하고 욕지거리도 어릴 때를 방불케 한다. 나이가 들어도 불알친구끼리는 그래야만되는가 싶다. 아마 옆에서 누가 들으면 기가 찰 농담도 서슴없이 내뱉고 거둬들이니 말이다. "야, 아까 그 친구 인사나 하고 가든?" "응? 누구 말인데?" "왜, 그 친구 있잖아. 거… 00서류 해가지고 간 그 사람 말이야." "아 - 그 친구, 그래 빨리 해 줘서 고맙다고 하더군." "야, 그럼 오늘 2차 쐬주나 한잔 사라." "뭐? 내가 왜 2차 쐬주를 사? 늘 우리는 공동 부담하기로 약속되어 있잖아." "히야, 이 친구 시침 떼는 거 봐. 너 혼자 먹겠단 말이지. 그게 뭐 재산 되냐?" "이 무슨 말이야. 밑도 끝도 없이 재산이 되다니." "이거 왜 이래 다 알면시루… 꼭 내가 말해야 하나? 그래 아까 그 친구 인사하고 갔다면서?" "그럼, 사람이 일 마치면 인사하고 가야지. 그게 뭐 어쨌는데." "어이, 이 숙맥, 모른 체 하네. 나눠 먹자 이거지 뭐. 안되겠냐?" "…" 한참 물끄러미 바라보고 있던 그 친구, 일그러진 얼굴을 겨우 펴고 한다는 말이 "이 사람,

농담치고는 너무 하잖은가?" 였다. 평소 외고집으로 알려진 그 친구, 그날은 대단한 인내심의 발로였다. 모두들 한바탕 신나게 웃고 말았지만 뒷맛은 그리 개운치 않았다.

　참 세상은 많이도 달라졌다. 따라서 말도 그 의미가 희한하게 변질되어 가고 있다. 말이 변질되는 것이 아니고 그 말을 구사하는 현대의 우리들 의식이 변질되어 가고 있다는 것이 오히려 타당할 것이다. 본래의 의미로 순진하게 말을 주고받다가는 자칫 큰코다칠 일이 안 생기리라 보장할 수 없게 된 세상이다. 볼 일을 마친 손님이 가고 난 후 동료가 무심히 던지는 말 '인사하고 갔나?'에 뭐라고 답해야 좋을지 고민스러워지는 요즘이다. 친절히 일을 봐 준 담당자에게 허리굽혀 진심으로 고맙다는 인사를 남기고 떠난 후 동료의 물음에 '인사하고 갔다.'고 하면 뭔가 사례를 받았다는 뜻으로 오해가 될 것이고 '아니.'라고 하면 손님의 진심에 먹칠을 하는 꼴이 되니 말이다. 생각할수록 기가 찰 일이다. 언제부터 우리 주위에 이런 풍토가 자리하게 되었는지, 순수한 우리말의 의미가 변질되었는지 안타까울 뿐이다. 그 뿐만이 아니다. 현재 쓰이고 있는 순수한 우리말 가운데는 본래의 의미를 잃고 썩어 가는 말들이 많다. 위대한 문화유산을 물려받은 자랑스러운 후손들의 부끄러운 작태는 언제쯤이나 명예혁명으로 돌아설 것인가? 정치의 극적인 발전을 보면서 그에 못지않는 문화 의식의 혁명이 시급함을 느낀다. 인사말, 손짓, 몸짓, 눈짓에서 주고받는 인사의 그 따사로움을 순수하게 되찾는 날을 고대한다. 그날은 우리의 구겨진 양심들을 바로 펴는 날이 될 것이다.

《대구문예》. 1988.

아름다운 거짓말

　인간이 이 세상에 태어나서 죽을 때까지 하는 말을 두 가지로 나누어볼 수 있다. '참말'과 '거짓말'이다. 사실과 다르거나 자기감정에 반하는 말이 거짓말이다. 거짓말을 밥 먹듯 하는 사람을 거짓말쟁이라 하고 사회생활에서는 신용을 잃게 된다. 우리는 통상적으로 거짓말을 싫어한다. 거짓 없는 정직함을 높이 사는 것은 동서고금을 막론하고 공통된 인간의 심리이다.

　그런데 실상 거짓말의 속을 비집고 살짝 들어가서 좀 더 주의 깊게 살펴보면 그렇지만은 않다는 것을 곧 알게 된다. 거짓말도 남에게 해가 되는 것과 남을 위한 것이 있다. 우리의 일상을 눈여겨보면 남을 위한 거짓말을 얼마나 하고 사는지 새삼 놀라게 된다. 상황에 따라서는 거짓말 하는 것이 참말보다. 훨씬 나을 때가 있는 것이다.

일제 말기 우리가 한참 못살 때의 일이 생각난다. 강원도 골짜기에 살던 우리는 일 년 가야 쌀밥 구경하는 날이 손으로 꼽을 정도였다. 콩깻묵 아니면 옥수수를 갈아 지은 밥이 고작이었고 그것도 그리 쉽게 배불리 먹을 수 있는 집은 많지 않았다. 그래도 인심만은 좋았다. 이웃에 제사 드는 날은 밤중에 쌀밥 몇 술, 갖가지 나물이며 돔배기(상어고기) 그리고 떡, 대추가 담긴 사기쟁반이 담을 넘어왔다. 유난히 추웠다고 기억되는 그날 밤도 이웃집 제삿날이어서 이불 속에 들었지만 눈은 말똥말똥하였다. 이윽고 이웃집 아주머니의 낮은 목소리가 여닫이 사이로 살그머니 기어들었다. "영일 댁, 영일 댁…" 어머니는 말없이 뒷문으로 나가셨다가 그 제사 음식을 받아들고 들어오셨다. 우리 형제는 자는 척 하였다. "얘들아, 이것 먹고 자거라." 형과 나는 눈을 찡긋해 보이고는 벌떡 일어났다. 어머니가 먼저 수저 드시는 것을 기다리며 우리는 침을 꼴깍 삼켰다. "어머니, 어서 드셔요." "오냐, 그런데 어제 저녁에 먹은 게 체했는지 속이 안 좋네. 먹고 싶지 않구나. 너거나 어서 먹어라." 어머니는 나물 대접에 숟갈을 꽂으시며 가슴을 쓸어 내렸다. 우리는 모처럼 맛나게 먹었다. 못살던 때의 한 토막 추억이다. 지금 생각하면 어머니의 체한 것같다는 말씀은 거짓말이었음을 깨닫게 된다. 이래서 사람은 죽을 때까지 철이 들며 사는 가 보다. 오래 전에 세상을 뜨신 어머니가 문득 그리워진다. 고픈 배도 아픈 배로 만들어야 했던 어머니의 자식을 위한 거짓말, 그것은 어떤 참말보다 위대하고도 아름다운 거짓말이 아니겠는가?

친구의 집에 초대 되었을 때 "차린 게 없어서…" "별 말씀을, 이렇게 푸짐하게 차려 오히려 주눅 듭니다." 주객의 예의바른 거짓말은 우리 전통의 체면을 유지시켜 준다. "약, 시간 맞춰 복용하시고 안정하시면 좋아질 것입니다." 아직 치료약도 변변치 못한 암 진단을 받고 나가는 환자에게 의사는 태연히 거짓말을 한다. 물론 보호자에게는 사실을 말하겠지만. 절망할 것 같은 환자를 위한 배려라 생각되는 의사의 거짓말을 누가 나쁘다 하랴.

아름다운 거짓말은 우리들의 마음을 즐겁게 해 준다. 그렇다고 선의의 거짓말이 모두 그렇게 되라는 법은 없다. 결과가 엉뚱하게 빗나가고 오해되어 당황함을 상대에게 줄 수도 있다. 그러나 동기가 아름다웠다면 다소 결과가 빗나가도 즐겁게 받아들일 수 있는 따뜻한 가슴을 우리는 갖고 있다. 참말이 인간사회에서 신의를 지켜주는 바탕이긴 하지만 참말만으로는 살 수 없는 것이 인생임을 조심스럽게 생각해 본다. 남에게서 비밀스럽게 들은 말이나 자기 가슴에서 우러나는 솔직한 감정을 곧이곧대로 상대에게 표현할 때를 생각하면 소름끼치는 일이 아닐 수 없다. 화합과 겸양과 양보라는 말이 멀리 피난을 가야 하기 때문이다. 양보란 것은 자기희생의 거룩한 정신으로 위장된 거짓말의 행동

화라고 나는 생각한다. 진실로 양보하는 마음에서 오는 행동도
있겠지만 대부분 인간의 잠재의식에는 자기 것을 먼저 챙기고자
하는 본능이 있기 때문이다. 그러고 보면 인간은 어쩌면 거짓이
라는 투명의 옷을 입고 태어나서 살다가 죽는 것인지도 모른다.

　남을 모함하고 헐뜯고 허물을 더 크게 외쳐대는 악의의 거짓
말이 아니고 진정으로 상대를 위하는 숭고한 마음에서의 거짓
말은 우리가 살아가는 도중에 만나는 가을 길섶의 예쁜 코스모
스나, 봄 언덕에 돋아나는 민들레쯤으로, 혹은 한 여름날 무더위
속의 시원한 한 줄기 소나기쯤으로 사랑할 줄 아는 멋이랄 수 있
는 것이다. 지금 쓰고 있는 나의 이 글도 읽는 이를 위하여 얼마
쯤의 거짓말이 꾸며져 점잖게 들어앉았는지 모를 일이다.

　아름다운 거짓말은 인생의 청량제이다.

《죽순》. 1987.

하얀 새 이야기

　사람들은 흔히 세월 가는 것이 쏜살같다고도 하고 하루가 3년 맞잡이로 길다고도 한다. 그러나 그것은 어디까지나 자기에게 충실한 이기심일 뿐이다. 결국 시간을 아껴 쓰는 사람에게는 짧게, 빠르게 느껴지고, 시간의 소중함을 모르고 낭비하는 사람에게는 지루하게 느껴지게 되는 것이다. 그러나 이제 나는 지금까지의 이 생각을 고쳐야 할 것 같다. 시간은 공평하게 주어지는 것이 아니라 돈처럼 부지런히 벌어야 하는 것이라고.

　하늘을 쳐다보니 삼태성이 천정에서 서쪽으로 기울고 있다. 저 별이 서산으로 숨으면 또 어제 아침과 같은 햇살이 어둑한 내 가슴에 와 소리칠 것이다. 허망한 꿈을 깨라고 말이다. 그러면 또 하루가 시작되고 내 어깨 위엔 물젖은 솜뭉치 같은 피곤이 찾아와 이마엔 주룩주룩 분주한 비가 내릴 것이다. 그러나 그것이 두려운 것은 아니다. 어차피 산다는 것은 고통이니까. 누구에게나 똑같이 주어졌다고 하는 24시를 25시로 늘려 사는 방법을 배워 보려고 때로는 몸부림을 해보지만 편의주의에 젖은 나로선 어렵기 그지없다. 하기야 그런 일이 쉽다면 가슴 텅 빈 부자가 왜 생길까? 영원한 시간 위에 백 년이 채 못 되는 우리의 삶을 올려놓으면 짚불 위에 나는 불티 같지만 잃어버린 시간을 애석해하고 그것을 얼마만큼이나마 기워 보려는 생각을 가질 수 있다는것, 그것이 얼마나 우리에게 주어진 다행이겠는가? 해서 나는 그런 나의 인생에 대하여 때로는 정말 감사하고 뿌듯한 긍지도 가져 본다. 어린 시절, 여름방학 책에 실려 있던 〈하얀 새〉 이야기를 나는 지금도 잊지 못한다.

동네에서도 부자로 소문난 집이 있었다. 한데 날이 갈수록 까닭도 없이 점점 살림이 줄어들고 있음을 안, 주인은 친구에게 걱정을 했다. 그랬더니 친구는 행운을 가져다주는 '하얀 새'만 잡으면 다시 부자가 될 수 있다고 말해 주었다. 그 새는 어쩌다 한 번씩 꼭 새벽녘 들판에 나타나니까 잡기는 힘들겠지만 잡기만 하면 따 놓은 당상이라 했다. 주인은 그 말을 듣고 귀가 번쩍 띄어 새벽마다 몰래 혼자 일어나 대문을 열고 집 주위의 논밭을 살피기 시작했다. 그러기를 수십 일, 그러나 새는 그림자도 보이지 않았다. 주인은 싫증이 나서 그만 둘까도 했지만 지금까지의 고생이 아까워 며칠만 더, 며칠만 더 스스로 마음에 채찍질을 하며 눈을 크게 떠 새벽 들판을 살폈다. 그러던 어느 날 새벽의 일이었다. 막 마당을 지나 대문으로 가려는데 뒷대문 열리는 소리가 조심스럽게 들렸다. 이상하다 생각하고 살금살금 뒤꼍으로 가 보았다. 아니 이게 웬 일인가? 자기 집 그 성실한 머슴이 벼한 가마니를 지고 뒷대문으로 나가는 것이었다. 슬슬 뒤를 밟아가니 머슴 집으로 들어가 버리는 것이었다. 주인은 그제야 친구가 말해 준 그 '하얀 새'의 의미를 깨닫고 무릎을 탁 쳤다. 케케묵은 얘기지만 시간을 늘리고 세월을 깁는 지혜는 항상 가장 가까운 우리 곁에 있음을 깨닫게 해 준다.

시간은 버는 것이라 했지만 매정하기 짝이 없는 무형의 보배다. 재물처럼 저축할 수도, 봉급처럼 가불할 수도 없다. 그런데 이런 귀한 시간을 아주 허술하게 생각하는 사람들이 꽤나 많다는데는 놀라지 않을 수 없다. 약속 시간을 10분, 혹은 30분, 심지어는 1시간씩이나 어겨 놓고도 그럴듯한 변명으로 그 시간 값을 때우려는 사람들에게 묻는다. "당신 시간은 그렇게나 소중한 줄 알면서 왜 남의 시간 소중함을 모르십니까?" 사실 나는 약속 시간에서 짧으면 10분 길어도 30분이 지나면 소리 없이 내 시간을 찾아 나선다. 그것도 엄청난 내 시간의 손실을 감수하고 말이다.

오늘날 우리들의 직장은 어떤 의미에서든 전쟁터 이상으로 긴장감이 흐른다. 사회가 복잡해지고 전문화 되면서 특히 개성적이고 이기적인 조직원들의 응집력을 강화하려면 어쩔 수 없는 일일 것이다. 결국 시간에 쫓기는 우리네 형편이 안타까울 뿐이다. 얼마 전에 다녀온 미국 같은 나라에서는 줄을 서서 1시간도 느긋하게 기다리고 차가 막혀도 즐겁게 참아 주는 여유가 있어 참으로 좋았다. 우리도 좁은 국토, 많은 인구가 시간을 좁혀 주고는 있지만 숨 한번 들이쉬고 여유를 가져 보는 용기와 지혜를 길러야 하겠다.

지척이 천리라는 말이 있듯이 멀리 있어도 마음과 마음이 통할 수 있고 바로 옆에 있어도 천리 먼 곳처럼 남일 수 있음은 나에게만 책임이 있는 것도, 또한 상대에게만 책임이 있는 것도 아닐 것이다.

《대구문예》. 1991.

느긋한 마음으로

도시의 새벽은 요란한 자동차 소리에 놀라 눈을 뜬다. 그러나 이미 만성이 되어 버린 우리들의 잠은 깨우지 못한다. 출근 시간 직전에 겨우 일어난 사람들은 정신없이 세수를 하고 먹는 둥 마는 둥 몇 술의 아침밥을 뜨고는 버스 정류장으로 달려간다.

먼저 와서 기다리는 사람들 틈을 비집고 용케도 남보다 먼저 차에 오른다. 이렇게 시작된 하루는 온종일 바쁘기만 하다. 약삭빠른 사람들에게는 흐뭇하고 자랑스럽기까지 한 하루가 된다.

문제는 여기에 있다. 늦게 와서도 먼저 타려는 사람들, 잠시 기다림이 지겨워서 신호등이 바뀌기도 전에 차도로 들어서는 사람들, 적은 돈을 투자해서 엄청 큰돈을, 그것도 빨리 벌어 보려는 사람들, 한 술 밥에 배부를 리 없는데 얼마나 이기적이고 어리석은 생각인지 모른다. '급하면 돌아가라', '아무리 바빠도 바늘허리 매어 못쓴다'는 속담들은 예나 지금이나 늘 비뚤어지기 쉬운 우리들의 마음을 콕콕 찔러 주지만 무신경한 사람들은 느끼지를 못한다.

횡단보도를 놔두고 조금 돌아가는 수고가 싫어서 차도를 마음대로 건너는 사람들, 돈을 조금 더 벌려는 욕심에 무서운 속력으로 질주하는 택시나 버스의 기사들, 모두가 자기 목숨을 담보해야 하는 위험한 조급함이다. 우리 모두 마음을 조금은 느긋하게 가지는 습관을 들여야겠다. 이런 조급한 마음들이 젊은 세대들에게 모르는 사이에 전이 되어 결혼하면 으레 한 살림 부모로부터 받아가는 것으로 인식되고 있다. 편한 것만 알았지 알뜰히 노력해서 모으는 재미는 아예 외면해 버리는 풍토는 참으로 우려스럽지 않을 수 없다.

무한한 우주 질서 속에서 사람의 한평생은 보잘 것 없지만 우리가 하루하루 쌓아가는 생활의 보람은 깊고도 크다 할 것이다. 어느 시인은 사람이 살아가는데 있어 진면목은 성공하는 것보다 성공하려고 노력하는 과정에 있다고 했다. 과정은 뒷전이고 결과에만 급급한 우리들의 성급한 마음에 넉넉하고 푸근한 꽃밭을 일구어 나가야겠다.

땀 흘리고 애쓴 만큼의 보람을 얻는 기쁨, 그 큰 멋을 향유할 수 있는 마음과 자세를 가지고 오늘도 고개 드는 과욕과 허세를

말끔히 비우고 가볍게 느긋하게 그리고 즐겁게 출근길에 올라야
겠다.

대구mbc라디오 〈아침의 수상〉. 1979.

효도의 근본

효도의 근본은 부모님께 걱정을 끼쳐드리지 않는 것이다. 그 위에 늘 즐겁게 해 드린다면 더 큰 효도가 될 것이다. 그러나 그것은 어디까지나 부모님이 살아 계실 때 얘기다.

요즘은 직장 관계로 장남, 차남 할 것 없이 거의 자기들대로 나가 살고 부모는 부모대로 사는 모습이 점점 익숙해지고 있음을 본다. 세월이 더 가면 아예 당연한 일로 치부하게 될지도 모르겠다. 어떤 이는 그게 서로에게 편한 일이라고 하지만 한편 생각하면 허무하고 섭섭한 일이 아닐 수 없다는 마음도 있을 것이다.

우리는 서양 문화와 달라서 오랫동안 대가족제도 아래 할아버지와 할머니가 손자 손녀들의 재롱을 보며 여생을 보내는 것을 당연시 해 왔다. 우리의 의식구조가 완전히 서구식으로 변하기 전에는 이런 전통이 쉽사리 바꿔지지는 않을 것이라 생각한다.

부모를 평소에 예사롭게 여기던 사람들도 돌아가시고 나면 그렇게 야단을 떤다. 살아 계실 때 명절이나 생신, 그 밖의 길흉사에는 직장을 핑계 삼아 잘 참석하지 않다가도 돌아가신 후에는 적극적으로 참례해야 효자 표가 나는가 보다. 불교에서는 삼세의 연이 있다지만 우리 자신은 어디서 왔는지 전세의 일을 알지 못하는데 돌아가신 어른들이 저승에서 우리의 그 정성어린 사후 효도를 어떻게 받을 수 있겠는가? 진수성찬을 차려 놓고 땅이 꺼지도록 통곡을 해도 저승까지 들릴 리 만무하다. 평범한 얘기지만 돌아가신 후의 극진한 형식적 효도 표를 내지 말고 부모님 살아 계실 때 걱정 끼치지 않도록 온 정성을 다 해야 할 것이다.

우리의 극진한 효도는 곧 우리 후대들에게 살아 있는 본이 되고 또 그것이 머지않아 우리 자신에게 돌아옴을 우리는 가끔 망각할 때가 있다. 시대가 변해도 우리의 효 정신은 변함없어야 한다. 그것은 수천 년 이어온 우리들의 기나긴, 뿌리 깊은 전통이자 우리 삶 자체이기 때문이다. 뿌리 없는 나무는 살아 갈 수 없다.

대구mbc라디오 〈아침의 수상〉. 1979.

긍정적인 생각

　지난여름은 긴 장마에 녹아내리듯 흘러갔지만 자연은 늘 그렇듯이 정직하게 땀 흘린 대가만큼 거둘 수 있게 풍성한 가을을 안겨 주더니 이제 깊숙한 겨울의 문턱이 옷깃을 여미게 한다.

　상쾌한 기분으로 출근 길, 등굣길에 나서야 하겠다. 그러나 대문을 나서면 얼굴 찌푸리게 하는 일들이 심심찮게 눈에 띈다. 복잡한 차중에서 담배를 빼어 물고 연기를 푸푸 내뿜는 염치없는 사람들이 있는가 하면 닿을 듯 말 듯 한 남의 얼굴 앞에서 딱딱 껌을 씹는 낯 두꺼운 사람들, 어쩌다가 자리가 나서 무거운 책가방을 겨우 당겨 앉은 학생에게 "자리는 어른에게 양보해야지." 하면서 느닷없이 뛰어드는 염치없는 햇늙은이 등 참으로 보기 싫은 광경이다.

하지만 마음을 달리 먹어 보기로 한다. 오죽이나 바빴으면 담배 끝 시간도 없이 차에 올랐을까? 껌을 씹는 사람은 이 닦을 시간도 없었겠지. 나이도 그렇게 많아 보이지 않는 사람이 나이 많은것이 무슨 큰 자랑이나 되듯이 무거운 가방을 든 어린 학생의 자리를 빼앗아 앉는 품이 철들기는 한참 멀었구나 생각해 보면 참으로 우습기도 한 일이 아닌가?

속으로 웃음을 흘리면서 자신을 돌아보는 여유를 가져본다. 나는 저런 모습을 보인 적이 없는지? 생각해 보면 분명 나도 더러는 저런 꼴을 많은 남들에게 보였을 거라는 생각이 드는 순간 잠시나마 그들을 속으로 흉본 내 자신이 미워지고 만다. 그러는 사이 비좁은 차내에서 등을 밀어붙인다. 만원이라도 타야할 사람은 급한 모양이다. 차에서 내려 무사히 온 것을 감사하는 마음으로 목적지를 향해 걷는다. 오늘 할 일을 생각하며 즐거운 일들만 있어 주기를 마음속으로 빌어 본다.

그러면 오늘 하루도 무척이나 기대가 된다. 근무처에 들어서면서 누가 먼저랄 것 없이 정다운 인사를 나눈다. 어떤 이는 답례도 없다. 다시 인사한다. 그 위로 와 닿는 아침 햇살은 무척 포근하다. 매사를 즐겁게 보면 그렇게 즐거울 수가 없다. 괴테는 "유쾌한 사람에게는 유쾌한 일만 있는 법이다."라 했다.

나비의 웃음은 항상 달콤하고 향긋한 꽃밭을 찾는다. 조금은 짜증스러운 우리들의 일상이지만 하루 생활의 시작과 마무리도

나비의 눈을 가지고 바라보려는 노력을 게을리 하지 않아야겠
다. 그러면 분명 즐겁고 흐뭇한 일들이 새봄의 새순처럼 돋아날
것이다.

대구mbc라디오 〈아침의 수상〉. 1979.

값진 선물

별 소득 없이 분주한 가운데 한 주일이 가고 맞는 일요일이다.

늦잠이나 좀 자 볼까 하는 참에 딸아이가 방문을 열었다.

"안녕히 주무셨습니까?"

인사를 받고도 눈을 감고 있자니 구석구석 방을 치우기 시작했다. '쟤가 왜 저럴까? 큰방을 다 치우고' 이상한 일이었다. 조금 있으니 내가 누운 요, 이부자리까지 개자고 하면서 억지로 일어나라고 한다. 늦잠이 아쉬웠지만 세수를 하고 오니 방에 걸레질까지 하고는 마루까지 청소를 한다.

"오늘 웬 일이야?"

신기해서 내가 물었다.

"오늘이 내 생일이라고 나를 편하게 해 준대요."

아내가 웃음 띤 얼굴로 딸아이 대신 답을 했다. 나는 속으로 깜짝 놀랐다. 결혼 십 수 년이 지난 지금까지 아내의 생일 한번 제대로 기억해 주지 못한 죄스러움 때문이었다. 남들은 결혼 몇 주년이니 생일이니 고루 찾아 축하도 하고 선물도 한다고 듣고 보기도 한다. 아내에게 미안한 마음이 슬그머니 고개를 든다. 그러나 오늘은 딸아이가 몸으로 선물을 때우겠다니 가장 값진 생일 선물이 되었을 것이라 믿는다. 애비의 무관심을 덮어줄 수 있는 딸아이의 갸륵한 정성이 고맙기만 한 오늘 아침이었다.

요즘 어른들의 생일잔치는 그리 흔하지 않다. 대신 어린이들이 자기 생일에 친구들을 초대해서 우정을 나눈다는 이름으로 걸쭉한 잔치를 베풀고 있는 풍경을 가끔 볼 수 있다. 초대된 아이들은 으레 돈을 모아서 선물을 공동으로 사 가거나 개인이 선물을 준비해 가는 것으로 알고 생일 당사자도 으레 선물이 있어야 하는 것으로 알고 있다. 조금은 잘못된 현대의 풍습이 아닌가 여겨지는 것은 나만의 고집스러움일까?

얼마 전 어떤 자리에서 친구가 주머니에서 무엇을 꺼내면서 말했다. "이것 참 귀한 선물인데……" 우리들은 모두 그쪽으로 시선을 돌렸다. 그것은 작은 종이에 그려진 서툰 솜씨의 아빠, 엄마 그림, 그리고 〈축 아빠의 생일〉 카드였다. "우리 꼬마 장남이 생일날 아침 뜻밖에 준 선물이었어." 그의 자랑에 우리 모두는 감탄하였다.

불순하거나 계산된 선물은 없어져야겠지만 진실로 우러나오는 마음의 선물은 우리들의 답답한 일상에 얼마나 큰 활력소가 되는지 모르겠다.

대구mbc라디오 〈아침의 수상〉. 1979.

노변 담화 ● 159

편지

"김몽선 씨 편지요." 이름 다음에 '씨' 자가 좀 어색하게 들렸지만 얼른 나가보니 사립문 밖에 우체부 아저씨가 웃고 서 있었다. 말로 다 할 수 없는 기쁨을 억누르면서 두툼한 봉투를 받아들고 방으로 들어갔다. 겉봉에는 고무도장으로 내가 다니고 있던 '경북대학교사범대학부속중학교'라 찍혀 있었고 그 옆에는 우리 담임선생님 성함이 굵직한 만년필 글씨로 쓰여 있었다. 봉투를 뜯으니 200자 원고지 석장에 푸르고 굵은 만년필 글씨로 긴 사연이 빼곡히 적혀 있었다. 링컨의 이야기며 시골의 아름다운 기차역, 열심히 공부하라는 격려의 답장이었다. 방학 하자마자 바로 선생님께 드린 나의 편지를 받으시고 보내신 거였다. 난생 처음으로 받아보는 멋쟁이 우리 선생님으로부터의 편지는 지

160

금까지 가장 기뻤던 기억으로 남아 있다. 그러니까 1954년 중학교 1학년 여름방학 때의 일이었다.

이렇게 서로 얼굴을 맞대고 못할 쑥스러운 얘기도, 멀리 있는 친구들에게 안부도, 다정한 친구에게 불타는 우정도, 고난을 당한 어려운 친구에게 따뜻한 위로나 격려도 정성 어린 편지로 보낼 수 있다. 사무실로 집으로 배달되는 편지를 받는 일은 무척 즐거운 일 중의 하나이다. 때로는 신간 서적일 수도 있다. 마음이 울적할 때, 큰 즐거움이 있을 때, 슬픈 일을 당했을 때 내 마음의 빛깔로 담아 보낼 수 있는 상대가 있음도 또한 큰 다행이 아닐 수 없다.

그런데 근래에 와서는 보내는 사람의 정성이 보이지 않는 편지가 많아지고 있다. 길고 짧은 사연이야 어찌 되었든 규격 부품처럼 이름까지 인쇄된 봉투에 인쇄된 활자들이 우리들의 마음을 썰렁하게 한다. 게다가 그 사연이라는 글이 한결같이 혼례요, 상례요, 알림들뿐이니 편지 받는 즐거움도 이제 한물갔구나 하는 생각이 든다. 전화 보급률이 급증함에 따라 편지 쓰는 일이 귀찮은 일로 밀리게 된 것 같다. 편리함만 찾는 시대에 생각해야 하고 써야 하는 수고로움이 덜어지겠지만 한때만이라도 우리는 진실한 나를 발견할 수 있고 상대를 진정 생각해 보는 시간을 육필 편지 주고받기에서 찾아야 할 것이라 생각해 본다.

잉크 냄새 물씬 풍기는 따뜻한 정성이 담긴 편지, 그것을 주고

받는다는 것은 몹시 보고 싶던 사람을 만나는 것처럼 신나는 일
이 아닐 수 없다. 오늘은 또 어떤 편지가 나를 찾아올는지 기다
려진다. 아니 그 이전에 누구에게 어떤 사연을 띄울까 곰곰이 생
각해 봐야 하겠다.

대구mbc라디오 〈아침의 수상〉. 1979.

부모의 자식 자랑

　세상에서 가장 귀한 것은 생명이다. 자기 목숨 하나 없어지면 온 세상도 따라 없어지기 때문이다. 아무리 귀한 것을 준다 해도 자기 목숨과 바꿀 수는 결코 없다. 이러한 목숨을 서슴없이 내놓을 수 있는 사람이 바로 자식의 위기 앞에 선 부모다.

　기차에 막 깔리려는 자식을 구하고 대신 목숨을 바친 거룩한 어머니, 자식에게 자신의 콩팥을 이식해 살려낸 어머니, 사형수인 아들을 따라 대신 속죄하며 갖은 고생 속에 그 뒷바라지를 하는 어머니 등등 참으로 눈물겹고도 가슴 훈훈한 어머니의 사랑을 우리는 보고 듣고 있다. 아이들이 보채면

　"옛다 나가서 너 맘대로 사 먹어라."

　서슴없이 지폐 한 장 던져 주고 스스로 애들을 위해 아낌없이

준다는 생각에 도취해 있는 어머니는 없는지 반성해 봐야 할 것이다.

옛적 우리 어머니들은 어두컴컴한 부엌에서 매운 연기에 눈물 흘리며 손수 밥을 짓고 손끝으로 주물러낸 반찬을 마련해 주었다. 명절이면 손수 짠 천으로 밤을 새워 가며 뜨거운 사랑을 듬뿍 담아 포근한 새 옷을 지어 주셨다. 우리들은 그 곁에서 졸리는 눈을 부비며 곱게 만들어져가는 옷을 바라보다가 훨훨 꿈나라로 가곤 했다. 한 세대 전의 어머니들과 비교할 수 없는 오늘의 어머니들이지만 그 정성만은 변함없어야 하지 않을까?

오늘날 많은 어머니들은 아이들이 달라는 용돈을 한 번도 거절함이 없이 척척 잘도 준다. 학교에 다니는 아이들이라면 학용품도 넉넉히 사 주고 그러면 아이들은 그것을 자랑하고 다닌다. 읽을 책은 책장에 가득하고 고급 장난감도 조립하는 사이에 지능이 발달한다고 마구 사 주었다고 자랑하기도 한다. 피아노 공부에 태권도며 웅변이 그렇고 그림 등등 정신 못 차리게 여러 가지를 가르치고 있다고 부모 된 도리 다한 듯 여기에 만족하는 이들도 있다.

얼른 들으면 자식을 위해 가장 큰 사랑을 베푼 것 같기도 하다. 극성스런 어머니의 과잉보호, 풍부한 물질 속에 맹목적인 사랑이 땀과 체온으로 보듬은 옛날 어머니들의 그 무진한 참 사랑에 비해서 얼마만한 무게로 우리 자식들 가슴에 자리할까?

오늘을 사는 많은 어머니들, 한 번쯤 음미해 볼만한 일이라 여겨진다.

대구mbc라디오 〈아침의 수상〉, 1979.

겨울 여행

황금빛 가을을 훌훌 벗고 맨몸으로 도사리는 민 들판에는 아침 서리가 햇살을 받아 보석처럼 빛나고 있다. 화사한 봄날이나 무더위를 피해 산과 바다를 찾는 여름날, 혹은 소슬한 국화 향의 가을에 모든 것을 미련 없이 떨어버리고 홀쩍 떠나 보는 여행은 잠시나마 힘든 일상을 잊을 수 있는 기회가 된다.

그러나 찬바람이 몰아치는 겨울날 솜 두터운 걸음으로 마음 맞는 두어 사람과 함께 낯선 지방으로 떠나 보면 그 또한 별미가 될 수 있다. 노자 몇 푼을 주머니에 넣고 가볍게 완행열차를 타면 닿는 곳마다 처음 보는 고장의 풍경과 모르는 사람들과의 소박한 몇 마디 대화가 군고구마맛이다. 우리는 거기서 순박한 일상들과 진기한 풍물을 통해 폭넓은 삶의 시공간을 한줌씩 얻어 넣을 수 있어 좋다. 고급열차에서 조용한 차안의 분위기를 깨는 한 마디 말도 못하고 책이나 읽으면서 편한 여행을 할 수 있는 팔자 좋은 형편도 못되지만 급한 용무가 아닌 이상 많은 사람들과의 소통을 멀리하고 몇 시간씩 스스로 갇혀 있기는 싫기 때문에 삼등 여행은 더욱 좋다는 생각을 한다.

하얀 눈 사이로 더욱 푸른 바다, 그 한 모퉁이에 정답게 자리한 어항에서 조그만 통통배를 타고 마주 보이는 섬 어귀의 작은 포구에 닿으면 아리다 못해 가려워지는 발끝을 따라 온몸이 사시나무 떨듯 떨리고 언 입술로부터 나오는 보얀 입김이 향수처럼 피어오른다. 언 손을 부비고 부벼서 언 얼굴을 감싸 보기도 하지만 한 겨울 추위를 이기기가 쉽지 않다는 것을 비로소 깨닫게 된다.

오순도순 부부 간에 가난을 숙명으로 끼고 앉아 서로를 다독이며 포장 밑 화덕에 꿈을 데우는 주막에 들러 따끈한 해장국에 소주 한잔으로 쌓인 추위를 녹여 보는 것도 일품이라 할 수 있다.

서천에 까치놀이 곱게 물들면 동화 속의 오두막 같은 여인숙을 찾아 든다. 하루 동안의 먼 길과 추위와 고단함을 벗어놓고 따뜻한 아랫목에 엉덩이를 붙이면 그렇게 푸근할 수가 없다. 지구의 자전도 멈춰진 듯 고요한 타향의 호기심 많은 밤은 정담 속에 전설처럼 깊어 간다.

혹 사람들은 겨울에 뜨끈뜨끈한 온천이나 갈 것이지 청승맞게 고생을 바가지로 하며 뭣 하러 삼등열차, 삼등 여인숙을 기웃거리느냐고 비웃을지 모르지만 겨울 여행의 멋은 바로 여기에 있기 때문에 겨울이 오면 더욱 여행이 기다려지고 마음이 설렌다. 금년 겨울에는 언제쯤 그런 멋을 얻어 볼는지 벌써부터 기대가 부푼다.

대구mbc라디오 〈아침의 수상〉. 1979.

추억 만들기

 찬바람이 윙윙 전선을 울리고 가슴 죄던 한 잎 낙엽마저 떠나고 나면 봄을 만나기 위해 꽃눈 잎눈은 겨울만큼 단단해져야 한다. 달력도 달랑 끝장이 되고 보면 살아온 한해가 버릇처럼 되돌아 보인다. '최후의 5분간'이라는 말이 있듯이 이 한 해도 멋지게 마무리할 마음 다잡을 때이다.

 다람쥐 쳇바퀴 굴리듯 닮은 길을 하염없이 달려가도 늘 제자리 같은 우리는 때로 나이를 먹지 않았으면 얼마나 좋을까 생각도 해 보지만 그게 어디 될 법한 일인가? 열병을 앓고 난 후에 밥맛이 모래 씹는 맛이라도 먹어야 살듯 판에 박힌 하루하루의 지루한 순간들이 모여서는 부리나케 지나가 버리고 있으니 때로는 멍청할 따름이다.

추억의 만화경은 누구나 다 가지고 있다. 우울하고 따분하다 싶을 때마다 들여다보는 재미는 솔솔하다. 기적 처량한 한밤의 서리 보얀 기차 화물칸 꼭대기가 떠오르고, 뜻도 모르는 크리스마스이브를 아는 누나 집에서 보내고 이른 새벽 처음 보는 카스테라(상자에 담긴 네모난 빵) 한 개를 얻어 자랑스럽게 귀가하던 모습이 생생하다. 펄펄 눈이 날리는 얼음판에서 핫바지 저고리 검은 고무신에 배꼽 나온 꼬마 친구들, 마른 쇠똥에 불을 붙여 깡통에 넣고 빙빙 돌려가며 놀던 쥐불놀이가 만화경 속에서 한없이 튀어 나온다.

　연륜이 쌓여 갈수록 그리운 어린 날들이 낡은 거울 속에서 흙빛 얼굴을 하고 창밖을 서성이는 것은 덧없는 한 생애, 어쩔 수 없는 고향 같아서이다. 사람들은 앞날을 바라보고 살아가지만 더러는 지난날의 그리운 추억을 되씹으며 살기도 한다. 어쩌면 우리는 아름다운 추억을 만들기 위해서 살아가는 지도 모를 일이다.

　휴전선의 그 힘차던 사병들 함성이 귀를 울리고 있다. 방한복에 얼굴만 내놓고 두꺼운 임진강 얼음을 건너 조국수호의 더운 입김을 내뿜던 날들이 뚜벅뚜벅 살아온다. 지금쯤 전방에는 눈 덮인 산하를 누비며 조국통일의 터전을 닦고 있는 국군들이 있음을 기억해야 할 것이다.

　겨울은 춥지만 봄을 만드는 손길이 바쁜 계절이다. 매운 바람이 문을 두드릴 때면 잊혀지지 않는 그 순간들을 눈물겹게 사랑하고 싶다. 그리고 연필을 물고 하늘을 쳐다본다. 그러면 내일은 더 큰 재미가 함박눈처럼 펑펑 쏟아져 내릴 것 같다.

대구mbc라디오 〈아침의 수상〉. 1979.

4부

돌아보면
아름다워

불골사

경산군 와촌면에 있는 약물탕으로 유명한 불골사를 오늘 찾아보게 됨은 나로서는 대단히 기뻤다. 과연 듣던 바와 같이 돌은 많았다. 여기저기 집채 같은 큰 바위가 제 맘대로 뒹굴어져 있고 그 양편으로는 큰 산이 가려서 하나의 깊숙한 골짜기를 만들었다. 바위틈으로는 맑은 물이 졸졸 흘러내리고 물속에서는 비단개구리가 제 멋대로 놀고 있었다. 또 한 가지 눈에 띄는 것은 이 골짜기에는 모두 다 밤나무만이 우거져 있다는 것이다. 밤나무마다 탐스런 밤송이를 주렁주렁 매달고 있었다.

뭇 산새들의 지저귐 속을 한 시간 넘어 걸어서 불골절에 닿았다. 절은 그다지 크지 않고 ㄷ 자형의 집이었다. 양쪽의 기와집과 그 사이에 끼인 초가집. 그래도 뜰에는 백일홍, 달리아, 카네

이선 등 온갖 꽃이 만발하였다. 그 뒤에는 대나무 밭이 있고 그 앞에는 경주 불국사의 석가탑 모양으로 쌓은 오층 돌탑이 이 절을 지키는 듯 우뚝 서 있었다. 발걸음을 돌려 산꼭대기에 있는 약물탕으로 향했다. 이리 꼬불 저리 꼬불 길을 찾아 올라가니 한 낭떠러지에 약물탕이 있었다. 형용하기 어려울 만큼 큰 두 개의 바위가 서로 기대어 섰고 그 밑으로는 또 큰 바위가 깔려 있어 방 바닥과 같았다. 그 위에는 큰 바위 하나가 천장과 같이 놓여 있었다. 그래서 약물을 먹으려면 두 바위 사이를 기어들어가야 했다. 약물이라 해서 그리 별다르지는 않았다. 양쪽 돌벽에는 찾아온 사람들의 이름이 무수히 새겨져 있었다. 제일 오래된 것이 조선 광무 8년에 신령군수가 이름을 새겨놓은 것이다. 참으로 역사 깊은 약물탕이라 생각되었다.

약물을 먹고 바위 위에 앉아 내가 올라온 골짜기를 내려다보았다. 큰 바위들이 시커멓게 덮고 있었다. 그 앞으로는 무덤과 같은 산과 산 사이에 논들이 보였고 그 산기슭에는 조개껍질을 엎어 놓은 듯한 초가들이 흩어져 앉았다.

우리들은 온종일 여기서 약물을 먹고 놀다가 해님이 서산 너머로 떨어질 때 형님의 처가로 돌아왔다.

대구사범 교우지 《사원》6호. 1957.

옛날의 아기 진달래

- 낡은 일기장에서

1962년 8월 〇일

먼동이 틀 무렵 원주에 도착했다. 어제 저녁부터 시작된 600여 리의 기차 여행이 이제 끝난 것이다. 철이 들고 원주를 지나기는 수 차례였으나 땅을 밟아 보기는 이번이 두 번째다. 재작년 겨울 외가에 갔다 올 때가 그 처음이었다. 다른 곳보다 제복의 군인들이 많았다. 실은 나도 예비 사단을 거쳐 제대한 것이 엊그제이기 때문에 더욱 눈길이 갔다. 모처럼의 여행인데 날씨가 흐려 금방 빗방울이라도 떨어질 것만 같다.

둔내 가는 버스에 몸을 싣고 자리에 앉으니 귓전을 스쳐 오가는 말들이 과히 설지 않다. 시가지를 벗어나 가로수를 뒤로 세며 수많은 옥수수 밭을 지나서 횡성에 닿았다. 일제강점기 울릉도에서 이사 올 때 어머니께서 이삿짐을 잘못 부쳐 애를 먹은 곳이다. 강원도 횡성으로 보낸 것이 충청도 홍성으로 갔기 때문이었다.

먹음직스럽게 구운 옥수수의 구수한 냄새가 차창으로 풍겨 오기에 몇 자루 샀다. 멀리 험악하게 솟아 있는 태백 준령의 봉우리들을 바라보며 옥수수를 뜯자니 차는 벌써 강릉 가도를 벗어나 큰 시냇물로 뛰어들고 있었다. 다리도 없는 강을 건너자 차는 산기슭을 누비며 힘겹게 아흔 아홉 굽이를 오르기 시작했다. 한 모퉁이를 돌면 앞이 훤히 트일까 기다려 보지만 점점 더 깊숙하고 높은 곳으로 굽이쳐 오르기만 한다. 횡성서 보기에는 무서우리만치 높고 짙푸르던 봉우리들이 이제 눈앞에 가까워지고 있다. 아래를 내려다보면 올라온 길이 아득히 뱀처럼 꿈틀거리고 골짝마다 멍석을 깔아 놓은 듯 옥수수 밭이 널려 있다. 그 한 귀퉁이에는 따개비 같은 초가 한두 채가 웅크리고 앉았다. 마치 한 폭의 그림을 보듯 태백 산골의 경치를 즐기며 마지막 굽이를 돌아 오르니 과연 앞이 훤히 트이는데 거기서 조금도 내려감 없이 평지가 되어버리는 데는 놀라지 않을 수 없었다. 한없이 고개를 치받아 올라왔으니 이제 신나게 내리막길을 내려가려니 은근히 기다리던 마음은 사라지고 의아심만 남는다. '내 어릴 때 살던 곳이 이런 고원 지방이었던가?' 그저 신기할 뿐이었다.

버스에서 내려 뽀얗게 먼지를 덮어쓰고 있는 두어 채 집을 뒤로 하고 산토끼나 다닐 것 같은 오솔길을 걸어 올라갔다. 큰 바위가 여기저기 아무렇게나 굴러 있고 골마다 온통 옥수수, 수수밭뿐이었다. 발간 수염을 펄펄 날리고 선 옥수수에서 깊은 향수를 맛보았다. 무성한 잡초, 울창한 삼림, 매미소리, 벌레소리, 새소리로 깊은 산골의 여름은 신선하고도 부산했다. 아침부터 흐리던 하늘이 기어이 탈을 내고야 말았다. 굵어지는 빗방울을 맞으며 종종 걸음으로 고종형님 댁에 들어섰다. 그리고는 반가움의 눈물을 서로 주고받았다.

8월 ○일

도착할 때부터 내리던 비가 사뭇 그칠 줄 모른다. 가끔 가다 기절할 것 같은 천둥소리에 몸을 움츠리며 굵어졌다 가늘어졌다 하는 빗줄기만 바라본다. 천둥소리도 하늘이 가까워서인지 유별나게 더 큰 것 같다.

비가 좀 뜸해지는 것을 보며 30여 리 떨어진 할머니 산소에 다녀오기로 했다. 오래 머물 시간이 없어서였다. 우산을 쓰고 고무신을 신고 어제 온 길을 되짚어 신작로를 넘어섰다. 높은 지대에도 강은 있었다. 그새 불어 흙탕물이 굽이치고 있었다. 옷을 벗어 머리에 이고 강을 건넜다. 한껏 올라온 이 높은 곳에 또 고개가 있었다. 길목마다 보이는 것은 옥수수 밭뿐이었다. 마을을 지날 때마다 흙담 모퉁이에서 주름진 우리 할머니의 환히 웃으시는 모습이 금방이라도 나타날 것만 같다.

　새목재 기슭에 올라서니 하늘을 찌를 듯 잣나무가 빽빽하다. 재를 넘어서니 옛날 어릴 때 노닐던 면면이 아스라이 눈앞에 나타난다. 냇가에서 발가벗고 고기 잡던 일이며 계곡에서 옥수수산곶(돌을 쌓아 옥수수를 얹고 그 위에 다시 돌을 얹어 밑에서 불을 지피면 옥수수가 익음)하던 일이며 메밀꽃 하얗던 산자락이 새삼 눈에 어린다. '나의 살던 고향은 꽃피는 산골…' 일제 말기 이 산골에까지 불려졌던 〈고향의 봄〉을 콧노래로 날리며 가파른 내리막길을 내려갔다. 허리 넘는 속새, 우거진 잡초들이 인적 드문 곳임을 말해 주고 있었다. 6·25전쟁 전까지만 해도 고모님이 사시던 곳이었는데 이젠 그때의 조그만 동네도 흔적이 없다. 할머니 산소 앞에 섰다. 고종형님이 아니었다면 아예 찾지 못할 뻔 했다. 말로만 들어 왔었기 때문이었다.

　할머니는 아버지 일찍 여읜 우리 두 형제를 끔찍이 사랑해 주셨다. 울릉도에서 아버지를 잃고 강원도 고모 댁으로 왔다가 해방 직후 어렵던 생활을 벗어 보려고 우리 삼모자는 할머니를 고모 댁에 모셔 놓고 눈 쌓인 겨울, 백리 길을 걸어 원주로, 거기서 기차를 타고 경상도 영천으로 이주했다. 빈손으로 나온 우리들은 작은 외가의 돌봄을 받으며 어머니의 온갖 고생으로 삶의 터전을 닦았고 그러자니 한두 해 동안은 할머니를 모시러 갈 형편이 못 되었다. 그러던 중 애통하게도 여든의 할머니 부음을 받고 말았던 것이다. 그 후 남북 분단의 혼란, 6·25 참극 등 숱한 사건으로 뒤범벅이 되어 이제야 할머니를 찾아뵙게 된 것이다.

눈이 하얗게 쌓인, 떠나던 전날 밤, 할머니께서는 당신 곁에 누운 나를 어루만지시며 "오늘 밤 내 곁에 자면 언제 또 내 곁에 자겠노? 아이구 내 새끼야…" 눈물을 훔치셨다. 이튿날 아침 떠나 올 때 내 등을 쓰다듬으시며 "이제 가면 내 새끼 언제 또 볼꼬." 굽은 허리가 더욱 굽어지면서 통곡하시던 할머니의 그 애절한 모습을 나는 영원히 잊을 수가 없다. 그 후 사뭇 애를 태우다가 결국 생전에 뵙지 못하고 이제 할머니 영전에 돌아와 뵈니 그 불효함을 어찌하랴.

8월 ○일

막 넘어가려는 서산 보름달이 빗물에 젖은 옥수수 잎을 더 한층 번쩍거려 놓는다. 오늘은 며칠동안이나마 정들었던 형님 댁을 떠나는 날이다. 이제 떠나면 또 언제 찾게 될지 미련뿐이다. 희끄무레 먼동이 트는 것을 기다려 뜨거운 전송을 받으며 사립문을 나서니 자꾸 뒤가 돌아 보인다.

신작로에 나오자 마침 첫 버스가 왔다. 아흔 아홉 굽이를 되돌아 내려오니 흐르는 시간과 함께 자꾸만 멀어지는 꿈의 고장이 아쉽고 안타깝기만 하다.

횡성읍을 건너다보는 강에 이르니 무섭게 보이는 흙탕물이 거센 몸짓으로 흘러가고 있었다. 주책없이 운전기사가 차를 몰더니 그만 강 한가운데서 엔진이 꺼지고 말았다. 센 물살에 밀려 버스는 곧장 뒤집혀질 것만 같고 승강구로는 콸콸 흙탕물이 밀려들고 있었다. 이젠 죽는가보다 싶었다. 사람들은 아우성을 치며 물로 뛰어들었다. 어쩔 수 없이 나도 옷을 벗어 머리에 이고 가슴까지 굽이치는 흙탕물을 헤쳐 건넜다. 덕분에 또 목욕은 했지만 아찔한 순간이었다. 난생 처음 겪는 일이어서….

《대구문예》. 1983.

은해사에 담긴 그리움

"내일은 은해사로 소풍 간다." 며칠 전부터 손꼽아 기다리던 소풍이 내일로 다가온 것이었다.

"와 - " 우리들은 조용한 함성을 점잖게 질렀다.

삼십 수년 전 국민학교 6학년, 어느 가을날이었다. 피비린내와 화약 냄새가 온 나라를 뒤덮었던 6·25전쟁이 휴전된 직후였다. 전쟁 중 우리들은 학교를 군부대에 내주고 금호강가로, 밤나무 숲으로, 면사무소 창고로 전전하며 갈색 종이에 우직하게 찍어 낸 전시 교재를 들고 공부했다. '님께서 가신 길은 영광의 길이옵기에…' 뜻은 잘 몰랐지만 뭔가 코끝이 시큰해옴을 느끼며 흥얼거렸던 전시 가요가 흘러 넘쳤고 '무찌르자 오랑캐 몇 백 만이냐…'를 목청껏 불렀던 시절이었다. 휴전이 되자 우리들은 겨우

몇 교실의 뒷교사를 얻어 중학교 입학시험 공부를 밤새워 했다

사실, 파란 물이끼 새로 유유히 헤엄쳐 다니는 은빛 피라미 떼가 훤히 들여다보이는 금호강이나 융단처럼 뒹굴고 싶은 토끼풀이 쫙 깔린 밤나무 숲, 혹은 잔디와 잡초가 아무렇게나 자라나 있는 밋밋한 산기슭 등 어디든지 눈만 돌리면 거기는 우리들의 멋진 놀이터였고 훌륭한 소풍지였다.

그러나 촌길로 20여 리가 넘는 낯선 절로 소풍을 간다는 것은 아무래도 오늘날 어린이들이 해외 여행을 가는 것만큼이나 그때 우리들에게는 가슴 설렘을 안겨 주었던 것이다. 그날 우리들은 어디선가 돌아가신 할머니가 하얀 머리카락 날리며 주름진 얼굴에 웃음 가득 담고 달려와 줄 것 같은 감 익는 낯선 동네를 지나 은해사로 갔다. 어마어마하게 큰 부처님(어린 탓이었다), 하늘을 가릴 듯 너울거리는 파초(이름은 나중에 알았다), 새로 사 신은 검정 고무신에 벌건 다리가 나온 반바지, 박박 깎은 맨머리에 따가운 햇살이 내리꽂혀도 아랑곳 않고 신기하기만 했던 기억만이 지금까지 남아 있다.

이 모두의 시간과 공간을 한 장의 흑백 사진에 담아 놓은 영광도 잊을 수가 없다. 새로운 하늘 아래 와 있다는 신기함과 때로는 집을 너무 멀리 떠나 와 있다는 두려움, 평소 학교에서 잘 만나지 않던 마음 가는 여학생들의 얼굴을 가까이 보는 정겨움이 얽혀 짧은 해가 아쉬웠다. 고운 노을을 등지고 먼지 뽀얀 길을

걸어 사립문에 들어서면 오막살이 여닫이가 활짝 열리며 검정 무명 치마에 머릿수건을 쓰신 솜처럼 포근한 엄마의 얼굴이 소풍 길에서의 즐거움을 한 옥타브 올려놓아 주었다. 이젠 그 어머니도 먼 길 떠나시고 때때로 내 인생의 그림자에서 그때의 어머니를 뵙곤 한다.

소풍은 역시 '원족遠足'이란 말처럼 걷는데 뜻이 있을 것 같다. 가두어진 교실, 학교의 울을 벗어나 얼마큼 자유로워진다는 데도 그 시원함이 있다고 본다. 그런데 요즘은 걷는 일은 다리 아파 무리이고 조금의 자유스러움은 위험 때문에 허용되지 않는다. 삭막한 시멘트 문화 속에서 자라나는 우리들의 2세들에게 용기와 끈기와 꿈을 키울 수 있는, 지나친 편의주의로부터 해방시킬 수 있는 새로운 소풍지를 개발해 주고 장려하는 당국의 시책과 학부모들의 바른 인식이 아쉽다.

역시 소풍은 '옛날의 금잔디 동산'을 찾아야 제격일 것 같다.

《빛》. 1985.

별이 빛나는 밤이면

　제법 쌀쌀하긴 하지만 그래도 봄기운이 도는 바람을 타고 군부대의 취침나팔 소리가 옛날을 되살리며 들려온다. 큰애의 밤 자율학습이 끝나는 시간이다. 옷을 주섬주섬 주워 입고 대문을 나선다. 하늘은 맑아 금방이라도 별들이 와르르 쏟아져 머리 위로 내려앉을 것 같다. 밤하늘을 쳐다보면 나는 늘 어린 시절을 떠올린다. 가로등 희미한 골목을 지나 큰 길 인도에 선다. 그리곤 지나가는 버스들을 따라 목운동을 시작한다.

　6·25휴전 이듬해였다. 경대사대부중에 입학한 나는 금호서 대구까지 기차통학을 했다. 섣달 어느 날, 여느 때와 같이 수업을 마치고 어머니와 형이 오두막 창살을 밝히고 먼 길 공부 간 나를

기다리는 집을 그리며 대구역엘 갔다. 시린 손을 호호 불며 무거운 책가방을 들고 기차에 올랐다

　기차라야 기껏 화물칸을 고쳐 만든 창고 같은 것을 여러 개 달고 석탄가루를 흩날리며 숨차게 기어가는 증기기관의 차였다. 시간이 되어도 움직이지 않았다. 두 세 시간의 늦은 출발은 예사였다. 그러나 그날은 두 세 시간이 아니었다. 고등학교 형, 누나들, 중학생 조무래기들이 기차 승강구와 플랫폼을 오르내리며 바득바득 가슴을 태웠다. 자정이 넘어도 소식이 없었다. 새파랗게 날 새워 빛나는 별들 사이로 아물아물 떠오르는 어머니와 형의 얼굴이 더욱 나를 애타게 했다. 마구 소리 내어 울고 싶었다. 검은 기차 위에 서리가 보얗게 내린 새벽녘에야 기적을 울리며 움직이기 시작했다. '도대체 이런 법이 어디 있어!' 그때서야 화가 났다. 전쟁의 폐허 위에 통학열차가 운행된다는 것이 오감한 일이란 것도 모르고…. 춥다는 감각도 잊은 나는 금호역 출찰구를 빠져나왔다. 밤새워 헌 자전거를 세워 놓고 형은 나를 기다리고 있었다. 반가웠다. 자전거 뒤에 앉아 따뜻한 형의 허리를 끌어안고 집에까지 왔다. 글썽이시는 어머니의 때 묻은 치맛자락에 언 손을 잠시 녹이고 잠을 뒤로 한 채 아침밥을 먹었다. 다시 등굣길 차를 타러 가야 하기 때문이었다.

　버스가 또 한 대 지나갔다. 꽉꽉 찬 학생들 새로 두서넛 학생이

내리긴 했지만 우리 애는 없었다. 오늘은 조금 늦는가 보다. "가방이 이렇게 무거워서 어쩌지? 고생이다. 고생이야." "아버지, 공부는 좀 고생스럽게 해야지요." 아침 등굣길에 우리 애와의 대화다. 조금은 어른스러워 보여 대견스러웠다. 그러나 내 마음 한 구석에는 이런 말이 맴돌고 있다. '임마! 너는 호강이야. 옛날 이 애비가 학교 다닐 때에 비하면 말이야.'

   7시에 와야 할 기차는 8시가 지나서야 개선장군이나 된 것처럼 늠름하게 모습을 드러냈다. 하기야 매양 이 모양이니 늦은 것도 아니었다. 한 정거장 가서 30분 쉬고 두 정거장 가서 한 시간 쉬고 대구에 도착하면 어떤 때는 오정이 가깝다. 그날은 다행이 10시가 되어 갈 무렵 대구를 향하여 동촌역을 출발하였다. 대구 동인동 굴다리 근처를 우리들은 시머리라 불렀다. 시머리에 오면 기차는 속력을 늦추며 소리를 지른다. 우리들은 이것을 신호로 가는 기차의 승강구에 매달려 곡예를 시작하는 것이다. 그것도 죽음의 곡예를. 대구역까지 갔다가 학교에 가는 것보다 시간과 거리가 많이 단축되기 때문에 가는 기차에서 뛰어 내리는 것이다. 실은 나도 통학을 시작하고부터 몇 번의 위험한 실패를 딛고 가는 기차에서 뛰어 내리는 법을 익히고 있었다. 그날은 다른 날보다 시머리에서의 속력이 조금 빠른 듯 했다. 그러나 같이 가던 친구들은 거의 뛰어 내렸다. 나도 내려야 했다. 승강구의 손잡이를 잡고 쏜살같이 뒤로 달아나는 철길의 자갈을 내려다 봤다. 가슴이 두근거렸다. 순간 어머니와 형의 얼굴이 스쳐갔다. 거의 매일의 지각도 지각이었지만 공부시간을 놓치는 것이 더더욱 아까웠다. 단단히 마음먹고 첫 발을 자갈밭에 디뎠다. 내 발에 채인 자갈들이 비명을 지르며 사방으로 흩어졌다. 그리곤 이어 오른 발이 닿았다. 이제는 손을 놓아야 한다. 그런데 이게 어쩐 일인가? 차는 점점 빨라지고 내 다리는 도무지 따라 붙지 못할 것 같다. 아니 기차보다 빨라야 넘어지지 않고 손을 놓을 수 있는 것이다. 그 다음은 어떻게 했는지 기억이 없었다. 정신을 차려 보니 나는 안전하게 내려져 있었고 기차 안의 학생들은 창문마다 얼굴을 내밀고 나에게 시선을 꽂고 있었다. 그 자리는 이미 목숨을 잃었거나 불구가 된 학생들이 있는 위험한 곳으로 알려진 곳이었다. 지금 생각하면 그것은 턱도 없는 만용이었다. 그러나 그때는 그것이 용기라고 굳게 믿었었다.

저 멀리서 또 한 대의 버스가 내 시야로 점점 클로즈업 되어 온다. 어두워서 노선 번호는 보이지 않는다. 차 안이 엉성하다. 우리 애가 타는 차가 아닌 모양이다.

그 당시 통학생들은 한 달 치씩 돈을 내고 정기승차권을 받아 가지고 다녔다. 우리는 그것을 '패스'라고 불렀다. 월말에 다음

달 치 돈을 내고 신청을 하면 다음달 1일부터 사용하도록 패스를 줘야 하는데 그렇지 못하고 초순이 다 갈 때쯤에야 주곤 했다. 그동안이 문제였다. 임시표라도 줘야 하는데 그것도 없이 돈을 내고 타라는 것이었다. 우리는 그것을 거부했다. 방법은 무임승차(사실은 무임승차가 아님)였다. 하지만 그것은 쉬운 일이 아니었다. 시골 역에서 타고 내리는 것은 별일 아니었지만 차 안에서와 대구역에서가 문제였다. 통학열차 안에는 승무원과 함께 검은 제복, 제모에 무시무시한 가죽 붉은 혁대를 띠고 거기에 권총을 내리 찬 이동경찰이 학생 잡는 호랑이로 군림하고 있었다. 툭하면 구둣발에 걷어차이고 따귀를 얻어맞고 아니면 명찰을 뜯기었다. 제 돈 다 내놓고도 무임승차로 몰려 억울함을 당하고 돈을 뺏기는 학생들은 그들의 용돈주머니였다. 용하게 피하여 대구역에 닿으면 출찰구에서 당해야 했다. 당하지 않으려면 기차 밑을 빠져 나와 시머리 쪽으로 달아나는 수밖엔 다른 도리가 없었다. 지금 생각하면 어림도 없는 그들의 행패였다. 나는 당시 자식 같은 어린 학생들을 짓이겨 몇 십 원씩 이치에 맞지 않게 돈을 뜯어 가는 역무원들이나 이동경찰의 얼굴을 눈여겨 봐 두었다. '너희들은 돈에 환장 했느냐? 자기들 잘못은 감춰 두고 우리들만 못살게 긁어 주머니 채우는 밥으로 이용하다니, 얼마나 잘 사나 보자.' 그런데 인연은 묘한 것이었다. 사회에 나온 몇 년 후 내가 살던 신천동 어느 조그만 가게안에서, 당시의 그 소름끼치던 누렇게 뜬 어느 승무원의 얼굴을 보게 된 것이다.

　기다린 지 20여 분이 지났다. 그때 네거리를 돌아 나오는 콩나물시루 같은 버스 한 대가 시야에 들어왔다. 이윽고 기다리는 길 건너 정류장에 선다. 대여섯의 어깨 축 늘어진 고달픈 학생들을 토해 놓고는 휑하니 사라진다. 애비를 닮아 삐삐한 큰애가 무거운 책가방을 메고 성큼성큼 길을 건너온다. "오늘은 좀 늦었구나. 가방 이리 주렴." "괜찮아요. 주무시지 않고 뭐 하러 나오셨어요. 제가 뭐 어린 아이에요?" 억지로 뺏다시피 받아 멘 가방은 너무 무거웠다. 새벽에 나가서 밤늦게 들어오는 요즘 학생들은 어쩌면 무한히 행복한 생활을 하고 있다는 생각을 할 때가 있다 이왕 늦게까지 자율학습이 이루어진다면 스스로 책에 파묻혀 날 새는 줄 모르는 진리탐구의 자세까지 착 들러붙었으면 좋겠다.

《대구교육》. 1986.

저 달 속에 집을 짓고

추석이 되면 어릴 적 어머니와의 대화 한 토막이 생각난다. "어무이예, 추석이 사흘 남았네예." "사흘 남았으면 와." "저… 저… 와싱톤 한 켤레 사주…" "시끄럽다. 고마! 고무신도 사 줄까 말까 한데…" 와싱톤은 일제강점기 때 운동화 상표였다고 기억된다. 그때는 어머니의 퉁명스럽고 귀찮은 듯한 말씀을 이해할 수 없었다. 그러나 내가 이제 그때의 어머니만한 세월을 안고 비바람에 시달리며 여기까지 와 보니 그 심정을 조금이나마 알 것 같아 가슴 아린 추억으로 살아 있다.

늦더위가 한낮을 시뻘겋게 달구고 있지만 아침저녁이면 언제 그랬느냐는 듯이 선선한 바람기가 제법 가을 맛을 풍기는 계절의 문턱에 서면 고향집이 떠오르고 그러면 나는 타임머신이나 탄 듯 수십 년을 거슬러 고향집을 찾아간다. 고향이라야 겨우 10여 년 초등학교와 중학교 시절을 보낸 금호강가의 금호읍이다. 6·25전쟁이 휴전으로 치닫고 있을 때였다. 어머니와 형의 피땀으로 셋방살이를 겨우 면하고 방 둘, 부엌 하나인 초가삼간 한 채를 사서 우리는 궁궐에 드는 임금처럼 이사를 했다. 앞의 큰 양철집에 가려 어둡긴 했지만 제법 조그만 마루도 있고 뒤뜰엔 손바닥만한 빈터와 우물이 있어 온통 세상이 내 것 같은 기분이었다.

우리 집, 새집에서 맞는 첫 추석은 정말 발이 땅에 닿지 않는 걸음으로 왔다. 어머니는 제사에 쓸 제수 장만에 여념이 없으셨다. 고사리, 도라지, 무, 박, 간이 절어 소태 같은 고등어 한 손, 조기, 돔배기(돔발상어의 경북방언), 쇠고기 등 양은 적지만 갖추갖추 장만해 오시는 어머니의 손길에는 명절을 맞는 어린 것들의 들뜬 마음보다는 조상께 바치는 정성이 훨씬 많이 담겼다.

추석 전날 밤은 기실 추석 명절의 절정이었다. 결과를 보는 순간보다는 그 결과를 위해 애쓰고 기다리는 과정이 얼마나 보람 있는가는 그 결과를 보는 순간 절실히 깨닫게 된다. 뒤뜰에서는 귀뚜라미가 즐겁게 노래를 불러 주었다. 때때로 옥수수 겨드랑이를 스쳐오는 선선한 바람은 엉성한 우리들의 옷소매로 기어들고, 잠간 왔다 가 버린 전깃불 대신 일렁이는 촛불은 삼면의 흙벽에 우리 세 모자의 그림자를 거인으로 만들어 주었다. 앞머리가 노르스름하게 그을리는 것도 모르고 우리는 얼마 안 되는 쌀

가루 반죽을 떼어 송편을 빚었다. "너거들 할머니, 아버지께서는 송편을 무척 좋아 하셨는데…" 어머니 말씀 끝에는 언제나 이슬이 맺혀 있었다. 그러고는 빨아 놓은 옷가지를 다림질하셨다. 손잡이가 달린 쟁반 같은 다리미 위에 벌건 숯불 몇 개가 흰 허물을 벗으며 오르내리면 우리들 생활의 찌들림처럼 잡혔던 주름이 펴지고 옷가지들은 추석빔이 되어 횃대에 걸려지는 것이었다.

날이 밝으면 제상을 차리고 경건하게 차례를 지낸다. 두 손을 올려 읍하고 무릎 꿇어 절을 올릴 때 나는 자꾸 할머니 얼굴을 떠올렸다. 차례가 끝나면 상을 물리고 앉아 어머니의 지난 이야기에 우리들은 귀를 기울였다.

추석날 밤은 전설 속이었다. 금도끼로 계수나무를 찍어내고 은도끼로 다듬어서 초가삼간 집을 지어 부모 모시는 간절한 생각으로 보름달을 우러르면 주름진 할머니의 말씀이 들려오는 것이었다. "몽선아, 굳세게 살거래이. 에미 말 잘 듣고 성공해야 한대이. 이 할미가 하늘에서 늘 지키고 있는 기라." 나는 할머니 말씀을 고이 가슴 속에 접어 넣고 별 세기를 시작한다. 가슴팍과 뱃속은 헐벗었어도 맑은 바람과 비단 같은 이웃의 인정 속에 소박하게 손꼽던 추석은 내 기억 속에, 내 생애 속에 샛별처럼 언제나 빛나고 있다.

《빛》. 1986.

194

다시 가 보고 싶은 세월의 뒤안길

　오랜 가뭄 끝에 쏟아지는 장대비를 반가운 마음으로 바라보며 나는 곧잘 하는 버릇으로 내 나름의 타임머신을 탄다. 어느 선배가 한 말이 새삼 귓전을 울린다. "임마, 젊을 때 열심히 살아. 그게 다 늙어서의 양식이야." 나는 처음 그게 무슨 뜻인지를 잘 몰랐다. 한데 이젠 조금 그 의미를 알 것 같다.

　내가 첫 발령장을 들고 신천 동쪽 언덕에 신설된 지 얼마 안 되는 신천국민학교에 부임한 것은 1960년 4월, 그러니까 2·28, 3·15를 거치면서 반자유당 데모가 일기 시작하던 때였다. 나에게는 신기한 기록이 많다. 한 학교에 세 번씩이나 발령 받은 것이 그 하나다. 입대자 제대복직 시는 해임한다는 조건부 발령 후

1961년 4월 해임되었다가 5·16혁명 후 정식 발령을 받았다. 다시 가 보니 군사정부의 방침에 따라 학구위배 아동들을 모두 제자리로 돌리는 바람에 35분 수업 3시간, 운동장 수업 1시간의 3부제 수업과 한 교실에 105명의 진짜 콩나물교실이 기다리고 있었고 그 바람에 교무실은 복도로 길게 쫓겨나 있었다. 조금 있으니 군복무를 하지 않은 사람은 자진입대하게 하라는 공문이 내려왔다. 그리하여 그 해 8월 입대, 전방 1년 복무를 마치고 1962년 8월 다시 신천국민학교에 복직발령을 받았다. 이듬해 나는 3학년을 맡았다. 국군아저씨 냄새나는 밤송이머리를 하고 말이다. 지금 생각하면 그때 나는 그저 아이들과 함께 뒹굴며 교실 꾸미기, 학습자료 만들기 등에 열중하였다. 학교 주변은 사뭇 버려둔 낮은 둔덕이었고(지금의 KBS대구총국 부근) 띄엄띄엄 묘지들이 자리하고 있었다. 쉬는 시간, 점심시간이면 잔디 같은 잡초 밭에서 각종 놀이로 시간 가는 줄 모르고 뛰어 놀았다. 미술시간이면 마분지 전지에 그네들의 꿈을 공동작으로 꾸며도 보고 톱밥과 모래를 뿌려 환상의 어설픈 정원, 예쁜 양옥도 지어보게 했다.

그네들은 먼 미래를 설계했는지도 모른다. 그들은 무척이나 좋아했다. 그 중에 경애라는 여자아이는 예쁜 얼굴로 공부도 잘했고 예의가 발라 담임은 물론 다른 선생님들로부터도 귀여움을 받았다. 그녀가 6학년이었을 때 나도 6학년을 담임했지만 남자 반을 맡았으므로 그녀는 안타까워했고 졸업식 때는 일부러 같이 사진을 찍기도 했다. 그녀가 졸업하고 중학교에 가던 해 나는 7년 만에 중앙국민학교로 자리를 옮겼다. 그 후로는 서로 소식을 몰랐다.

그로부터 10년이 지난 어느 날이었다. 나는 무슨 모임에 갔다가 마 선배와 함께 집으로 가는 버스를 탔다. 겨울인지라 오후 9시가 되니 한밤중이었다. 더구나 변두리는 더 했다. 버스에서 내려 인기척이 드문 갈림길에서 우리는 헤어졌다. 집으로 가는 저만치에 혼자 걸어가는 어떤 아가씨의 뒷모습이 희미하게 보였다. 마 선배가 가다말고 뒤돌아보며 느닷없이 소리쳤다. "어이, 김선생 열심히 따라가 봐!" "예" 큰 소리로 대답하며 혼자 웃었다. 나는 밥 먹는 것, 걷는 것, 아침에 일어나는 것 이 세 가지가 남들보다 유별나게 빠르다. 군대 밥 1년이 내게 준 버릇이 아닌가도 생각하지만 아마 그것보다 더 거슬러 올라가 기차통학 6년이 준 움직일 수 없는, 어쩌면 좋은 습관이라고 믿고 싶다. 거기서 얻은 버릇이 어디 그뿐인가? 시간에는 지나칠 정도로 민감한 생활습관도 거기에서 연유하는 것일 것이다. 하늘에는 애기 별들이 몹시 추운지 오들오들 떨고 있었지만 한 잔 거나하게 된 나는 별로 추위를 느끼지 않았다. 찬바람을 안아내며 빠른 걸음으로 집을 향해 걷고 있었다. 무심히 주고받은 선배와의 대화는 까맣게 잊고 있었다. 이윽고 내 바로 앞에 아가씨가 보였다. 옆을 지나쳐 추월할 찰나였다. "선생님, 저 경애예요." 나는 정신이 퍼뜩 들었다. 그녀는 우리들의 대화를 듣고 내 목소리를 확인하고 있었던 모양이었다. 일시에 술이 확 깼다. "어? 그래? 경애였구나. 참 오랜만이구나. 그래 집은?" "예, 선생님 댁하고 가까워요. 전 벌써부터 선생님이 우리 동네로 이사 오신 것을 알고 있었어요. 찾아뵙지 못해 죄송해요." "그래? 그랬었구나. 근데 어느 학교에?" "OO 대학교 회화과에 다녀요." 정말 오랜만에 반가운 어둠속의 해후였다. 그 후 그는 우리 집에 놀러 왔었고 그러다가 또 소식이 끊어졌다.

비는 여전히 쏟아지고 있다. 뿌옇게 흐린 하늘을 보니 좀처럼 갤 것 같지는 않다. 튼실한 감나무 잎들을 타고 내리는 빗방울을 바라보며 나는 다시 작년으로 돌아간다.

작년 초겨울 어느 날 내 책상 위에 초대장과 작품 팸플릿이 날아왔다. 서울서 온 것이었다. 초대장을 펼쳤다. '정경애 작품전 - 서울 한국화랑-' 정경애 양의 개인 작품전 소식이었다. 드디어 나의 제자가 화가로 탄생했다는 기쁨은 말할 수 없이 컸다. 동료들에게 자랑을 했다. 팸플릿에는 전시 작품 중 6편이 천연색으로 소개되어 있었다. 그림에는 문외한이지만 무척이나 부드러운 색조, 온화한 분위기를 느낄 수 있었다. 30대로 접어든 원숙한 서양화가로 당당한 면모를 보여주는 그녀의 사진을 보며 나는 얼른 내 시집 한 권을 우송, 축하의 마음을 보냈다. 한국의 화가로, 세계적인 화가로 대성해 주기를 빌었다.

창문을 열었다. 거친 빗방울이 사정없이 날아든다. 비록 헐벗고 참담했던 시절이라 할지라도 돌아보면 그립고 아름답다. 역시 신천국민학교 시절의 제자, 그녀의 1년 선배 이 OO 교수의 말이 생각난다. 몇 년 전 스승의 날 그는 20여 년 만에 나를 찾아왔었다. 그를 이 교수라 불렀더니 그는 대뜸 "선생님, 이 교수가 뭡니까? OO라 불러 주이소. 그게 더 다정하고 옛날 몽둥이를 생각나게 하거든요." 서슴없이 말해 주었던 것이다. 하기야 나도 마찬가지다. 6·25휴전 전후 하여 우리 6학년을 맡아 온 힘을 다해 가르쳐주신 선생님이 지금 대구에서 교장 선생님으로 계신다. 자주 찾아뵙지 못해 늘 죄송하지만 어쩌다 만나면 대뜸 "몽선이가"이시다. 그때마다 나는 삼십수 년을 단숨에 뛰어넘어 그 시절로 돌아갔다 오게 된다.

창문을 닫는다. TV에서는 '학부모들이 자기 아이들을 가르치기 위해 학원에까지 가고 있다.'는 칭찬인지 질책인지 모를 보도를 하고 있다. 극성들이다. 옛날에는 그러지 않아도 무식한(?) 부모 밑에서 공부해도 잘들 해 나왔는데 말이다. 부모가 진정 아이들을 위해 해야 할 일이 무엇인지 곰곰이 생각해 봐야 하겠다.

자칫하면 학원가는 부모보다 아예 교육대학이나 사범대학 가는 부모들이 쏟아지지 않을까 걱정된다. 지난 세월의 뒤안길을 가 보면서 30년의 어제 오늘이 많이도 달라졌다는 사실을 새삼 깨닫게 된다. 그것을 평소 느끼지 못하고 앞만 보며 달려가는 기성세대를 향한 2세들의 '전근대적', '고루함' 이라는 화살은 필연적일지도 모른다. 쏘는 자나 맞는 자나 어느 한쪽만의 책임은 아니라는 점만은 확실하다.

《대구문예》. 1988.

임진강변 세 번의 고비

1961년 8월 5일 안동에서 입영열차를 타고 한밤중 논산 제2훈
련소로, 거기서 힘든 4주간의 전반기 훈련, 자리를 옮겨 후반기
4주간의 고된 훈련을 마치고 10월 초순 전방으로 배치되었다.
당시는 밤중 이동으로 어딘지 몰랐지만 경기도 연천군 적성면
임진강변에 있던 육군 제28사단 포병 262부대 본부로 실려 왔
다. 일주일 후 A포대로 팔리게 되었다. 그것도 영천군 대창면 조
곡동에 산다는 A포대 서무계 김 병장 덕에 그가 있는 곳으로 가
게 된 것이다. 같이 간 동료는 각각 B, C포대로 흩어졌다. 배치
된 그날 밤 바로 강변 초소 근무에 투입되었다. 총을 들고 새운
밤이 참으로 두렵고도 길었던 기억으로 남아 있다. 처음에는
105미리 전포대에 배치되었다. 추운 겨울에 대포의 안팎을 윤나

게 닦는 일이 만만치 않았다. 손이 얼고 터서 피가 흘렀다. 그 모양으로 첫 휴가를 나가 어머니 눈물을 흘리게 하고 귀대하니 김 병장이 불러 교환병으로 근무하게 해 주었다.

혹독하게 추운 겨울이었지만 교환대는 온돌로 되어 따뜻했다. 각 부대로 가는 전화, 각 사무실로 가는 전화 등을 연결해 주고 특히나 우리 부대로 들어오는 사람(위관급 이상)을 각 사무실에 즉각 알려줘야 했다. 연대장이나 포대장의 전화를 받고 누군지 몰라 쩔쩔매다 호통을 듣고는 "잘못했습니다."를 연발해야 하는 곤욕을 치르기도 했다.

그러던 중 첫 번째 사건이 터졌다. 우리 포대장이 대대 주번사령으로 근무하던 날 밤이었다. 저녁을 먹고 따뜻한 방에 앉아 교환기를 바라보고 있다가 나도 모르게 첫잠이 들었던 모양이었다. 선뜻한 기운에 눈을 떴다. 난장판이었다. 교환기 신호가 모두 하얗게 변했다. 앞이 캄캄했다. 방문을 열어 논 채 선임하사가 구둣발로 들어와 교환기를 정리하고 받느라 정신없었다. '이제 죽었구나.' 벌떡 일어났다. "선임하사님, 죄송합니다. 제가 하겠습니다." "시끄러! 나가 있어!" 소리치고는 정리를 마치고 곧장 서무실로 가 버렸다. 멍하니 서 있는데 스피커에서 화난 목소리가 튀어나왔다. "전 부대원! 팬티 바람으로 연병장에 집합!" 섭씨 영하 20도를 밑도는 강추위에 팬티 차림으로 연병장에 모이다니 상상도 못할 일이었다. 그러나 내 잘못으로 모두가 겪어야 하는 고통이라면 내가 먼저 나서야했다. 연병장에 나가니 수십 명의 포대원들이 덜덜 떨며 모이고 있었다. 그리고는 명령에 따라 말없이 연병장을 돌기 시작했다. 몇 바퀴를 돌았는지 기억이 없었다. 그로기 상태가 되자 모두 제자리로 돌아가라는 명령이 내려졌다. 나는 포대원들을 볼 낯이 없었다. 하지만 포대원 누구도 나를 손가락질 하거나 원망하지 않았다. 1년 복무짜리 교보 일병도 따뜻한 전우애로 감싸주는 군인정신이 살아 있음을 확인한 순간이었다. "김 일병, 군에서는 자주 있는 일이니 너무 신경 쓰지 말고 들어가 교환이나 잘 봐." 선임하사의 그 봄날 같은 말 한마디는 내 평생 가슴 속에 보석처럼 간직되어 있다.

이듬해 2월 어느 날 두 번째 사건이 터졌다. 훈련을 나갔다. 다른 육군부대 훈련에 포병의 유선병은 관측소(O.P) 임무를 띠고 참여하게 되어 있다. 나는 유선병으로 함께 했다. 우리들은 항상 포차 위에 타고 이동한다. 2박 3일의 훈련 마지막 날 밤이었다. 내일이면 귀대한다는 그런대로 즐거운 기분이 들었다. 마치 여행을 끝내고 귀갓길에 오른 것처럼. 함께 있던 박 병장이 말했다. "야, 김 일병 우리 요 아래 마을에나 잠깐 갔다 올까?" "아니, 거긴 가서 뭐 하나요?" "마을에 가면 술 한 잔 마실 수 있겠지." 우리 둘은 의기투합 완전무장을 하고 어두운 산길을 따라 마을로 내려갔다. 어느 가게에 앉아 잡담을 나누며 막걸리 한 주전자를 나눠 마시고 곧장 되돌아 왔다. 일은 이튿날 아침에 벌어졌다. 기상 후 점호시간이 되어 우리 부대원 모두는 5열 횡대로 서서 '앞에 총!'을 하고 있었다. 무심코 내 총을 보다가 나는 까무러칠 듯 놀랐다. 칼빈 소총의 가늠자뭉치가 없어진 것이었다. '전시면 총살감이겠지?' 어떻게 해야 할지 막막했다. 옆에 선 박병장에게 눈짓을 했다. 그도 보더니 무척 놀라고 당황하는 눈치였다. 우선 급한 불은 꺼야 했다.

　소대장 안 소위는 앞줄부터 점검을 해 오고 있었다. 그는 가만히 나를 제일 뒷줄로 가서 서라고 했다. 제일 뒷줄에 섰다가 소대장이 지나간 뒤 다시 그 자리로 잠입하는데 성공했다. 가슴이 쿵쿵 뛰었다. 일단 아침점호는 무사히 마쳤다. 아침을 먹으러 가야 하는데 가늠자뭉치 없는 총을 메고 갈 수는 없었다. 박 병장의 말을 따라 소대장의 총을 메고 갔다. 안 소위가 보더니 말했다. "어이, 김 일병 왜 내 총을 메고 왔어?" '내가 보기엔 똑같은 총인데 자기 총인지 어떻게 알았지?' 나중에 안 일이지만 총코엔 번호가 있었던 것이다. 참 등신 같은 나 자신이 부끄러울 뿐이었다. 귀대하는 차 중에서 죽을 각오를 하고 소대장님께 사실을 고백했다. "그래, 아침에 이상하다 했지. 너 큰 일 났어." 겁을 주고는 웃었다. 부대에 들어와서 병기고에 반납할 때가 마지막 고비였다. 그러나 그 고비도 무사히 넘어 갔다. 안 소위, 박병장, 병기계 담당 이 병장이 의논한 결과였음을 나는 어렴풋이 알게 되었다. 하지만 그들은 아무 내색도 하지 않았다. 그들을 영원히 존경하게 만드는 상급자들의 지도력이 놀라웠다.

봄이 되어 날씨가 화창해졌다. 온 산야는 진달래 분홍으로 물들어 한 폭의 그림이었다. 4월 어느 날 세 번째 사건이 터졌다. 포병 전 부대가 모두 동원된 2박 3일의 훈련을 마치고 마지막 날 점심때에 귀대했다. 군장을 풀자마자 모두들 허겁지겁 식당으로 달려갔다. 나도 별 생각 없이 그들을 따라 식당으로 갔다. 줄을 서서 밥을 받고 자리에 앉아 열심히 먹었다. 막 숟갈을 놓으려는 찰나 벼락같은 소리가 내 귀를 울렸다. "야! 김 일병 너 뭐 하냐? 빨리 나와!" 황당한 표정으로 나갔다. "임마, 너 정신 있어 없어! 전시면 총살이야. 귀대하면 먼저 통신설비부터 해 놓아야지, 밥이 먼저야?" 부릅뜬 선임하사의 눈에 불이 척척 흘렀다. "빨리 교환대로 가 봐. 부대장님이 기다리고 있어!" 정신없이 뛰어간 교환대 앞에는 화가 하늘 끝까지 솟은 부대장(소령)이 식식거리며 나를 노려보고 있었다. 결국 그 자리에서 나는 '엎드려 뻗쳐' 하고 굵은 묘목으로 20대의 곤장을 맞고 끝이 났다.

지금 생각하면 최전방 10개월이 나에게 많은 인생 공부를 하게 했고 많은 사람들의 은혜를 입게 했다. 그때 그 사람들을 만날 수 있다면 술이라도 한잔 거나하게 받아 주며 감사 인사를 할 수 있을 텐데.

1989.

고물 시계 이야기

    예나 지금이나 시계는 필수품, 그래서 고급보다는 실용적이면
서 시간이 잘 맞는 것이면 족하다는 나의 생각에는 변함이 없다.
나는 그때까지만 해도 형님이 쓰시던 투박한 국산 시계를 갖고
다녔다. 때로 친구들이 촌스럽게, 궁상맞게 살지 말고 시계 좀
바꾸라는 농담도 했다. 그래도 나는 개의치 않았다. 내가 가진
물건은 오래된 것일수록 귀한 것이라고 응수하곤 했다. 하지만
26년 전, 어처구니없는 일이 벌어지면서 내 시계는 바뀌었다.
    "김 선생님, 밖에 손님 왔어요." 퇴근 준비를 하고 있는 나에게
사환 아이가 전하는 말이었다. 나를 찾아올 손님, 그것도 퇴근시
간에 맞춰 찾아올 손님은 거의 없었다. 학교를 졸업하고 일 년
남짓 근무하다가 군에 입대했고 이제 제대복직한 지가 얼마 안

된 때라서 더욱 그랬다. "그래? 어떤 사람이든?" "남자예요." 마치 내가 여자 손님이라도 기대하고 물은 것처럼 그녀는 대답했다. 현관을 나서자 차가운 초겨울 바람 속에 환히 웃는 얼굴로 손을 쑥 내미는 사람, 그는 졸업한지 8년 만에 만나는 초등학교 동기 김 00이었다. 대단히 반가웠다. 찬 손을 마주잡고 얼마동안 말없이 서로 웃고만 있었다. "그간 어디서 뭐 했노?" "머, 그저 이리저리 다니다가 요새는 동성로에 있는 외삼촌의 양복점에서 일하고 있어. 시간 있으면 놀러 와. 참 우리 동기 유환이도 우리 양복점에서 양복 맞춰 입고 갔데이." "아, 그랬구나. 자 우리 집에 가자" 나는 앞장서서 그를 안내했다. 신천동 허허한 빈 골목을 이리 구불 저리 구불 돌아 어머니가 밥을 해 주고 있는 셋방으로 향했다. 그는 번쩍번쩍 빛나는 새 자전거를 끌고 우쭐우쭐 따라 왔다. 어머니께서도 무척 반갑게 맞아 주셨다.

내가 금호국민학교에 다닐 때 1학년부터 극히 가깝게 지내던 그는 그 마을의 부잣집 차남이었다. 그의 집은 '붉은 이층집'으로 통했고 드넓은 과수원도 가지고 있었다. 당시 나는 해방 직후 어수선한 사회 속에서 강원도로부터 내려와 빈손으로 금호에 살게 된 뜨내기였다. 하루 세 끼를 때우는 일도 어려운 형편이었다. 하교 후에는 친구들과 자주 그의 집에 놀러 갔다. 사과를 실컷 얻어먹고 집에 올 때는 그때의 느낌으로 머리 크기만 한 사과를 얻어온 기억도 있다. 그는 때로 뽐내는 모습을 보여 주기도 했지만 나에게는 그러지 않았다. 학교를 졸업하고 나는 경대사 대부중으로, 그는 경북중학교로 진학하여 기차통학도 같이 했지만 고등학교 진학 후부터 소식이 끊어지고 말았다. 우리 집이 하양으로 이사했기 때문이었다.

그날은 밤이 늦어서야 그가 돌아갔다. 이튿날도 퇴근시간에 맞춰 그는 나를 찾아왔다. 나에게는 정말로 즐거운 시간이었다. 잊혀졌던 동기들의 소식을 소상히 알고 있는 그는 나에게 새로운 추억의 샘을 파 주었다. 삼 일째 되는 날도 그는 찾아왔다. 저녁을 먹은 후 우리는 그의 제의로 시내 구경 겸 바람이나 쐰다고 번화가로 나왔다. 사실 나는 그때까지 술도 담배도 모르는 풋내기였다. 시내 지리에도 그리 밝은 편이 못 되었다. "야, 몽선아 우리 여자 동기 영자 니 알제?" "그래 알지. 그 아가 어디 있는데?" 학교 다니던 시절 희한한 일로 헛소문이 났던 그녀는 동기들 사이에 미인으로 통했다. "응, 그 아가 향촌동 00빠에 있어. 내 더러 만났지. 니 얘기도 자주 하더라. 오늘 그리로 가 볼래?" 빠라는 곳이 술집이라는 정도 밖에 몰랐지만 나는 슬그머니 마음이 동했다. "가 보지 머." "영자가 몹시 반가워 할 끼다." 그는 어깨를 으쓱하며 야릇한 미소를 흘렸다. 이윽고 빠 앞에 섰다. 그는 나를 잠시 기다리라고 하고는 성큼성큼 빠 안으로 들어갔다. '같이 가도 될 낀데…' 거리가 온통 불빛으로 출렁거리고 있었다. 가슴을 울리는 음악소리가 여기저기서 울려나오고 산뜻하게 차린 아가씨들이 분 냄새를 풍기며 분주히 오갔다. 잠시 후 그가 나타났다. "야, 그 아가 안죽 안 나왔단다. 조금 있으면 나온다 카네. 우리 어디 가서 시간이나 보내다 오자." "그러지 머." 숙맥이던 나는 그가 하자는 대로 다시 중앙로를 건너 2층에 있는 다방으로 올라갔다. 커피 두 잔을 시켜 들던 그가 잊었다는 듯 불쑥 입을 열었다. "야, 이렇게 무작정 기다리자니 지루하제? 내 가서 알아보고 그 아가 왔거든 부르러 올게. 여기서 기다려라." "그래, 그라지 머. 얼른 갔다 와." 나는 오랜만에, 정말 오랜만에 초등학교 여자 동기를 만나볼 수 있는 기회가 왔다는 즐거움에 젖어 있었다. 출입문까지 가던 그가 되돌아 왔다. "야, 마침내 시계를 안 갖고 와가주고 말인데 내 가서 10분 정도면 돌아올건데 시계가 없어…. 너시계 잠깐만 빌려 주라. 응?" "그러지 머" 서슴지 않고 나는 고물시계를 풀어 주었다. 형님이 근 10년 갖고 다니시던 고물시계를 내가 현직에 나온다고 주신 것이었다. 그가 나가자말자 내 머리에 이상한 예감이 스쳐갔다. 그러나 나는 나 자신을 꾸짖었다. 친구를 의심하면 나쁜 사람이라고. 다방 벽에 걸린 시계 바늘은 잘도 가고 있었다. 10분이 지나고 30분이 지났다. 한 시간이 지나도 감감 무소식이었다. 그제야 나는 그에게 속았음을 직감했다. 부리나케 내려와 00빠에 들렀다. 거기엔 영자란 여자도 없고 조금 전 김 00이라는 작달막한 키의 사내가 왔다간 적도 없다고했다. '음, 당했구나. 사기를…' 나는 그에게 여지없이 당한 것을 몹시 후회하며 그를 원망했다. '고물시계, 그것 몇 푼 받는다고 그걸 사기해 가? 차라리 돈을 좀 보태달라고 했으면 나았을 것을.' 그 친구의 배신을 확인하는 순간 내 가슴은 석탄냄새 가득한 터널이었다. 후에 들으니 많은 동기들이 같은 수법의 그에게 옷, 시계, 자전거 등을 고스란히 빼앗겼다고 했다. 동성로 외삼촌 양복점 근무도 새빨간 거짓말이었고 그때 끌고 왔던 번쩍이던 새 자전거도 그 방법으로 얻어 온 물건이었음을 알게 되었다.

그로부터 또 십 수 년이 지난 어느 날 우연히 신천동 다방에 약속이 있어 앉아 있다가 슬리퍼를 질질 끌고 들어서는 그를 마주하게 되었다. 그는 그때 시계 얘기는 아예 시침을 떼고 사업 얘기에 열을 올렸다. 그 모두가 허풍임을 나는 알고 있었다, 차마 시계 얘기는 끄집어 낼 수가 없었다. 약속을 핑계로 차 한 잔을 시켜주고 나와 버렸다. 체면도, 의리도 모두 시궁창에 버리고 뻔뻔스럽게 되어버린 그가 참으로 불쌍하게 보였다. 하늘은 맑게 개었는데 내 마음은 어둡기 한이 없었다. 어리석게 당한 자신이나 동기들이 좀 더 똑똑했다면 그의 그런 수법이 통하지 않았을 것이고 그랬다면 그는 그런 사기 행각을 못했을 것이 아닌가 하는 일종의 죄책감마저 들었다.

《대구문예》. 1989.

길거리 사주쟁이와의 한판

1960년 가을 어느 토요일, 세상은 온통 데모로 새고 지는 하루하루 몸살을 앓고 있었다. 북 공산군의 기습남침으로 3년간의 처참했던 전쟁이 끝난 지 6년, 4·19로 자유당이 무너지고 내각 책임제의 민주당이 집권하고 있던 시절이었다.

그해 3월 31일자로 대구신천국민학교에 발령받아 근무하게 된 나는 있을 곳이 마땅치 않아 교동시장 근처의 종이모 댁에서 기거하고 있었다. 하는 일 없이 바빴던, 그래서 가을의 꽃이나 단풍 구경으로 아름다운 자연을 즐길 마음의 여유도 없었던 나날이었다. 토요일은 오전 수업을 마치고 대구역으로 곧장 가서 기차를 타고 일주일 만에 보고 싶은 어머니가 기다리시는 하양의 집으로 간다는 기대로 가슴 부푸는 날이었다.

시내버스도 제대로 없었던 때라 그날은 동인동 로터리 부근에서 볼일을 마치고 오후 2시 출발 경주행 기차를 타기 위해 대구역을 향해 부지런히 걸어가고 있었다. 당시 대구역 동편의 태평로 양 가의 인도에는 잡상인들이 진을 치고 있었고 그 중에는 큰 얼굴을 그린 종이를 펼쳐 놓고 사주보는 사람도 줄을 지어 앉아 있었다. 2시 20분전, 시계를 자주 보며 기차시간에 늦을까 땀을 뻘뻘 흘리며 조흥은행 앞을 걸어 지나고 있는 나에게 굵은 목소리가 날아왔다. "보이소, 잠시 좀봅시다." 나는 소리 나는 쪽을 돌아보며 걸음을 멈추었다. 앞에 사람 얼굴이 커다랗게 그려진 종이 위에 여러 가지 물건들을 얹어놓고 있는 40대로 보이는 남자가 쳐다보고 있었다. "아니, 왜 그러시는데요?" 조금은 불만스러운 표정으로 퉁명스럽게 물었다. 기차시간은 다가오는데 마음이 조급해졌다. "손님, 잠깐만 하면 됩니다. 앉아 보이소." "아니 지금 차시간이 바빠서 가야 합니다." 막 가려는데 다시 말을 걸어왔다. "아닙니다. 금방입니다." 할 수 없이 앉았다. "손님, 코 밑 왼쪽의 점 하나, 이건 눈물 받아먹는 점입니다. 빼고 가이소. 금방 됩니다." "어허, 참 바쁘다니까요." "금방이라니까요. 자-" 그 사람은 얼른 성냥개비 같은 것으로 흰 물약을 찍어 코 옆 점에 발랐는가 싶더니 그 끝에 까만 점 하나를 붙여내 내게 보여주었다. 그러면서 거울을 보라고 했다. 보니 분명 점은 없어졌다. 나는 급한 마음에 벌떡 일어섰다. "손님, 담뱃값이나 주고 가이소." "이 봐요. 바쁜 사람 잡아 자기 마음대로 빼놓고 무슨 소리요?" 막 걸음을 옮기려는데 바지자락을 붙잡았다. "이 양반 참 어렵네. 그럼 이 점 다시 박아 가이소." 그는 담뱃값도 못 받겠다 싶었는지 내 코 옆에 뺀 점을 다시 쿡 찔러 붙였다. 나는 뒤도 안 돌아보고 역으로 뛰어가서 간신히 2시 차를 탔다. 그러느라고 그 일은 까맣게 잊어버렸다. 집에 와서 세수를 하고 거울을 보다가 다시 붙여준 점이 생각났다. 없어졌다. 어머니는 말씀하셨다. "쯧쯧 웬만하거든 담뱃값이나 좀 주고 오지…."

지금 생각하면 참으로 못난 짓이었다. 남을 배려하는 마음이 극히 부족한 청년이었다. 오늘도 나는 생각한다. 그 사람을 다시 만난다면 사과하고 조금은 넉넉한 인심을 베풀 수 있을 텐데.

1990.

올챙이 시절의 추억

1960년은 우리나라 역사상 참으로 숨 가빴고 혼란스러웠던 해라고 생각된다. 자유당 정권의 부정에 가장 먼저 반기를 든 사건이 대구 2·28학생의거였다. 당시 3·15대선에 위기감을 느낀 자유당 정부는 조병옥 대통령후보를 잃은 민주당 부통령후보 장면 박사의 대구 수성천변 유세에 학생들의 운집을 막으려는 저의로 그해 2월 28일이 일요일인데도 대구시내 고등학생들을 일요 등교시켰던 것이다. 나는 그때 사범학교 졸업반이었다. 우리 교장 선생님은 일요 등교를 시키지 않으셨다. 그래서 우리들은 2·28 데모에 함께 하지 못했다. 일요일 학교에 모인 학생들은 교문을 박차고 거리로 뛰쳐나왔다. 필경에는 경찰과의 충돌, "장면 만세!"로 이어졌던 것이다. 이 사건 후 3·15부정선거, 그 날의 마산의거를 거치더니 4월에 접어들어 전국이 술렁거렸고 마침내 계엄령 선포, 서울서 4·19유혈사태가 일어났다. 살벌하던 반정부 데모는 4월 26일 서울시내 대학교수 300여 명의 시위를 불러왔고 이에 놀란 이승만 대통령은 하야했다. 29일에는 자유당부통령에 부정 당선된 이기붕 일가가 자살했다. 허정 과도정부가 수립되더니 7월에 사상 처음 내각책임제 개헌으로 민의원, 참의원 선거를 실시하고 새 민주당 내각이 들어섰다. 그로부터 약 10개월간은 전국에 데모 없는 날이 없다시피 온통 데모 천국을 이루었다.

내가 첫 부임한 대구신천국민학교는 신설이라서 4학년까지밖에 없었다. 3학년을 담임했다. 그때만 해도 완전히 시골 맛이 풍기는 곳이었다. 담장도 없는 교문을 나서면 공동묘지, 산등성이의 복숭아밭, 보리밭 등이 파도처럼 출렁거리고 그 사이사이로 초가들과 판잣집들이 웅크리고 있었다. 학교 서쪽 언덕에는 난민촌이 다닥다닥 자리하고 있었다. 2학기 접어들면서 교원노조가 생겼다. 나는 그때 그게 뭔지도 몰랐다. 저절로 회원으로 가입되어져 있었다. 교장과 싸움을 하고 교육회 회원인 원로교사와는 인사도 않는 해괴한 일들이 여기저기서 벌어졌다. 무슨 투쟁을 한다고 3일간 교실에서 자면서 단식도 해 보았다. 서울 문교부 앞, 태평로 국회의사당 앞에 가서 데모도 했다. 총각이라고 왕복차비를 모아 주며 등을 떠밀었기 때문이었다. 1961년 4월

29일 나는 작년발령 때의 조건에 따라 제대복직하는 선배에게 밀려 해임되고 실직자가 되어야 했다.

그 후 어느 날 아침, 일어나 보니 온통 군인 세상이 되어 있었다. 실직한데다 군사혁명이라니 난감했다. 당시 지금의 중앙공원에 있던 경북도청에도 몇 번 들락거렸다. 그때는 도지사 발령이었다. 희한하게도 6월 10일 나는 신천국교에 정식으로 재 발령을 받았다. 두 달도 안 된 사이 학교에 가보니 내가 맡았던 3학년 교실에는 무려 105명의 어린이들이 눈동자만 새카맣게 앉아 있었고 교무실은 복도로 길게 쫓겨나와 있었다. 군사정부의 방침에 따라 동신교 건너 동인국교 등지에서 학구위반으로 넘어오는 아동들이 많았기 때문이었다. 3부제 수업을 해야 했다. 그런 속에서도 반갑게 맞아주시는 선배선생님들의 따뜻한 인정으로 즐거운 나날을 보내고 있었다. 여름방학이 가까워지던 어느 날, 또 한 차례 바람이 일었다. 군대 갔다 오지 않은 교사는 자진 입대하라는 공문이 날아 온 것이었다.

논산 훈련소에 입소하던 날 캄캄한 밤중에 우리들은 겁먹은 토끼가 되어 어느 막사 안으로 인솔되었다. 엉거주춤하고 있는데 희미한 어둠 속에서 해골처럼 빡빡 깎은 머리통들이 벌떡벌떡 일어나는 바람에 우리들은 기겁을 하기도 했다. 그때부터 인간재생이 시작되었다. 신체검사를 했다. 체중미달로 불합격이었다. 집으로 가면 되는데 복직이 안 되게 되어 있었다. 어머니가 꼬깃꼬깃 팬티 안에 주머니를 만들어 넣어 주신 8,000원(당시 내 월급이 4,200원 정도 였다.)을 뒷돈으로 쥐어주고 합격을 했다. 참으로 기막힌 노릇이었다. 두려움을 안고 속눈물을 흘리며 머리를 깎기고 포로들 같이 줄줄이 훈련대로 팔려 나갔다. 목에는 군번이 빛나는 목걸이로 매달렸다. 0035673. 정교사 입대자에게 주는 빵빵이라 불리는 00군번이었다. 8월 15일 광복절 기념식을 마치고 입대 후 처음으로 빨랫거리를 겨드랑이에 끼고 부대 밖 개울로 나갔다. 친구 김 이병과 함께 따가운 햇살도 아랑곳 하지 않고 그야말로 한껏 자유의 시간을 가졌다. 조교의 권유에 따라 사진도 찍었다. 빡빡 깎은 머리, 삐삐 마른 체구에 웃통을 벗고 옆구리엔 빨래 보따리, 목에는 개패로 불리는 군번표를 걸고 친구와 함께 찍은 이 사진은 지금도 내 사진첩의 중요한 자리를 확보하고 있다. 언젠가 고등학교에 다니던 큰 딸이 이 사진을 보고 배꼽을 잡고 대굴대굴 구르며 웃었다. 마치 '인민군 포로' 같다고 했다. '지가 뭐 인민군 포로를 보기나 했나?' 나는 속으로 중얼거리며 당시의 추억에 잠겼다.

5·16이후 직장마다 군 미필자를 마구 입대시키는 통에 애비와 아들이 훈련소에 함께 있었다는 농담도 나왔다. 아들은 조교, 애비는 훈련병, 애비가 속해 있는 소대를 훈련시키는 조교의 구령 "뒤로 돌아 가이소예." "우향 앞으로 가이소예." 교관이 보고 꾸중을 했더니 조교는 수염 난 훈련병을 가리키며 "우리 아버지가

저기 있잖아예." 참 재미있는 군사 코미디도 유행했던 시절이었다. 나는 우선 그 동안의 긴장을 풀며 내무반에 앉아 집과 근무하던 학교에 편지를 보냈다. 외롭고, 심심하고, 허전하고, 보고 싶고… 미칠 것 같은 심정을 달래는 유일한 방법이었다. 어느 날 영원히 잊히지 않는 편지가 날아왔다. 처음이자 마지막일 것 같은 합동편지를 받은 것이다. 몇 줄씩 돌아가며 쓴 농담 반, 진담 반의 코미디 같은 내용을 읽으며 나는 그 살벌하고 긴장된 나날들을 참아내었다. 초년병 교사 몇 달 같이 근무했는데 뭐 그리 정들었다고 많은 선배선생님 들이 도장까지 찍어가며 위로 격려해 주셨는지 그 인정이 눈물겹도록 고마워 30여 년이 지난 오늘까지도 내 인생에 큰 감동으로 살아 있다. 그 편지는 지금도 내 보물 1호로 소중히 간직하고 있다. 군대 가기 전 두 달 동안은 이 편지에 '영감'이라 자칭하는 임 선생님과 함께 자취를 했다. 숙직실에 자고 밥은 사 먹기도 했다. 그래서 나는 '할마이'가 되고 그는 '영감'이 되었다. 또 오 선생님은 몸이 뚱뚱하여 '뚱뚱이'였고 나는 '홀쭉이'로 통했다. 그러니 편지에는 할마이, 홀쭉이, 총각 등등 불린 이름이 많았다.

지금의 우리 교단을 보며 나는 참 많은 것을 느낀다. 나는 그때 선배 선생님들의 의견을 받들었고 잘도 따랐다. 또 그들도 진심으로 후배를 사랑하고 도와주었다. 분명 그때도 세대차는 있었는데…. 사람 살아가는 방법은 여러 가지다. 그러나 내가 사람답게 사는 방법은 정직, 성실, 용기 이 세 가지를 지켜나가는 것이다. 그때 나의 주위를 울타리처럼 둘러 주셨던 분들, 지금은 정년퇴직을 하신 분, 이미 작고하신 분, 일찍 교직을 떠나신 분도 있지만 아직도 교직에서 마지막 정열을 불태우고 계시는 분도 있다.

1962년 8월, 1년 만에 제대특명을 받고 향토 50사단에 와서 제대를 했다. 일등병 제대, 나는 평생 일등병으로 살아가야 한다. 세 번째 신천국교에 발령을 받고 가보니 더러는 바뀌었지만 작년의 선생님들이 친 동생처럼 반갑게 맞아 주셨다. 그 온정 속에서 오늘의 내가 다듬어지고 부족하지만 교사로서의 면모를 갖추게 되었다고 생각하며 그분들의 고마운 은혜를 늘 기억하고 있다.

《대구문예》. 1992.

무지개 사랑(1)

풍금 연습을 하고 있는 어깨 너머로 인기척이 느껴졌다. 순간 나는 건반 위의 손을 멈추고 뒤를 돌아보았다. "풍금 잘 치네 예." 같은 반 여학생이었다. 얼굴에 화끈거리는 열기를 느끼며 대답도 못하고 엉거주춤한 나에게 그니는 다시 입을 열었다. "집이 어디라예?" "하양입니다." "아이구 머네예. 기차통학 하지예?" "예…" "방학 때 편지해도 돼예?" 할 말을 잊었다. 도저히 그 당시의 내 마음으로는 대답할 말을 찾지 못했다.

그러니까 34년 전 사범학교 2학년 세 반 가운데 우리 반은 공학 반이었다. 남자는 여자를, 여자는 남자를 알 만한 때였다. 마음속으로야 예쁜 여학생과 다정하게 사귀어 보고 싶었지만 용기가 없었다. 그것은 내 가슴 속 저 깊은 곳에 숨어 있던 자그마한 남자로서의 자존심 때문이었다. 좋아하는 사람 앞에 자존심을 안고 있는 것이 부질없는 일임을 그 후에야 나는 깨달았다. 그렇게 서로 이야기를 나눈 날 나는 그니에게 시골 집 주소를 적어 주었다. 처음 며칠은 덤덤히 지났는 데 날이 갈수록 그니가 내 머릿속을 차지하기 시작했다. 훤칠한 키에 갸름한 얼굴의 그니에게 어딘가 모르게 정이 쏠리고 있음을 알게 되었다. 까만 투피스 교복에 새하얀 칼라를 받친 그니는 무척이나 명랑했다. 그때 나는 매우 내성적이었다. 남의 앞에 서기가 두려웠고 이상한 말만 들어도 얼굴이 붉어지는 어쩌면 소심증 환자였다.

방학 후 8월 초순이었다. 그니에게서 편지가 왔다. 두근거리는 가슴을 쓸어내리며 봉함을 뜯었다. 난생 처음 받아보는 여자로부터의 편지, 정말 나에게는 일대 사건이었다. 또박또박 정성스레 쓴 글 속 내용은 8월 0일 0시 교정에서 만나자는 것이었다. 순진하게도 나는 형님에게 그 편지를 내밀었다. 형님은 싱긋 웃으며 동생의 첫 연애(?) 편지가 대견한 듯 만남을 격려해 주었다.

교정 호젓한 나무 그늘 아래 마주 앉은 그니와 나는 무슨 말을 주고받았는지 기억이 없지만 황홀하고 행복하고 즐거웠던 그 심정만은 아직도 생생하다. 단정한 차림에 청순한 그니의 웃음 띤 얼굴도 지워지지 않는 한 폭의 초상화로 남아 있다. 그 후 개학하면서부터 우리는 더욱 가까워졌다. 나는 기차통학을 했으므로 늘 늦게 등교했다. 땀 흘리며 무거운 가방을 메고 교실에 들어서면 키가 커서 맨 뒷자리에 앉은 그니는 슬그머니 오른 손을 뒤로 내민다. 그러면 나는 슬쩍 손에 쥔 종이쪽을 받아 주머니에 넣고는 자리로 가 앉는다. 쉬는 시간이면 친구들 몰래 구석진 곳에 가 그 편지를 읽는다. 자신의 그림도 곁들인 글 속에는 보고 싶어 잠을 못 이루었다는 이야기로부터 자신의 신변 이야기를 소상히 적어 주었다.

사랑은 마약이라 했던가. 자신도 모르게 사랑에 취하기 시작했다. 교실에서도 길에서도 오직 그니를 바라보는 것이 큰 즐거움이 되었다. 그니도 그랬다. 차를 타도 그니를 머리에 그리고 있으면 한 시간의 귀가 길은 잠시였다. 내 진실한 사랑의 마음은 아마 여기서부터 무성하게 자라기 시작하지 않았나 여겨진다. "사랑을 갖지 못한 사람은 안심을 얻을 수 없다. 사랑이 없는 생활로써 청년시절을 지내고 나면 매우 비참하다. 모든 것이 미움으로 보일 것이며 생존의 가치조차 흔들리고 말 것이다."라는 스위스의 철학자이자 사상가 칼 힐티의 말을 빌어다가 내 사랑의 물결을 합리화해 가면서 나는 열렬히 사랑에 도취해 갔다. 그의 이 말은 지금도 나에게 위대한 인생의 한 길잡이로 모셔져 있다. 학창시절의 내 사랑은 좁은, 극히 좁은 그러나 가장 근본적인 이성간의 사랑이었다. 그리고 이제는 그래도 좀 살아왔다고 그 폭이 나름대로 더 넓어졌다는 것이 다를 뿐이다.

우리는 그렇게 즐겁게 한 학기를 보내고 있었다. 몇 달 사이에 주고받은 편지가 40여 통이 넘었다. 신이 났던 때였다. 그러나 손 한번 잡아보지 못한 순진함도 함께였다. 가을 수학여행에서의 일이었다. 그니는 당시 꽤나 귀했던 카메라를 가지고 와서 가는 곳마다 나를 그 속에 담아 주었다. 동래온천 어느 여관에 투숙했던 날, 나는 드디어 그니의 손길이 내 피부에 와 닿는 잊을 수 없는 추억을 얻게 되었다. 여행지에서 밤이 깊어지면 장난 좋아하는 악동들은 가만히 잘 리가 없다. 2층, 3층으로 돌아다니는 길에 그니가 계단 어귀에 숨었다가 갑자기 검정 묻힌 손으로 내 얼굴을 쓰다듬고는 뛰어가 버린 것이다. 세상에 나고 어머니의 손길 외의 여자, 그것도 사랑하는 그니의 보드랍고 따스한 손길을 얼굴에 느끼는 일이 처음이기에 그 감격은 두고두고 내 얼굴에 남아 있다. 우리는 그렇게 열렬히 좋아했다. 더러는 빵집에도 같이 갔다. 그 결과 2학년 성적은 형편없이 뚝 떨어졌다. 그것은 정확한 귀결이었다. 그러나 후회는 하지 않았다.

사랑이라는 말이 너무 흔하다고 하는 대중가요의 가사가 생각난다. 정말 사랑이란 말이 너무 흔하다 해서 나는 요즘 사랑한다는 말 대신에 좋아한다는 말로 바꾸어 쓴다. 사랑을 받는 것은 즐거운 일이다. 그러나 그만큼 부담스럽다. 사랑을 주는 것은 훨씬 흐뭇하다. 받을 여유가 있어서 일까? '사랑은 조건 없이 주는 것이다'라는 말은 잘 하지만 실천은 어렵다. 세상 살아가는 동안 사랑할 대상이 얼마나 많은가? 가족을, 이웃을, 친구

를, 직장을, 나라와 겨레를 사랑해야 하는 나는 또 시를 사랑해
야 한다. 그럴 때마다 나는 학창시절 그 순박하고 달콤했던 그
니와의 사랑을 떠올리며 그만한 새로운 사랑을 내 주위에 심고
가꾸기를 염원한다. 자꾸만 여위어가는 사랑의 빈혈증을 치유
하기 위해서.

《시인의 사랑 시인의 이별》. 1992.

무지개 사랑(2)

〈어린이날 노래〉는 지천명을 바라보는 내게 지금도 어깨 들썩이고 가슴 설레게 하는 마력을 준다. 그러나 나에게 이 노래는 가슴쓰린 이별의 추억을 되살려 준다.

31년 전 5월 5일, 그날은 하늘이 무척이나 맑았다. 구름 한 점 없이 너무나 파래서 숨을 들이 쉬면 얄팍한 내 가슴까지 파랗게 물들 것 같은 날이었다. 교정의 나무들은 제법 푸른 잎들을 너울거리고 아카시아 하얀 꽃은 진한 향내를 풍기며 어지러이 떨어진 꽃잎들 위로 그늘을 드리우고 있었다. 교문으로 들어서는 내 귀에 들려오는 노래, 그것은 '날아라 새들아 푸른 하늘을… ' 이었다. 언제 들어도 신나던 동요였고 학생인 우리들에게도 그저 훨훨 날고 싶은 충동을 주는 노래였다. 하지만 그 신나는 노래를 들으며 교문을 들어서는 내 마음은 무겁기만 하였다. '과연 그렇게 하는 것이 옳은 일인가? 자신을 배신하고 그니를 배신하는 일이 아닌가? 아니지, 오히려 내일의 우리를 위해서는 서로에게 좋은 일이야.' 마음속으로 혼잣말을 주고받으며 교실에 들어섰다. 그날 나는 그 동안 사랑해 오던 그니와의 결별을 준비하고 있었다. 청년은 실수할 때, 장년은 경쟁할 때라는 말을 뇌이며.

전 학년 후 학기부터 서로 수 십 통의 편지를 주고받으며 사랑을 보듬어 온 그니였지만 막상 3학년이 되어 반이 달라지니 만날 수 있는 기회가 현저히 줄고 성적 떨어지는 것도 큰 부담으로 다가왔다. "한때 참 좋은 경험 했다지만 이대로 가다간 네가 가야할 길 놓칠까 걱정이구나. 더구나 수석 입학한 너의 졸업성적이 염려스럽네." 지난 해 반 년 동안 나에게 온 그니의 편지를 함께 읽으며 마치 자신이 연애하는 것처럼 기뻐해 주시던 형님의 말씀이었다. 괴롭기 그지없는 노릇이었다. '나에게 모든 희망을 걸고 있던 형을 생각하면 도저히 흘려들을 수 없는 말이 아닌가? 나를 버려야 하나, 형의 기대를 버려야 하나' 그때 내 생각에는 연애의 지속과 성적유지는 양립할 수 없는 일이었다. 달포 이상이나 그런 고민을 안고 그니를 가끔 만났다. 반가운 눈빛 속에는 늘 죄스런 내 심중의 그림자가 일렁이고 있음을 스스로 딱하게 여기고 있었다. 사실 형님의 말씀은 옳았다. 홀어머니를 모시고

소년가장으로 살아오시는 형님의 기대를 저버릴 수는 차마 없었
다. 그러나 그렇게도 서로 좋아하던 그니를 특별한 이유도 없이
만나지 말아야 한다는 것은 나에게 큰 형벌일 수밖에 없었다. 고
민 또 고민 끝에 나는 결심했다. 그니와의 결별을 작정한 것이
다. '그렇게 매정하게 않고도 얼마든지 유연한 방법이 있었을 텐
데' 하는 안타까움은 아직도 남아 있다. 그런데 왜 하필이면 어
린이날 그런 마음을 그니에게 전하게 되었는지는 나 자신 지금
도 의문이다. 전날 밤 나는 이불 속에서 흐르는 가슴 속 눈물을
한숨으로 말리며 이별의 편지를 썼다.

  쉬는 시간, 그니의 교실로 갔다. 손짓하는 나를 창밖으로 발견
한 그니는 반가운 얼굴로 쪼르르 달려 나왔다. 내 마음은 순간
다시 흐트러지기 시작했다. '내가 왜 이리 좋아하는 그니와 결
별해야 하는가? 아니야, 약해지면 안 돼.' 주머니 안의 편지를 꼬
옥 움켜쥐었다. 옥상으로 가는 계단을 오르며 그니는 입을 열었
다. "만나고 싶었어예. 근데 어째 그래 시간이 안 되네예. 요새
어떻게 지내예." "그저 그렇죠. 뭐." 나는 의식적으로 무뚝뚝해
졌다. 옥상 한가운데 둘은 마주 섰다. 할 말을 찾지 못해 괴로웠
다. 그니의 고운 눈빛에는 봄기운 같은 아지랑이가 아물거렸다.
"이거…." 나는 땀 밴 손에 꼭 쥔 이별의 편지를 그니의 손에 쥐
어 주었다. 그니는 아무것도 모른 채 마냥 즐거운 표정이었다.
사실은 오랜만의 편지였으니까. 갈피를 잡을 수 없이 심장은 멋

대로 쿵쿵 뛰었다. 그리고는 뒤도 돌아보지 않고 교실로 내려와 버렸다. 모든 게 텅 비었다. 와글거리는 친구들도 내 눈에는 텅 비었다. 멍하니 창밖만 바라보는 등신이 된 하루였다. 오후에 그니가 나를 보자고 했다. 옥상으로 올라갔다. 시무룩해진 얼굴을 보는 내 마음은 아리기만 했다. 그니는 애틋한 눈길로 나를 바라보았다. 그리고 나에게 편지 한 장을 전해주고는 오전의 나처럼 부리나케 뛰어 내려가 버렸다.

"몽선씨, 저에게는 청천벽력이에요. 도대체 제가 무엇을 잘못했나요? 이유나 알려 주세요. 꼭 부탁해요." 나는 이유를 알려주는 편지를 보내지 못했다. 그 후 그니와는 졸업할 때까지 말없이 스쳐지나가기만 하는 서로 부끄러워해야하는 남녀 동기생으로 지냈다.

사랑마다 따르는 이별의 유형은 가지가지다. 이제 어지간히 살다 보니 어떤 이별보다도 가장 가슴 저미는 이별은 내 피붙이의 사별임을 알게 되었고 이별 없는 사랑은 진실한 사랑의 맛을 모르고 사랑 없는 이별은 이별이 아니란 것도 깨닫게 되었다. 쌍방의 애틋하고 진실한 이별은 차라리 아름답다는 생각을 하며 철부지 시절 나의 그니를 향한 이유 없는 이별 통지가 옳았는지 글렀는지는 아직도 알 수가 없다.

《미래시》14집 〈시인의 이별〉. 1990.

사랑하는 아내에게

　여보! 늘 비어 있는 당신의 그 허전한 목둘레며 윤기 없이 고리 하나 걸리지 않은 손을 바라보는 나의 눈에, 당신은 생활을 끌고 가시던 소박하고 믿음직한 내 어머니로, 때로는 따뜻한 마음으로 분내 향긋 풍겨주는 누님으로, 주기가 있을 때는 귀여운 연인으로 다가온다오. 말이 없어도 느낌으로 통하고 눈빛만 봐도 서로의 마음을 읽을 수 있는 사이가 되어가는 요즈음 나는 당신의 소중함과 우리 집에서 차지하는 당신의 넓은 공간을 새삼 느끼며 내 도톰한 귓밥을 만져본다오. 어머니가 돌아가실 때까지 내 월급봉투 구경을 못했던 당신, 물이 새는 고무신 바꿔 달라고 밤마다 노래하던 당신을 생각하면 미안하기 그지없소. 장가들면 제 여편네만 생각한다고 어머니가 섭섭해 하실까 봐 그렇게 한 것이었소. 어머니가 큰집에서 고혈압으로 쓰러져 병원을 거쳐 우리 집에 오신 후 두 달간의 통원 치료, 재발 후 의식 없는 어머니와 한 방 거처하며 곁에서 정성으로 간호한 당신의 모습은 우리 아이들에게 그대로 본이 되었소.

"여러 사람들의 얘기 들어보니 우리 어머님만한 분은 흔하지 않다는 생각이 들어요." 며칠 전 당신의 말을 듣고 나는 속으로 눈물을 흘렸다오. 갑자기 어머니가 보고 싶었거든요. 넉넉지 못한 살림 맡아서 어머니 떠나신 후 지금까지 17년간 불평 없이 꾸려온 당신에게 미안한 마음이 들지만 표현을 하지 못했다오. 글 나부랭이 쓴답시고 툭하면 자정을 넘기는 못난 남편 기다리느라 밤잠도 많이 설치게 했는데, 그래도 지난해에는 서울에서 결혼 후 처음으로 가슴에 큰 꽃 달고 시상식장에 나란히 앉아 카메라 세례를 받으며 한국시조문학상을 받는 뜻밖의 영광을 얻어 당신에게 내 문학 작업으로 지워준 빚 중 일부나마 갚았다는 생각을 할 수 있었소.

행복하다고 느낄 때는 이미 행복이 지나간 뒤라는 말을 믿으며 우리는 늘 새로운 행복을 만들기 위해 애쓰는 부부로 살아왔다고 믿고 싶소. 산에 오르는 즐거움, 그 하나로 힘들고 목말라도 정상을 바라보며 두 손 꼭 잡고 내딛는 우리들의 발자국마다에 행복의 씨앗을 뿌렸지 않소? 먼 훗날 그 행복의 나무가 자라 우리 쉴 그늘을 만들어 줄 때까지 땀 흘려 가꾸는 부부로 살아가기를 약속해요.

여보! 파란만장(?)했던 당신만이 아는 우리 결혼 20여 년간의 생활, 그 굽잇길을 용케도 당신은 착한 기사로 앉아 정면충돌도, 낭떠러지 추락도 아슬아슬하게 비켜 올 수 있었소. 언젠가 당신에게 한 말이 생각나오. 퇴직 후에 대 장편 실화 소설 한 편 써야겠다는 말 말이오. 그때는 당신의 총명한 기억을 빌려야 할 것 같구려. 아직 이루어야 할 것이 많은 우리 집이지만 그만큼 만들어야 할 행복이 많이 남아 있다는 기대감 또한 얼마나 크오.

여보! 새해에는 우리 다섯 식구에게 더 튼튼한 건강과 더 굳건한 믿음과 하나 될 수 있는 더 많은 사랑의 눈빛 얹어주기를 당신과 나 따뜻이 손잡고 기원합시다.

경오년 정초
당신의 멋없는 남편이

《어머니》. 1990.

절망도 환호도 지나가는 바람인 것을

　몇 대의 버스를 갈아타고 우리 식구는 10시가 다 되어 서울대학교 정문에 들어섰다. 큰 운동장에 가니 사람들로 가득 차 술렁거리고 있었다. 가슴이 두근거렸다. 우리들은 신입생 합격자 발표 명단이 붙여져 있는 곳으로 갔다. 아내와 아이들은 겁이 난다며 머뭇거리고 있었다. 나와 큰애는 손을 잡고 용감하게 명단 앞으로 갔다. 별 생각 없이 지원학과 합격자 명단을 눈으로 훑어 내려 갔다. 분명 있어야 할 큰애의 이름이 안 보였다. 두 번 세 번 다시 찬찬히 읽어 내려갔지만 없었다. 큰애의 표정을 살폈다. 그도 몇 번을 훑어 내리며 고개를 갸웃거렸다. "상봉아, 없제." "없네요." 힘 빠진 소리로 대답했다. 가슴이 멍했다. '애비인 내 가슴이 무너지는데 당사자인 큰애는 어떠하랴.' 그도 나도 앞이 캄캄했다. 아내와 두 딸은 우리들의 표정을 보고 금방 사태를 알아차렸다. 모두 말을 잃었다. '세상에 이럴 수가…'

눈이 올 듯 올 듯 잔뜩 찌푸린 날씨에도 불구하고 우리 가족은 여행이나 가는 듯 설레는 마음을 안고 서울행 고속버스를 탔다. 나와 아내 그리고 삼남매였다. 그날은 서울대학교 신입생 합격자 발표 날이었다. 사실 처음 겪는 대입에다가 합격자 발표에도 들은 게 없는 우리들이었다. 아마도 우리 큰애는 합격했으리라는 막연한 희망을 안고 떠난 서울행이었는데 이렇게 큰 절망의 아픔을 안고 돌아서야 하는 우리들은 아예 입을 닫아 버렸다. 점심 먹을 생각도 못하고 강남 터미널에서 대구행 고속버스를 탔다. 집에 도착할 때까지 우리들은 말이 없었다. 지금 생각해 보면 참으로 무모한 기대였다는 것을 깨닫게 된다.

그 후 독서실과 도서관을 다니며 1년 후의 재도전을 위하여 힘을 기울이는 그의 모습을 볼 때마다 대견하다는 생각을 했다. 큰딸애가 전하는 말을 들으면 내 가슴은 끝없는 절벽이었다. "아버지, 오빠가요, 집에 엄마 아버지 없을 때면 가끔씩 자기 방에서 벽을 치며 통곡을 해요. 보기가 참 딱해요." 그래도 부모가 걱정한다고 우리 앞에서는 항상 명랑했다. 이듬해도 그 학교에 원서를 내고 시험을 쳤다. 학원 선생님 말씀을 들으면 이번에는 틀림없다는 것이었다. 그래도 작년의 실패 경험을 의식해서 발표하는 날 혼자 가겠다고 했다. 역시 낙방이었다. 암담했다. 그는 다시 한 번만 더 해보겠다고 말했다. 우리 내외는 흔쾌히 승낙하고 열심히 하라고 격려해 주었다.

3수는 서울서 하기로 하고 제 이모 집으로 올라갔다. 처제와 황 서방의 고마운 도움으로 큰 애로 없이 한 해를 보내고 세 번째 서울대학교 약학대 제약학과에 원서를 냈다. 세 번째 마지막 도전의 결과를 보는 날, 혼자 가겠다고 우기는 것을 억지로 달래어 내가 동행을 했다. 2년 전 온 식구가 함께 왔다가 절망의 쓰라림만 안고 돌아선 기억을 떠올렸다. 서울대 운동장에는 재작년과 같이 사람들로 북적였다. 합격자 명단이 붙어 있는 곳으로 큰애가 다가갔다. 심장이 터질듯 쿵덕쿵덕 뛰었다. 큰애가 명단을 한참 보고 있었다. 마음이 조마조마했다. 이윽고 그가 소리쳤다. "아버지! 됐어요." "응! 그래?" 나는 곧바로 달려가 명단을 확인해 보았다. 있었다. 분명히 제약학과 '김상봉'이 있었다. 그와 나의 기쁨은 말로는 표현할 수 없이 컸다. 그 순간 큰애는 나를 끌어안고 오른손을 높이 올려 만세를 불렀다. 바로 그때 내 눈에 언뜻 들어오는 것이 있었다. 카메라였다. KBS였다. 우리 두 부자의 감격스러운 장면이 이색적이었던 모양이다. "어? TV에 나오겠네." 했더니 큰애가 말했다. "어? 참말로 TV네요." 나는 얼른 집으로 합격의 기쁨과 함께 밤 9시 뉴스에 대학 합격자 소식 때 잘 보라고 전했다.

마침 일찍 집에 와서 저녁 9시 뉴스를 틀어놓고 기다렸더니 화

면 전체 가득 우리 두 부자의 감격에 찬 얼굴이 나왔다. 우리 식
구들은 모처럼 하늘 찌르는 기쁨을 맛보았다. 그 화면은 몇 년간
합격자 발표 뉴스 때면 늘 방영되었다. 그래서 KBS 방송국에 있
던 선배를 통해 녹화해서 받아 두었다.

　3년간의 절망이 희망으로 바뀌는 순간이었다. 살다 보면 절망
도 환호도 지나가는 한때의 바람이라는 것을 터득하는 계기가
되었다.

1994.

내 인생에 잊을 수 없는 얼굴들

가정을 이루고 가장이 되어 생활한 지가 올해로 47년 째, 돌아보면 적지 않은 세월이었다. 이제 여기서 지나온 시절 중 잊을 수 없는 수많은 장면들, 그 중 극히 드문 장면, 그 속의 얼굴들이 눈앞에 삼삼이는 것은 종착역이 가까워져서 일까?

산문집 원고를 다 마무리해 놓고 떠오르는 이 장면들을 묻어두기엔 너무 아깝다는 생각이 문득 들었다. 밝혀도 이젠 해될 것이 없겠다는 좁은 내 소견에 실명을 밝혀 그 장면들을 재현해 본다.

〈장면. 1〉

1980년, 전생에 진 빚을 갚았다는 아들의 표현처럼 몇 년 전 살던 집을 처분하고 나는 신천동 아파트 한 칸을 빌려 살고 있었다. 이를 안타깝게 지켜보던 사범동기 최명규 친구가 내 집을 마련해 주려고 동분서주하고 있던 중 내가 잡은 한적한 만촌동 단독을 보고 계약하라고 했다. 얼마 후 중대금 7백만 원을 치를 날이 다가왔다. 당시 내 월급은 27만 원 정도였다. 은행대출도, 깔고 앉은 전세금도 막대금 후에나 나오는 것이기에 당장은 현금을 빌려야 했다. 막막했다. 중대금 3일 전 느닷없이 장식환 선생이 말했다. "니 혹시 돈 필요하지 않나?" 나는 눈이 번쩍 띄었다. 사정을 말하니 오후에 2백만 원짜리 수표를 건네주었다. 그날 나는 용기를 내어 금호 새마을금고를 운영하던 초등동기 이상기, 전정석 친구에게 사정을 말했다. 퇴근 후 나오라고 했다. 수표, 현금 등을 모두 모아 3백만 원을 전해 주었다. 이튿날 사범동기 김강 친구에게 어렵게 전화를 했더니 역시 두말없이 수표로 2백만 원을 주었다. 모두들 차용증서는 말도 못하게 했다. 막대금 치를 때도 최명규 친구가 자기 집을 은행에 저당하고 350만 원을 대출 받아 빌려 줬다. 아내는 놀라운 기적 같은 일에 감격하면서 눈물을 보였다. 한 달 후인 1981년 1월에 이사를 하고 한 달후 다 갚았지만 지금 생각하면 믿어지지 않을 일이었다. 나의 무얼 보고 그 많은 돈을 서슴없이 선뜻 빌려 줬는지 마냥 고마워 내 가슴 속에 액자로 각인되어 있다. 은혜도 아직 제대로 갚지 못해 그저 송구할 따름이다. 아쉽게 이미 세상을 떠난 친구도 있다.

〈장면. 2〉

1985년 2월 봄방학 하는 날, 나는 용감하게도 사직서를 제출하고 귀가 했다. 그 전해부터 은행대출 이자 때문에 계속 늘어나는 빚을 청산하기 위해 공립으로의 전출을 학교당국에 요청해 놓은 상태였는데 학년말 인사이동에 빠졌기 때문이었다. 퇴직해서 연금으로 빚을 청산하고 다른 직업을 물색할 작정이었다. 인생 재출발을 각오하고 있었다.

사직서를 제출하고 귀가한 날 오후부터 당시 권창학 교감, 김호진 서무주임 두 분이 찾아와 사직 철회를 설득하기 시작했다. 나는 요지부동이었다. 아내는 안절부절못했다. 연 3일을 설득하다 실패하고 돌아간 뒤 그날 밤, 권 교감선생님이 다시 불렀다. 어느 다방이었다. 모든 내 요구를 최대한 들어주겠다는 약속을 받고 사직서를 철회했다. 그리고 나는 마지막으로 연금을 타게 해 달라고 부탁했다. 사실 가능성은 전혀 없을 것이라 생각 했지만.

이튿날, 개학하여 출근하는 나에게 권 교감선생님이 말했다. "김 선생, 오늘부터 출근부에 날인하지 마세요." 나중에 알고 보니 내 딱한 사정을 감안해서 2월 말 퇴직, 4월 1일 복직 처리를 하고 연금을 타게 해 준 것이었다. 내 좁은 상식으로는 아마도 전무후무한 일이 아니었을까?

덕분에 정년퇴직 때 연금은 날아가고 말았다. 하지만 나는 그 엄청난 고마움을 무겁게 지고 오늘에 이르렀다. 두 분은 이미 고인이 되셨다.

〈장면. 3〉

1990년 7월 말 어느 일요일, 아내가 며칠 전부터 속이 안 좋다고 약을 먹다가 병원에 갔다가 하더니 밤이 되자 몹시 앓기 시작했다. 점점 더 심해 갔다. 장대비 쏟아지고 천둥 번개가 천지를 울리는 가운데 초보 운전의 내 차에 큰 딸아이(대학1년)와 집 사람을 태우고 곽병원으로 달려갔다. 그때만 해도 119가 그리 잘 알려지지 않았을 때였다. 폭우 속 밤 11시 곽병원 응급실에 도착했으나 병실도 없고 수술도 안 된다고 했다. 응급조치로 링거를 달고 보니 환자는 고통으로 일각을 다투는데 막막하기만 했다. 문득 사범동기 유원선 친구의 사위가 의사라는 사실이 떠올랐다. 밤 12시 체면불구하고 전화를 걸었다. 그 시간에 기적적으로 그는 전화를 받아주었다. 내 사정을 들은 그는 말했다. "지금 곧바로 대구 카톨릭병원으로 오너라." 엉겁결에 수화기를 놓고 나는 장대비 속을 뚫고 천둥 번개를 길잡이 삼아 낯선 카톨릭병원으로 달려갔다. 12시 30분이 넘은 시각 응급실 앞에 도착했다. 그런데 이게 웬 일? 도대체 세상에 이런 일이.

그야말로 뜻밖이었다. 응급실 현관에는 유원선 친구, 그의 부인, 사위, 딸 등 식구 모두 모여서 걱정스런 얼굴로 우리를 맞아 주었다. 나중에 안 일이지만 그날 밤 내 전화를 받고 딸과 사위를 깨웠고 사위는 집도할 대선배 의사를 전화로 깨워 모두 급히 수술실로 모였다고 한다. 일요일, 그것도 한 밤중에 수술은 거의 불가능 한 것임을 늦게야 알았다.

새벽 4시가 지나 수술은 끝났다. 맹장이 터져 복막염이 되고 그것이 번져 생명이 위태로운 상태였다고 나중에 의사가 말해 주었다. 그때서야 유원선 친구의 가족들은 집으로 돌아갔다.

우리 집 사람 생명의 은인들, 어찌 그 고마운 얼굴들을 꿈엔들 잊을 수 있으리.

〈장면. 4〉

2013년 1월 중순 갑자기 소화불량이 되어 평소처럼 자가 처방으로 약국에서 소화제를 사 먹었다. 며칠 후 또 그 증상이 되어 병원에 가 진찰을 받으니 위가 조금 부었다고 약을 처방해 주었다. 그래도 며칠 지나면 조금 나은 것 같다가 또 그랬다. 한의원에 가 진맥을 하니 장이 조금 부었다고 하며 침을 놓고 약을 처방해 주었다. 그 후에도 시원치 않아 초음파 복부검사도 하고 위내시경 검사도 했지만 이상 없다는 소견이었다. 결국 복통을 못이겨 주위의 권고로 대장내시경 검사를 했다. 그게 3월 29일이었다. 그날 밤 복통이 심해 이튿날 검사한 병원에 가니 같이 간 막내 사위에게 대장암이 틀림없으니 지금이라도 대학병원 응급실로 입원시키는 것이 좋겠다고 말했다 한다. 바로 응급실에 입원하고 CT검사 등 몇 가지 검사를 실시했다. 그러면서 사위는 서울 처남에게 연락하고 자기 동기친구들 중 의사를 수소문하여 초등동기 양동훈이 서울 아산병원 소화기 내과 전문의로 근무한다는 사실을 알고 통화를 했다고 한다. 나는 전혀 모르는 상태였다. 그날 저녁 식구가 다 모였다. 큰애가 나와 제 어머니에게 말했다. "놀라지 마세요. 아버지가 대장암이래요. 가장 쉬운 암이니 걱정할 것 없대요. 빨리 수술할 수 있도록 조치할 게요." 그랬다. 큰 애가 로펌에 있는 선배에게 전국 대장암 수술 제일 잘 하는 의사를 추천 받고 그 의사가 있는 병원에 특진외래진료를 인터넷으로 신청한 것이 4월 1일 오전 8시, 그리고 그날 11시경 4월 2일 오후1시 외래진료 예약되었음을 연락받았다. 이런 행운이! 믿기지 않는 일이었다. 이렇게 빨리 외래 특진이 예약되기는 기적이라고 모두들 기뻐했다.

4월 2일 오후 1시 나와 아내, 큰 애, 큰 딸이 외래진료실 앞에 섰다. 양동훈 군이 내 앞에 섰다. "선생님, 저 양동훈 입니다. 걱정 마십시오. 잘 될 것입니다." 1987년 2월 졸업, 그러니까 26년만의 해후였다. 예전 모습이 남아 있었다. 얌전하고 똑똑했던 그의 모습이 그려졌다. 반가웠다. 하지만 한편 부끄럽기도 했다. 42년 교직 생활 중 22년을 졸업반 담임을 했다. 아직까지 졸업생이 운영하거나 근무하는 병원에 간 적은 없다. 서로가 불편할 것 같아서였다.

　대구에서의 여러 자료를 보며 진료를 끝내면서 김진천 교수는
말했다. "우리 양 선생의 은사님이라 들었는데 걱정 마세요. 잘
될 것입니다." 그리고는 나가면서 다른 의사에게 "오늘 바로 입
원 조치하고 15일로 수술 일정을 잡으세요." 말했다. 그간의 빠
른 진행을 조금은 짐작할 수 있게 되는 계기가 되었다. 당일 입
원은 생각도 않고 올라왔다가 황당한 일이 벌어진 것이었다. 집
사람과 큰 딸은 곧바로 KTX를 타고 대구로 내려가 간단한 생활
용구를 챙겨 밤에 올라 왔다. 창자가 막혀 음식을 먹을 수 없는
고로 수술할 15일까지는 혈관 주사로 영양을 공급할 수밖에 없
었다. 드디어 15일, 2시간 반 정도의 시간에 수술을 끝내고 혼수
상태의 하루를 보낸 후 내 정신으로 돌아왔다. 많은 이들의 걱정
과 관심으로 목숨을 건져 4월 22일 퇴원, 황망히 떠나와 20여 일
을 병원에서 보내느라 잊을 뻔했던 그리운 집으로 돌아오게 되
었다. 나의 제 2의 생명을 보듬어 준 제자 양동훈 군에게 고맙다
는 인사도 제대로 하지 못했다. 늘 바쁜 그의 일정에 방해될까
걱정되어서다. 하지만 병원을 찾을 때마다 나는 참으로 포근함
을 느낀다. 우리 집 같이.

　제자가 있기 때문이다. 아마도 그는 앞으로 세계적인 명의가
될 것이다. 나는 그렇게 빌고 있다. 그 후 12차례의 항암 치료를
마치고 몇 달 만에 한 번씩 점검을 받고 있다. 아들 딸들과 아내

의 극진하고 정성어린 밀착 간호가 또한 오늘을 있게 했기에 고맙기 그지없는 일이라 생각하고 있다. 기쁘지 아니 하랴. 사는 날까지 조심하고 또 조심하며 건강에 유의할 것이다. 잊을 수 없는 그 고마운 얼굴들, 내 가슴 속 사진첩에 영원히 간직될 것이다.

2014.

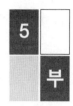

5부

콩트 ·
동화

우정友情

　푸른 잔디 위에 누워 북쪽 하늘을 우러러보며 긴 한숨을 짓고
있는 한 소년이 있었다.

　아버지는 6·25 전쟁 때 북에 납치되어 가시고 어머니와 단 둘
이 남으로 밀려 내려와 대구시 00동에 조그만 판잣집 방 하나를
빌려 살고 있었다. 어머니는 매일 떡 장사를 하시고 일남이는 매
일 신문배달을 하면서 T중학교에 입학하여 지금은 벌써 교복에
2자를 단 당당한 중학생이었다. 어제의 일이었다. 아침 일찍 일
어나 신문을 배달한 후 일남이는 아침밥을 먹고 학교로 향했다.
막 교문을 들어서려는 때였다. "어이! 신문쟁이 어쭈." 뒤에서
굵은 목소리가 들려옴과 동시에 엉성궂은 손 하나가 일남이의

어깨 위에 얹혔다. 깜짝 놀라 돌아보니 한 반에 있는 택동이었다. 2학년에서 제일 힘이 세고 또 남을 업신여기는 나쁜 버릇을 가지고 있는 그는 일남이를 곧잘 신문쟁이라고 불렀다. 일남이는 그게 사실이지만 그 소리는 듣기 싫었다. 더구나 오늘의 일과를 시작하는 아침부터 그런 소리를 들으니 화가 났다. "얘 ! 너 아침부터 그게 무슨 소리냐." 하고는 흘겨보았다. "이 자식 봐라. 인살 해도 받지 않고 그따위 소릴 해?" "인살 해도 좀 곱게 하란 말이야." "이 자식, 무엇이 어쩌고 어째? 주먹맛을 좀 봐야 알겠나." 택동이는 일남이의 턱을 탁 치받는 것이었다. 일남이는 하도 어이가 없어 교실로 향했다. "일남이 너 방과 후에 여기서 좀 만나자."

첫 교시가 시작되는 종이 울렸다. 그러나 일남이는 들은 체 만체 책보도 풀지 않고 그냥 무슨 깊은 생각에 잠겨 있었다. 이윽고 영어 선생님이 들어오셨다. 일남이는 이것을 모르는 모양이었다. 선생님은 그런 그를 보자 "일남이!" 하고 부르셨다. 그제야 정신이 나는 듯 일남이는 고개를 번쩍 들었다. "너, 무엇을 그렇게 골똘히 생각해?" "… 아무 것도 아닙니다." 입에서 나오는 대로 지껄여 버렸다. 그럭저럭 6교시가 끝나고 종회까지 끝났다. 일남이는 나오면서 생각했다. '왜 나를 교문에 나오라고 했을까? 나를 때릴까? 좋다. 나는 잘못한 게 없으니까.' 이런 생각을 하다가 고개를 들어보니 벌써 교문이었다. 택동이는 아무 말 없이 일남이의 옷을 잡아끌고 학교 뒤 풀밭으로 데리고 갔다. "야, 임마 네가 까불면 어쩔 셈이냐." "까불긴 누가 까불어." "아니 이 자식이 애비도 없는 것이 꽤 똑똑하구나." "뭐? 아버지가 없으면 똑똑하게 굴지 못하냐? 야, 너나 까불지 마라." 이리하여 둘은 어우러져 한참 싸우다가 택동이는 약한 일남이를 실컷 때려 놓고 달아나 버렸던 것이다.

일남이는 오늘 처음으로 결석을 하는 것이다. 학교에도 가지 않고 어제 택동이와 싸우던 곳에 누워 있는 것이다. 아버지는 어떻게 되셨을까? 포악무도한 인민군에게 아버지가 끌려 가시던 그 때의 얼굴이 눈에 어렸다. 만약 어머니가 이 일을 아신다면 무어라 하실까? '애비도 없는것이 꽤 똑똑하구나.' 일남이는 어제 택동이가 하던 말을 다시 한 번 되뇌어 보았다. 북을 향해 "아버지 - " 나지막이 불러보았다. 한참을 멍하니 북쪽 하늘을 쳐다보고 있을 때 "일남아 - " 부르는 소리가 들렸다. 고개를 돌려보니 택동이가 숨 가쁘게 뛰어오고 있는 것이 보였다.

학교에서는 최우등생인 일남이가 결석을 하였는 고로 온 반이 떠들썩하였다. 그러던 중 담임 선생님이 들어오셨다. 일남이가 안 온 것을 아시고 깜짝 놀라셨다. 그렇게도 충실하던 일남이가 집에 무슨 일이라도 생긴 것일까? "오늘 누가 일남이 집에 가 볼 사람 없는가?" 선생님 말씀이 끝나기도 전에 "예, 제가 가 보겠습니다." 벌떡 일어선 학생! 그는 어제 일남이를 때려 놓고 집에 돌아가 이리저리 생각한 끝에 자기의 잘못을 깨닫고 일남이에게 사과하려 했던 택동이었다. 공부마치기가 무섭게 일남의 집을 향해 줄달음쳐 갔던 것이다. 그러나 아무도 없는 텅 빈 집이었다. 가슴이 뭉클해진 택동이는 여기저기 두리번두리번 찾던 끝에 저 멀리 푸른 잔디밭에 누워 있는 일남이를 발견한 것이다. 황급히 달려온 택동이는 숨을 헐떡거리며 물었다. "애, 너 오늘 왜 학교에 안 나왔니? 응 알겠다. 어제 그것 땜에 안 나온 거지? 일남아! 어제의 내 잘못을 용서해 줘. 어제 나는 집에서 나의 잘못을 뉘우쳤어. 이번 한번만 용서해 줘 응?" "… 응, 잘 알겠다. 너의 마음 잘 알겠다. 자, 그러면 너도 나도 다 같이 어제의 모든 일을 깨끗이 씻어 버리자." 일남이와 택동이는 서로 굳은 악수를 하였다.

해님도 덩실덩실 춤을 추며 서산을 넘고 있다. 두 소년은 해님이 넘어간 산을 유심히 바라보며 감격의 눈물을 흘렸다.

경대사대부중 교우지 《무궁》3호. 1955.

푸른 목장

　"나의 살던 고향은 꽃피는 산골 복숭아꽃 살구꽃 아기 진달래…" 귀여운 노랫소리가 라디오에서 흘러나온다. 어린이 시간이 된 모양이다. 인수는 책을 보다 말고 스르르 눈을 감고 명상에 잠긴다. 또 옛날 어린 시절을 회상하는 것이리라. 복숭아꽃이 환히 피고 초가들이 옹기종기 정답게 늘어선 마을이 눈앞을 스쳐간다. 앞이 뿌옇게 트인 길가에서 뛰어노는 어린이들의 모습이 희미하게 보였다가 사라진다. 마치 영화의 한 장면 같이.

　인수는 여러 면으로 보아 감상적이면서 정열적인 성격이다. 오늘도 학교에서 수업하는 도중 무심히 고개를 창문으로 돌렸을 때 시야에 들어오는 경치야말로 외국영화에서 본 스위스의 풍경보다 외려 낫다고 생각했다. 구름 한 점 없는 짙푸른 하늘에 생명의 태양이 약동하고 앞산은 파르스름한 베일을 두른 듯 엷은 연무에 싸여 어렴풋이 떠올라 보였다. 인수는 그 아래 잔디가 푸르른 목장을 상상해 보았다. 그리고 수백 마리의 양떼가 말을 탄 주인에게 몰려 이리저리 움직이고 있는 광경을 그려 보았다.

그 얼마나 아름다운 삶일까? 인수에게 모든 사회적 지위나 정치적 야욕, 명예욕 같은 것은 문제가 아니었다. 노래가 끝나자 다시 "아름다운 종소리가 새벽 종소리가 …" 인수의 마음을 흔드는 노래가 이어졌다. 원체 외풍이 센 방이라 등허리가 선득거려 옴을 느낀 인수는 이불 속으로 들어가 모로 누워 지난 일을 생각하며 한없이 큰 포부를 마음껏 길러 보았다.

훈훈한 바람이 불어오는 푸른 잔디밭을 저 멀리 한 떼의 양들이 몰려온다. 오른쪽으로 빨간 지붕의 양식 주택이 아담스레 서 있고 그 뒤로는 겨울의 북풍을 막기나 하듯 산들이 둘러섰다. 인수는 몰려오는 양떼를 바라보고 섰다가 빙그레 미소를 지으며 그 장난감 같은 집의 현관으로 들어갔다. 얼마 뒤 그는 서부활극에 나오는 사나이들과 흡사한 옷차림을 하고 다시 밖으로 나왔다. 양떼들에게 먹이를 준다. 천지는 고요할 대로 고요하다. 멀리 아침 교회의 종소리가 은은히 들려올 뿐 푸른 하늘은 한없이 맑았다. 휘파람을 불며 집 주위를 한 바퀴 돌고 난 인수는 멀리 피어오르는 연기에 싸인 아침 경치를 바라보았다. 이 때 창문이 열리며 "오빠, 오늘 날씨가 참 좋군요!" 누이동생 인숙이가 얼굴 가득 미소를 담고 인수를 바라본다. "응, 날씨가 정말 좋아. 윗옷하나 걸치고 나와서 우리 같이 아침 경치나 감상할까?" 조금 후 인숙이는 인수 옆에 와 섰다. 무엇을 생각하는 듯 하더니 인숙이 말했다. "여기서 경치 감상은 무슨 감상요. 오빠, 우리 서부활극하는 셈치고 말이나 타 봐요, 네?" "그래, 그것도 괜찮겠어." 이리하여 남매는 각기 한 필씩, 인수는 검정말을 인숙은 갈색말을 잡아탔다. 앞서거니 뒤서거니 너르나 너른 목장을 마음껏 달렸다.

푸른 공기를 마시며, 정답게 이야기를 주고받으며 상당히 오랜 시간을 보냈다. 놀란 양떼가 이리저리 흩어진다. 여기저기 민들레가 노랗게 피어 있고 목장 한쪽에 몇 그루 있는 복숭아나무에서는 복사꽃이 한창이었다. 벌떼가 잉잉거리며 왔다 갔다 하고, 흰나비 노랑나비가 맴을 돌며 공중으로 날아오른다. 삽시간에 고요하던 목장은 분주해진다.

종달새가 우짖는다. "오빠, 이렇게 행복한 생활을 하는 사람은 우리나라에서는 아마 없을 거예요. 그렇겠죠?" 애교 있게 인숙이 말했다. "그럼, 그렇고말고. 이것이 내 인생 최대 행복이고 아름다운 삶이라고 생각하거든. 하하하하… 이 목장의 울타리만 넘어서면 물욕, 명예욕, 권력욕에 눈이 뒤집힌 추잡한 인간들이 서로 꼬집고, 물고, 뜯고 싸우는 꼴이 얼마나 많다고." "참, 그래요. 그게 다 인생일장춘몽인데. 호호호…" "핫핫핫, 인숙이는 곧

잘 문자도 쓸 줄 아네." 몇 바퀴를 돌았는지 말이 헐떡거리며 집 앞에 와 닿았다. 얼굴에 홍조를 띠고 그들은 말에서 내렸다. 잔디 위에 앉아 조금 쉰 그들은 집 안으로 들어갔다. 식당에서 간단히 차를 마시고 나서 오락실로 들어갔다. 한 쪽엔 피아노가 자리를 잡고 그 맞은편에 라디오, 축음기가 놓여 있다. 인수는 피아노 앞으로 가서 학교에서 배운 노래를 연주해 본다. 고운 멜로디가 온 방에 가득 차며 창을 넘어 오월의 하늘로 흘러간다. 듣고 있던 인숙이는 피아노에 맞춰 노래를 부른다. "푸른 산 숯은 밑에 숯는 맑은 샘 복숭아 꽃 이파리 샘물에 떨어지니 그 옛날의 네 모습이 샘물 위에 그려진다. 아, 지나간 그 옛날이 아름다운 추억이여…"

"얘야! 옷이나 벗고 자렴." 어머니의 목소리에 눈을 뜨니 그 화려했던 목장은 간 곳 없고 환한 백열등 아래 헌 라디오만 "삐 - 삐 - " 소리를 지르고 있었다. 몹시 서운했다. 조금만 더 있었더라면 그 노래나 마저 불렀을 텐데 안타깝기만 했다. 옷을 벗고 자리에 누워서도 꿈에 본 푸른 목장이 눈에 선 하였다.

인수는 그것이 바로 자기 장래의 생활 설계도라고 생각했다. 그렇다면 과연 장래 이러한 꿈이 실현될 수 있을까? 현 우리나라의 사정으로 보아서는 도저히 불가능한 일이 아닐 수 없다. 그러나 인간은 언제나 자연에 순응만 하는 것이 아니고 때로는 인력을 가하여 자연을 정복할 수도 있을 것이다. 노력만 하면 이룰

수 있다. 그렇다. 노력에 노력을 거듭하면 안 되는 일이 어디 있으랴. 이런 고역에서 벗어나 내가 바라고 원하던 최후의 낙원에 이르렀을 때 그 기쁨이 과연 어떠할까? 인내는 쓰지만 그 열매는 달다는 격언이 있지 않느냐. 오냐. 나도 쓰라린 고통을 참고 참아 쓴 인내의 나무에 단 열매를 가꾸어 보리라. 어떠한 일이 있더라도 그 열매를 익게 하리라. 인수는 큰 결심을 속으로 굳게 다지면서 내일을 위하여 다시 고요히 잠이 들었다.

대구사범 교우지《사원》10집. 1959.

어느 오후

상수는 잠시 일손을 멈추고 창밖을 바라보았다. 연기 같기도 하고 안개나 먼지 같기도 한 희뿌연 장막이 하늘도, 먼 산도, 성냥갑 같은 빌딩도 모조리 삼키고 있었다. 창문만 열면 그 괴물 같은 희뿌연 물체가 꾸물꾸물 기어 들어와 숨을 꽉 막아 버릴 것 같아 오싹 소름이 끼쳐 왔다. 시계를 보니 4시 28분, 퇴근시간은 아직도 32분이 더 남았다.

상수는 30대의 노총각 소리를 듣다가 일 년 전, 인연이 되어 지금의 아내와 결혼을 했다. 그는 인성이 착해서 누구에게나 좋은 사람으로 통했다. 그는 박봉에 결혼 일 년이 지나도록 아내와 함께 남들처럼 그 흔한 외식 한번 해 보지 못했다. 상수의 탓만은 아니었다. 같이 외출해서 식사나 하고 들어가자고 하면 아내는 싫다고 했다. 그 돈이면 집에서 며칠을 더 풍족히 지낼 수 있다는 것이었다. 시골에서 자란 아내에게는 시내의 음식 값이 실로 엄청난 것이었다. 그런 아내를 겨우 설득해서 오늘 퇴근 후 외식을 같이 하기로 약속이 된 것이었다. 상수는 또 시계를 보았다. 4시 45분, 하루가 삼년이라더니 1분이 한 시간처럼 길게 느껴졌다. 회사 앞 개나리 빵집에서 5시 10분에 만나기로 아내와 약속했다. 아침 출근 때 아내는 이렇게 말했다. "여보, 오늘은 당신의 간절한 청이라서 들어주는 거예요. 시간 꼭 지키세요. 잘 가 보지도 않은 곳에서 오래 기다리는 것은 질색이예요. 5분 이상 기다리지 않아요. 알겠죠?" "그래, 고맙소. 모처럼 당신에게 맛좋은 것 사 주고 싶어서야. 잘 차리고 나와요."

사실 상수는 아내에게 늘 감사하고 있었다. 요즘처럼 물질이 풍요한 시대에 얼마나 많은 여자들이 사치와 낭비, 자기과시와 자만심으로 들떠 있는가? 그런데도 아내는 그런 것에 무관심하다시피 알뜰히 살림꾸리기에 안간힘을 썼다. 쥐꼬리만한 봉급으로 겨우 살아가는 형편에 아내가 좋은 것 다 하려 든다면 상수로서는 도저히 지탱할 수 없었을 것이다. 이런 분위기를 눈치 챘는지 상수 친구나 직장 동료들은 어느 새 상수 부부를 잉꼬부부, 알뜰부부라고들 불렀다.

상수는 다시 창밖을 바라보았다. 쉴 새 없이 자동차 굴러가는 소리가 귀를 울리고 뿌연 공기는 더욱 짙어가고 있었다. 사람으로 꽉 메워진 거리에 자선의 손길을 기다리는 냄비는 상수의 가슴을 흔들어 놓는다. 그 냄비를 지나칠 때마다 상수는 아침에 아내에게서 타 가지고 나온 몇 푼의 잡비와 승차권 2장으로는 그들에게 베풀 여유가 없는 처지를 민망하게 생각하곤 했다. 지금 저 뿌연 어느 거리에서는 외롭게 "땡그랑 땡그랑" 동전 떨어지는 소리가 울리고 있을 것이다.

상수는 또 시계를 본다. 4시 53분, 거북이걸음도 보통 느린 거북이걸음이 아니다. 아내는 벌써 집을 나섰을 것이다. 아내는 무슨 옷을 입고 나올까? 양장? 한복? 마치 연애시절의 처녀 마음만큼이나 설렌다. 하기야 유행 따른 옷은 없지만 늘 자기 몸에 맞는 옷이면 만족해했던 아내였기에 남들처럼 화려한 차림은 아닐 것이다. 상수는 처복이 있어서인지 중매인에 의한 결혼이었지만 7번 째 선을 본 지금의 아내가 첫눈에 들었고 남들도 모두 상수의 아내가 예쁘다고 했다. 상수는 늘 세상 속담이 참 묘하다고 생각했다. '뚝배기보다 장맛'이라는 속담이 있지만 '보기 좋은 떡이 먹기도 좋다'는 속담도 있으니 말이다. 하기야 제 눈에 안경이라 했으니…

사무실 벽시계가 5시를 알렸다. 주위의 동료들도 주섬주섬 퇴근 준비를 서두르고 있었다. 사무실의 어른인 이 과장은 친구인 듯한 신사 한 사람과 얘기에 열중하고 있었다. 가끔 웃음소리가 사무실을 흔들고 있었고 둘이서 뿜어대는 담배 연기가 창밖의 뿌연 공기보다 더 짙게 사무실을 물들이고 있었다. 직원들은 얘기에 열중하고 있는 이 과장의 얼굴만 힐끗힐끗 쳐다보며 퇴근해도 좋다는 말이 나오기를 기다리고 있었다. 5시 전의 시간은 그리도 더디더니 5시가 지나고부터는 왜 그리 빨리 가는지, 이 과장과 그 손님이 원망스러워지기 시작했다. 남의 바쁜 사정은 조금도 눈치 채지 못하고 이렇게 퇴근 시간이 지나도록 자리를 뜨지 않는 그 손님 덕분에 나는 우왕좌왕 시계만 쳐다보며 애를 태울 뿐이었다.

지난 어느 토요일의 일이었다. 그날도 직원들은 토요일의 분주한 오전 근무를 정리하느라 바쁘게 움직이고 있었다. 대개 토요일은 오후 1시가 조금 넘어야 퇴근하는 게 보통이었다. 그런데 그날은 왠지 이 과장이 빨리 일을 끝내라고 일찍부터 재촉을 하고 있었다. 평소 퇴근 시간을 이유없이 질질 끌기만 했던 이 과장의 퇴근 시간 재촉은 직원들의 마음속에 야릇한 반발심을 불러일으키고 있었다. 퇴근 5분 전이 되자 이 과장은 또 한 번 소리를 질렀다. "어허 이 사람들 왜 이리 꾸물거리나. 오후 근무라도 하려는 건가. 자, 빨리 정리해요. 오늘 이만 마칩시다." 그 말이 채 끝나기도 전에 이 과장은 이미 사무실 문을 나서고 있었다. 문 쪽의 직원이 톡 쏘아 붙였다. "무슨 바쁜 일이 생겼습니까?" "아, 그래요. 1시에 약속이 있어서…" 그러고서 그는 휑하니 나가 버렸다. 그 후에도 그런 일은 종종 있었다.

벌써 5시 10분이 지났다. 상수는 벌떡 일어섰다. "과장님, 퇴근 시간 지났습니다. 바쁜 일이 있어서 그러는데 가도 되겠습니까?" 어디서 그런 용기가 나왔는지 자신도 몰랐다. 직원들의 눈이 모두 과장에게로 쏠렸다. 워낙 깐깐한 위인이라 이런 식의 말은 야단맞기 일쑤였기에 직원들은 상수가 오늘 얌전히 꾸중 들을 거라고 가슴을 들먹이고 있었다. "아니 퇴근 시간이 그리 중요한가요. 사무가 끝나야 퇴근하지. 바쁜 사람은 조퇴하시오." 상수는 뜨거운 불덩이가 가슴을 지나 목구멍까지 치미는 것을 느꼈다. 그는 홧김에 조퇴부에 조퇴 시간 5시 15분이라 기록해서 과장 앞에 내밀었다. 과장은 상수 얼굴을 빤히 쳐다보고는 조퇴부를 보더니 "퇴근 시간 이후도 조퇴요? 지금이 몇 신데?" 그는 시계를 보았다. "조퇴부 지우고 가시오." 그런 뒤 그는 다시 얘기로 돌아갔다.

아내와의 약속 시간에 임박해서 찾아온 손님 덕에, 아니 재치 있게 과장보다 먼저 빠져나올 수 있는 센스가 없었던 덕에 억지 투정을 부린 꼴만 하고 상수는 사무실 문을 나섰다. 모처럼 아내와 외식하려던 기분이 깡그리 침울해졌다.

거리는 벌써 어둑어둑해 오고 있었다. 가로등이 하나 둘 거리를 밝히고 이제 막 전조등을 켠 차들이 수없이 거리를 메우고 있었다. 상수는 거리 건너 휘황찬란한 쇼윈도 사이 개나리 빵집을 바라보았다. 어쩐지 아내가 가여워진다. 못난 남편을 기다리고

있을 아내가…. 5시 25분, 약속 시간 15분이 지났다. 아침 아내의
말로 하면 벌써 집으로 돌아갔을지도 모른다. 그러나 설마 갔을
라고 기다리고 있겠지. 상수는 바쁜 걸음으로 지하도를 지났다.
박봉과 사회 테두리 안의 구속감에 시달리고 자신의 기분을 자
신이 감당할 수 없어 자신에게 또 시달리며 아득바득 날마다 살
아야 하는 그 의미를 어금니로 꽉꽉 씹으며 걸었다. "땡그랑 땡
그랑" 자선의 손길을 기다리는 자선 냄비는 입을 벌리고 있었
다. 자신도 모르게 상수는 주머니에서 접힌 천 원 권 지폐 한 장
을 냄비 안에 던져 넣고 있었다.

사보 〈대백〉 제11호. 1982.

첫 손님

　오후가 되면서 눈발이 굵어지기 시작했다. 멀리 눈보라에 싸인 봉우리가 어느 먼 산골 같은 추억을 뿌리면서 5층 아파트의 손바닥만 한 창속으로 기어든다. "따르릉 따르릉 따르릉" 느닷없이 적막을 깨고 전화벨이 울렸다. 새해 들어 첫 전화다. 먹을 갈다 말고 박 선생은 수화기를 들었다. "박 선생님 댁이지요?" 카랑카랑한 청년의 목소리였다. "네, 그렇습니다. 누구신지요?" "박 선생님, 차차 알게 되겠지요. 한번 만나 뵙고 싶은데 시간 있으신지요?" "글쎄요, 누군지 알아야…" "미리 아시면 재미없잖아요? 만나 뵙고 차차 말씀드리지요. 하하하하…" 무척 재미있다는 듯 웃음소리가 수화기를 울려주고 있었다. "허허… 도대체 누군지를 알아야…" "박 선생님. 만나 보시면 압니다. 오늘 시간 있으시면…" "아니, 오늘은 시간이 없고 … 정 그러시면 오는 토요일에나…" "내일은 어떻습니까? 오후 5시경이면 말입니다." "글쎄요. 내일이라… 그러죠 뭐." "그럼 박 선생님, 내일 오후 5시 중앙로 A다실에서 뵙도록 하겠습니다." 숨 쉴 겨를도 없이 오고 간 대화 속에 박 선생은 약속을 하고 말았다. "여보, 상대가 누군지도 모르고 어떻게 약속을 해요? 혹시 납치당하는 것 아네요? 호호호…" 옆에서 듣고 있던 아내가 흥미롭다는 듯 참견 해왔다. "글쎄…" 박 선생은 또 글쎄였다.

꽁생원에다 결백증이라 할 만큼 교권 지키기를 목숨으로 아는 박 선생도 영문 모를 전화에는 야릇한 흥미가 동했다. 아무리 생각해도 모를 일이었다. 누굴까? 제자? 하기야 제자도 수없이 길러 냈었지. 올해가 돼지해니 20여 년 동안 길러 낸 제자만도 천수백 명은 될 것이었다. 아니, 서예를 배우려는 후진일까? 아니면 잊힌 옛날의 동창일까? 꼭 탐정소설을 읽는 기분이었다. 좌우지간에 어서 내일이 왔으면 좋겠다. 속 시원히 알아 볼 수 있는 내일 오후 5시, 어쩐지 반가운 사람을 뜻밖에 만나 거나하게 한잔 취해보고 싶은 생각도 든다. 박 선생은 갈다 만 먹을 다시 집어 들었다.

이튿날 오후 5시, A다실. 정초라서 그런지 손님들도 그리 많지 않았다. 석유난로 두 개가 빠알간 얼굴을 하고 몇몇 손님 사이에 수줍은 듯 앉아 있었다. "박 선생님, 여깁니다." 구석자리의 청년이 일어서며 허리를 굽혔다. 허탕이 아닌가 싶던 생각이 반가운 마음으로 변했다. 김이 모락모락 뜨는 물잔을 들면서 얼굴을 쳐다보았다. 아무래도 모르는 얼굴이었다. "선생님, 추우신데 여기까지 오시라 해서 죄송합니다. 아무튼 고맙습니다." 공손히 인사하는 청년의 얼굴에는 사뭇 웃음이 떠나질 않았다. "뭘요. 한데 누구신지 잘 기억이…" 박 선생은 머뭇거리다가 겨우 입을 열었다. "차나 드시면서 천천히 말씀드리지요. 뭘 드시겠습니까?" "커피로 하지요." 박 선생은 담배 한 개비를 꺼내 입에 물고 불을 붙였다. 대화가 끊길 때 가장 좋은 방법이었다. 담배를 못 끊는 이유가 바로 요런 맛에 있을 것 같았다. "선생님, 요즘 방학이라 조용하시죠?" "네 그런 편입니다." "선생님, 궁금하시죠? 저는 선생님을 벌써부터 어떤 사람의 소개로 잘 알고 있습니다. 만나 뵙고는 싶었지만 용기가 나지 않아서 미루어 오다가 요즘은 방학이고 해서 이렇게 모신 겁니다. 너무 부담 갖지 마십시오." 어럽쇼. 부담을 갖지 말라고? 그러면 부담을 가질만한 용건이 있다는 뜻이 되는 게 아닌가? 박 선생은 섬뜩한 기분을 느꼈다. "네, 그러죠. 말씀하세요. 무슨 영문인지 도무지 알 수 없는 일이네요. 사실 상대를 모르고 약속해 보긴 처음입니다." "예 그러시겠지요. 저는 조그만 사업을 하나 하고 있습니다. 혹 선생님께도 도움이 되고 저 사업에도 도움이 되어 주실 수 있다면 하는 뜻에서…" 거리낌 없이 흘러나오는 이야기는 박 선생의 혹시

나 하는 기대를 완전히 허물고 있었다. 초점이 여지없이 빗나가고 말았다는 낭패감이 앞섰다. 역시 내가 너무 경솔했어. 약속을 않는 건데. 순간순간 마음을 도사리며 듣고 있을 수밖에 별 도리가 없었다. "선생님, 중학생들의 학습을 도와주는, 이를테면 가정교사와 같은 구실을 하는 교재와 테이프를 개발했습니다. 선생님 학교 졸업반 학생들에게 좀 보급했으면 해서 말입니다." "교사가 학생들에게 좋은 책이나 교재를 알려 주는 것은 사실 바람직한 교육활동 중의 하나지요. 하지만 오늘날 우리 사회는 그것을 용납하고 있지 않습니다. 어려운 일이지요." "그것은 저도 압니다. 그래도 다른 학교에서는 많이 협조해 줍니다. 마음만 있으시면 방법이야 많지 않습니까? 선생님께도 충분한 보답을 드리겠습니다. 서로 도와 가며 살아야 하지 않겠습니까?" 점입가경이었다. 박 선생은 중국고사에 있듯이 귀라도 씻고 싶은 심정이었다. "보세요. 학생을 이용하는 상행위에 교사가 개입하는 것은 용납할 수 없는 일이지요." "그러면 살짝 학생들의 주소라도 적어 주시면…" "허허 참, 그게 그거 아닙니까? 서로 돕는 것도 좋지만 교사의 양심을 걸고 될 수 없는 일입니다. 모처럼 부탁을 하시는데 도움 되어 드리지 못해 미안합니다. 자, 전 바빠서 이만 실례해야 하겠습니다." 박 선생은 벌떡 일어나 커피 값을 지불하고 밖으로 나와 버렸다. 뒤에서 청년이 황급히 따라 나오며 부르는 소리가 들렸다. 못 들은 체 하고 큰길을 건너 버스

정류장으로 갔다. 썰렁한 버스에 올라 집으로 향하는 박 선생의
얼굴에는 묘한 웃음이 흘러내리고 있었다. "허허 참, 돼지띠가
돼지해 정초에 만난 첫 손님 치고는 …."

사보 〈범양〉 제53호. 1983.

회초리 끝에 핀 웃음꽃

　싱싱한 햇살이 가득 쏟아지는 5월의 둘째 일요일 아침이었습니다. "이놈! 그게 어디서 배워먹은 버릇이냐?" 할머니의 화난 음성이 큰방 문틈을 비집고 나와 마루에서 소꿉놀이를 하고 있는 진아의 귀를 울렸습니다. 인형 아기를 등에 업고 잠재우느라 자박자박 마루를 걷고 있던 진아는 아기가 깰까 봐 겁이 덜컥 났습니다. 등에서 아기를 내려 가슴에 꼭 껴안았습니다. 그리고는 큰방에서 들려오는 할머니의 말씀에 귀를 기울였습니다. 유치원에 다니는 진아는 할머께서 저렇게 큰 소리로 말씀하시는 것을 처음 들었기 때문에 여간 이상하지 않았습니다.

　"어머니, 잘못했습니다." 나직하나마 굵은 아버지의 목소리가 들렸습니다. "늦게 들어온 것이 미안했겠지만 기다리는 사람도 생각해야지. 원, 쯧쯧. 언제 철이 드누. 그래, 네 에미는 자식 걱정으로 잠 안 자고 기다리는데 너는 몰래 살짝 네 방에 들어가자?" "어머니, 전 어머니께서 주무시는 줄 알고 행여 잠 깨실까봐서…" "에끼 이놈, 변명하지 마라. 잠을 못 잤더니 눈이 다 따갑다. 장롱 위에 있는 회초리 이리 가져 오너라." 아버지는 장롱 위의 회초리를 가져다 드리는 것 같았습니다. 진아는 그것이 어젯밤 아버지께서 늦게 들어와 할머니께 문안드리지 않은 벌인 것을 알았습니다. 진아는 오늘 참 별난 사실을 알게 되었습니다. 그렇게 무섭던 아버지가 할머니 앞에서는 꼼짝도 못한다는 사실이었습니다.

며칠 전이었습니다. 소꿉놀이를 하다가 싫증이 나서 크레용으로 벽에다 그림을 그렸습니다. 할머니 얼굴이었습니다. 그런데 저녁에 돌아오신 아버지가 보시고는 꾸중을 하셨습니다. "누가 벽에다 낙서를 하라더냐. 그림은 종이에 그려야지. 응? 잘못했으니 종아리 두 대만 맞아라." 진아는 벽에 그린 그림이 낙서라는 것을 알았습니다. 아버지는 장롱 위에 모셔 두었던 회초리로 포동포동한 진아의 종아리를 두 번 치셨습니다. 힘껏 때리는 시늉을 하시고도 약하게 치셨지만 진아는 눈물이 찔끔 나도록 아팠습니다. 금방 뽀얀 두 종아리에 빨간 두 줄이 생겼습니다. "여보, 그걸 가지고 뭘 그래요. 말로 하면 되지." 어머니는 안타까워했습니다. 늘 안아 주고 뽀뽀해 주시던 아버지가 이렇게 무서운

268

줄은 몰랐습니다. 진아는 눈물을 닦으며 쪼르르 할머니 방으로 들어갔습니다. "아니, 우리 진아를 누가 울렸노? 에그, 내 귀여운 손녀새끼." 주름이 더덕더덕한 손으로 진아의 눈물을 훔쳐 주셨습니다. "아빠가 종아리를…" 채 말을 잇지 못하고 울음보를 터뜨리는 진아의 종아리를 보셨습니다. "쯧쯧, 어린 것이 뭘 안다고 이러누. 그놈의 회초리 없애버려야 할 텐데…. 네 할애비 적부터 있었던 것이라서. 많이 아프지?" 할머니께서는 진아의 종아리를 살살 만져 주셨습니다.

진아는 할머니의 품에 안기면 그렇게 포근할 수가 없었습니다. 허연 머리카락도 좋고 주름투성이 얼굴도 좋았습니다. 유치원에 갈 때도 할머니와 함께였습니다. 빨간 모자를 쓰고 곤색 조끼, 곤색 치마, 그 속에 비쳐나는 하얀 블라우스를 입고 노란 가방을 메면 할머니는 천사 같다고 입에 침이 마르십니다. 미끄럼틀 그늘에 앉아 기다리던 할머니는 공부를 마치고 나오는 진아를 와락 껴안아 뽀뽀를 해 주시고는 손을 잡고 집으로 돌아옵니다.

"픽, 픽" 아버지 옷 위의 종아리를 치시는 소리가 두 번 들렸습니다. "어머니, 정말 죄송합니다. 다시는 안 그러겠습니다." "그래, 알았다. 내 자식인 네가 미워서 그러겠냐. 너희들이 잘 해야 어린 것들이 본을 받을 게 아니냐. 가정교육이 따로 있냐? 안 그러냐? 애비야." "어머니, 잘 압니다. 어쩌다 그만 실수를 했나 봅니다." "나도 안다. 사실 말이지 요즘 젊은이들 치고 너희 부부

만한 애들이 잘 있나? 내 어디 가도 너희들 자랑으로 어깨가 으쓱해진단다. 작은 실수에도 따끔한 꾸중을 하는 것도 네 애비의 뜻이란다. 늘 말이지만…" "예, 어머니 고맙습니다. 제 방으로 가 보겠습니다. 한숨 주무십시오." "오냐." 방문이 열렸습니다. 진아는 찔끔하며 애기 재우는 시늉을 했습니다. 아버지는 빙긋 웃으시며 진아의 머리를 쓰다듬어 주시고는 방으로 들어가셨습니다.

그날 저녁이었습니다. 식구들이 모두 모여 앉았습니다. "우리 집에서 제일 높은 사람은 나야." 진아가 의기양양하게 말했습니다. "아니, 뭐?" 어머니가 깜짝 놀라며 물었습니다. "그렇지 뭐. 할머니는 내 말이면 꼼짝 못하고, 아빠는 할머니께 매를 맞거든. 그러니 내가 제일 높지." "에끼, 이놈 그게 무슨 소리야?" 할머니께서 무겁게 입을 여셨습니다. "오늘 아침에 아버지, 할머니께 매 맞았지?" "뭐? 네가 그걸 어떻게 알아?" "에이 난 다 안단 말이야." "어이쿠, 이놈이 다 들었군. 그래 잘못 했으니까 할머니께 야단맞았지." "그 봐. 그러니 내가 제일 높지." "우리 진아는 말을 잘 들으니까 할머니께서 귀여워해 주시는 거야. 진아가 무서워서 진아 말대로 다 해 주시는 건 아냐." 어머니가 말씀하셨습니다. "그래. 그건 네 에미 말이 옳다. 너도 말 안 듣고 잘못하면 내가 매를 들 거야." 할머니는 일부러 눈을 부릅뜨고 무서운 표정을 지으며 말씀하셨습니다. "알았어." "알았어가 뭐야, 어른께." 아버지가 다그쳤습니다. "알았습니다." 진아는 혀를 날름 하고는 이불을 뒤집어썼습니다. "허허허허…" "하하하하…" "호호호호…"

진아네 집 방안에는 개나리처럼 노오란 웃음꽃이 별빛같이 반짝였습니다.

《교육자료》. 1989.

의견·
논단

적당히, 그 두 얼굴

   사람 사는 세상, 모든 것이 '적당'하기만 하면 그 어떤 일도 탈이 없다. '적당하다'는 사전에서 첫째 '정도나 이치에 꼭 알맞고 마땅하다'로, 둘째 '임시변통이나 눈가림으로 대충 해 버림을 속되게 이르는 말'로 풀이하고 있다. '적당히'는 그 부사형이다. 로마 신화에 나오는 문의 앞과 뒤를 보는 두 개의 눈을 가진 문지기 신 야누스와 같다고나 할까?

   언제부터인지 우리 언어 현실은 그 가장 표준이 되는 '적당히'라는 말을 두 번째의 뜻으로 사전에 번듯이 등극시키고 있다. "그것 좀 적당히 안 될까?", "적당히 하고 말지 뭘 그리 알뜰히 하나." 원래 뜻의 정반대로 탈바꿈하고 만 적당히는 우리 사회 곳곳에서 독버섯처럼 자라고 있다. 세상에서 가장 올바르지만 실천하기 어려운 적당히가 가장 쉬운 적당히로 둔갑하면서 부정, 부패, 비리는 내성 강한 바이러스가 되어 우리 생활 속을 비집고 휘저으며 썩는 냄새를 풍기고 있다.

마땅히 내어야 할 세금도 적당히 안 내거나 줄이고, 분리하여 종량제 봉투에 넣어 버려야 할 쓰레기도 적당히 다른 비닐봉투에 넣어 적당한 시간, 적당한 곳에 버리면 돈을 아낄 수 있다. 9개의 철근을 넣어야 할 건물 기둥에 6개만 넣고 적당히 마무리만 잘 하면 공사비 줄이고 이득이 많아진다. 적당한 말로 그럴듯하게 꾸며 사업을 벌여두고 순진한 투자자가 모이면 돈을 챙기고 잠적하여 부자가 된다. 언젠가는 부메랑으로 자신에게 오라가 되어 돌아온다는 진실을 이들은 왜 진작 깨닫지 못할까? 일그러진 적당히로 불안한 잠시의 행복(?), 혹은 만족을 누릴 수 있을지는 모르지만 그것은 자신의 나머지 긴 생애의 앞길에 가슴 찢는 수렁일 뿐이다. 주위의 선량한 사람들에게 주는 정신적, 물질적 피해 또한 막대하다.

원래의 진정한 적당히가 비를 바라는 농부의 가뭄 가슴만큼이나 간절한 시대이다. 부모의 자식 농사도, 서로의 경쟁도, 자신의 건강도 정말로 적당해야 한다. 부모의 자식사랑도 지나치면 애정과잉으로 요즘 흔히 유행하는 마마보이, 파파걸을 만들고 모자라면 애정결핍으로 불화를 부른다. 우리 조상들은 엄부자모嚴父慈母라 하여 자녀에게 사랑을 표 나지 않고 조화롭게 적당히 베풀었다. 행복은 성적순이 아니라고 하지만 경쟁 없이는 발전이 없다. 적당한 선의의 경쟁은 우리 모두를 향상시킨다. 냉방의 여름 속에 감기를 앓고 난방의 겨울 속에 바튼 기침을 토해내는 생활은 자연의 섭리를 외면하는 것이다. 여름에는 더위와 땀도 적당히 함께 하고 겨울에는 추위도 적당히 겪어야 우리 몸은 건강할 수 있다.

이와 같이 마음과 몸의 적당한 조화를 찾는 것이 바로 지금 새삼 뜨고 있는 참 웰빙이 아닐까? 사기성이 농후한 적당히의 망령이 사라질 날을 기다리며 이런 생각이 적당한 것인지 아닌지 곱씹어 본다.

팔공신문 〈칼럼〉. 2004.

꽃과 축하

제법 뜨끈한 바람이 향긋한 아카시아 꽃 내음을 듬뿍 안고 열린 창문을 넘어 교실로 와락 안겨오는 5월 8일이었다. 80여 까만 눈동자들이 반짝반짝 창의의 샘 속으로 빨려 들어가는 순간, 노크도 없이 교실 앞문이 드르륵 열렸다. 놀란 눈들이 문을 열고 들어서는 울긋불긋 화려한 꽃바구니를 든 젊은 남자에게로 쏠렸다. "선생님, 축하합니다." "아니, 누구…?" "안에 쪽지 있어요." 젊은이는 입가에 웃음을 흘리며 교실 아이들을 죽 훑어보고는 휑하니 가 버렸다. 순간 참으로 난처하다는 생각이 들었다. "와아!…" 아이들은 일제히 함성을 날렸다. 얼른 쪽지를 펴 보았다. '아버지, 올해도 어버이날 찾아뵙지 못해 죄송합니다. 꽃 몇 송이에 고마움을 담아 보냅니다. 아들 드림' 서울에서 직장에 다니는 큰 아이가 보낸 꽃이었다. 아이들은 누가 보낸 것인지 궁금하여 내 입만 바라보고 있었다. 자칫 오해할까 봐 한 마디 던졌다. "서울 우리 아들이 보낸 꽃이란다." "와우…" 아이들은 또 한 번 소리를 높였다. 나는 속으로 중얼거렸다. '그래, 오늘 어버이날 특별 수업은 이것으로 충분하다.' 그게 벌써 5년 전의 일이 되었다.

꽃은 주는 사람이나 받는 사람이나 함께 즐겁게, 가슴 환하게 해 준다. 꽃은 바라만 봐도 황홀하다. 마치 사랑에 빠진 연인들처럼. 그런데 그렇지 못한 경우가 왕왕 있다. 축하하는 행사장에서 우리들은 아무 생각 없이 고정관념에 젖은 눈으로 그런 광경을 보고 있다. 신분의 높낮이나 되는 듯이 단상에 앉은 사람들은 하나같이 가슴에 꽃을 단다. 졸업식장에 가보면 졸업생들은 불편한 자리에 꽃 하나 없이 그림처럼 앉아 있고 교장을 비롯하여 내빈이랍시는 귀한 손님들은 모두 높은 단상에 꽃을 달고 근엄하게 앉아 있는 것을 볼 수 있다. 정작 축하 받아야 할 주인공인 졸업생들이 들러리가 되어 손님들에게 보여주는 대상이 되고 있음은 심히 안타까운 일이 아닐 수 없다. 주객이 전도되었다는 말은 이런 것을 두고 하는 말이 아니던가. 귀한 꽃을 바르게 대접해 주지 않음을 꽃은 속으로 나무라고 있지는 않은지 모를 일이다. 성인 사회도 예외가 아니다. 시상식장에 가보면 상을 받는 사람이야 축하 받을 사람이니 마땅히 꽃을 달아야 된다지만 시상하는 모모 장이나 소위 귀한 내빈들까지도 덩달아 자신을 과

의견·논단 ● 279

시나 하는 듯이 떡하니 꽃을 달고 앉아 있는 모습을 볼 수 있다. 이런 경직된 사고가 바뀔 날은 언제쯤일까? 남이 장에 간다고 거름 지고 따라 갈 수는 없는 일 아닌가.

길가, 산과 들에 피고 지는 이름 없는 풀꽃이나 꽃밭에서 사람들의 정성을 먹고 귀하게 피고 지는 꽃이나 그 나름의 아름다움에는 차이가 없다. 색깔이 다르고 크기, 향내, 모양이 다르고 피는 시기, 자리가 다를 뿐이다. 꽃은 인간의 마음을 순화시키는 명약이다. 그런 꽃을 인간의 간사한 사회적 지위를 과시하는 수단으로 이용해서는 꽃에 대한 예의가 아닐 터이다. 꽃은 모든 인간에게 평등하게 주어지는 조물주의 은혜일 뿐이다.

《오래된 약속》제6호. 2004.

국어 수난 시대

"파란 하늘 비시 고운 가을, 시골길 가에는 꼬시 아름답게 피어 있어 고향을 찾는 사람마다 박수를 치며 감탄했습니다." 전파를 타고 전국 방방곡곡으로 퍼져 나간 어느 방송의 일부이다. 꽃이(꼬치)를 '꼬시'로, 빛이(비치)를 '비시'로 발음하는 것이 예사로 생각되는 요즘이다. 또한 '박수치다'는 말은 '이발 깎다', '식사 먹다'와 다를 바 없는데 거리낌 없이 사용하고 있다. 참으로 어처구니없는 일이다. 잘못 인식된 세계화의 망령난 바람을 타고 우리 말, 글은 바야흐로 대 수난의 시대를 견디기 힘든 고통으로 버티고 있다.

올해 국제연합 교육과학문화기구에서는 우리나라의 훈민정음과 조선왕조실록을 '세계기록유산'으로 지정했다. 우리 한글이 세계 유일의 과학적이고 창의적인 글임을 인정한 것이다.

우리 말, 글에는 우리의 얼이 살아 숨 쉬고 있다. 언어를 잃어버린 민족은 멸망한다는 것이 동서고금의 역사를 통해 증명되고 있음을 우리는 너무도 잘 알고 있다. 터무니없는 발음이 잡초처럼 번지고 잘못 쓰이는 말, 쉽고 아름다운 우리말을 두고 구태여 쓰이는 한자어, 무분별하게 사용되는 외국어가 판을 치고 있는 현실은 걱정을 넘어 두렵기까지 하다. 약을 잘못 쓰면 몸을 망치지만 우리말, 글을 잘못 쓰기 버릇하면 우리 얼이 병든다.

지난 10월 5일, 대구 MBC TV 뉴스 시간에 달구벌 축제 관련 보도가 있었다. 아나운서가 '줄땡기기'로 말하고 자막도 그렇게 내보냈다. 이튿날 조선일보 26쪽에는 앞 내용의 모습이 실리고 그 사진 밑에 '대구 신천 둔치에서 벌어진 줄당기기'라고 쓰여 있었다. 우리 민속놀이의 바른 이름은 '줄다리기'이다. 언론기관들마저 이 모양이니 할 말을 잊을 수밖에.

뉴스 시간에 자주 보는 해괴한 낱말이 또 있다. 사건 현장을 그대로 유지하기 위해 경찰이 써서 걸어 놓은 팻말 '촉수엄금'이 그것이다. '손대지 마세요' 하면 될 것을 이렇게 권위(?) 있게, 유식(?)하게 버젓이 낯선 한자말을 우리글로 써 놓은 것이다.

우리글을 쓰면 훨씬 더 많은 사람들이 쉽게 알아볼 것을 공연히 어려운 한자나 어려운 외국어를 쓰면 유식한 것처럼 착각하고 있는 얼간이들이 요즘 부쩍 늘고 있다. 훈민정음 반포 당시의 최만리 망령이라도 씌었는지 모르겠다. 어제, 오늘 그야말로 약방감초처럼 휘젓고 다니는 외국어 '캠페인'도 꼴불견이다. '먼저 인사하기 캠페인', '환경정화 캠페인', '자연보호 캠페인', '교통질서 캠페인' 등등 '-운동' 하면 좋을 것을 왜 이렇게 외국어를 써야 하는지 알다가도 모를 일이다.

우리 것을 꼭꼭 끌어안고 남의 것을 배척하자는 국수주의가 아니다. 적어도 우리 것은 우리답게 지켜 가자는 것이다. 그것도 우리 민족 얼의 바탕인 우리말, 글을 지키자는 것이다. 초등학교 3학년부터 영어수업이 시작되었다. 국제어나 다름없는 영어를 배우자는데 이의가 있을 수 없다. 다만 우리말, 글 바로 가르치는 일이 앞서야 한다는 말이다. 아무데서나 아무 때나 나오는 대로 외국어를 주워섬기자는 것은 아니라는 것쯤은 알아야 하는 것이다.

자기 아내를 '와이프'라고 자랑스럽게 입에 달고 다니는 사람들을 보면 구역질이 난다. 입만 벌리면 외국어를 거침없이 우리말, 글에 섞어 쓰는 꼬락서니는 참으로 아니꼽다. 그렇게 해야 유식하게 보인다고 생각 한다면 그거야말로 무식이다. 거리에 나가보면 기가 찬다. 외국어를 우리 발음 그대로 우리글로 써서 내건 간판이 활개를 치더니 이제는 아예 우리 글자 없이 외국어 그대로 써서 내건 간판이 점점 많아지고 있다. 외국 거리에 온 느낌이다. 우리 대한민국은 지금 어디에 있는가?

우리 생활 구석구석에는 눈 뜨고 볼 수 없고 귀 열고 들을 수 없는 우리말, 글을 사정없이 무시하고 짓밟고 있는 기막힌 일들이 일어나고 있다. 이런 언어생활 속에서 우리 인간의 기본 성정은 무의식중에 흐트러지게 된다. 흉악범죄가 터지면 으레 언론이나 저명인사(?)들은 인성교육이 잘못되었다고 학교에 화살을 돌린다. 그럴라치면 교육행정 당국은 어김없이 인성교육 계획을 세워라, 인성교육 우수실천사례를 발굴해 내어라 야단법석을 떤다. 하루아침에, 1, 2년에 그 인성이 표나게 교육될 수 있다면 '교육백년지대계'라는 말이 왜 나왔겠는지 생각 좀 해 보는 지혜가 있어야겠다.

교육부가 연구 마련한 교육과정 속에는 진로교육도, 인성교육도, 예절교육도, 환경교육도, 통일교육도 모두 알맞게 구성되어 있다. 한마디로 '교육과정 충실하게'라는 말로 위 모든 것은 해결된다 하겠다.' 96년 1월 24일 자 영남일보 26, 27쪽에는 〈5·17, 5·18 관련사건 공소장〉이 전문 빽빽하게 실렸다. 글자 수가 자그마치 30,000여 자, 200자 원고지 150장 분량의 공소장 전문이 놀랍게도 단 한 개의 문장으로 이루어져 있음을 보았다. 세계 기네스북에 오르고도 남을 일이었다. 가장 간결하고 분명하게 써야 할 검찰의 공소장이 이렇다면 여타 기관의 공문, 지시문 등이야 말할 나위없는 것이 아니겠는가?

다행히 며칠 전 신문에 부산 지검 울산지청에서는 검사와 직원들이 지난해에 이어 올해도 한글맞춤법 시험을 치루었다는 기사가 실렸다. 우리말, 글 바로 쓰기 운동으로 대단히 반가운 일이 아닐 수 없다. 이러한 노력들이 온 나라에 널리널리 퍼져나갔으면 하는바람 간절하다.

각급 학교 교사, 아나운서, 기자, 편집자 그리고 모든 공직자는 반드시 국어 문법이해, 바른 언어 사용 기능의 시험을 거쳐 채용되어야 한다. 우리글 심의위원회를 설치하여 간판이나 광고, 안내판(교통, 명승고적지 등) 등의 문구를 심의해야 한다. 하는 일 없이 국가 예산이나 축내고 있는 수많은 관변단체를 정리하고 시급히 우리말, 글 심의위원회를 설치해야 할 것이다. 이제 국가가 앞장 서야 한다. 대통령 연두 휘호도 아직 한글로 된 것을 과문한 탓인지 보지 못했다. 외국을 우리 대통령이 방문했을 때 방명록 서명은 과연 우리 한글로 한 사람이 있는지 그것도 궁금하다.

외국에 가서까지 중국 한자를 써야 돋보인다는 생각을 한다면 참으로 부끄러운 일이 아닐 수 없다.

국어를 훼손하는 일이 곳곳에서, 많은 국민들에 의해 아무런 부끄럼없이 태연하게 이루어지고 있는 바탕에는 정부수립 후 50년 동안 우리 국어교육 시책이 올바르지 못했음이 자리하고 있는 것이다. 지금도 늦지 않았다. 국어에 대한 인식을 새로이 하고 국어교육의 새로운 방향과 방법을 모색해야 한다. 다른 시책들은 잽싸게 외국 모방도 잘 하던데 어문정책은 왜 프랑스 같은 나라의 본을 보지 못하는가? 좋다면 얼마든지 받아들여 우리에게 맞게 펴 나가야 할 것이다.

《대구문예》. 1997.

자유의 울타리

"철수야, 그건 위험해. 만지지 마.""내 맘이야." 벽에 붙어 있는 콘센트 앞에서 여섯 살 어린이와 엄마의 대화다. "두만아, 수업시간이야. 휴대전화는 넣어 둬야지.""선생님, 내(제) 전화 내(제)맘대로 못하나요?" 초등학교 6학년 어느 교실에서 선생님과 학생의 대화다. "야, 동네 사람 다 깨겠다. 목소리 좀 낮춰.""야! 소리도 내 맘대로 못 질러?" 자정 가까운 시각, 골목길에서 30대 젊은 아저씨들의 대화다. 하나같이 자기 마음대로 하는데 웬 간섭이냐는 말이다. 남의 자유를 침해하지 말라는 뜻이겠다.

자유의 의미는 '일방적으로 내, 외로부터의 구속이나 지배를 받지 않고 존재하는 그대로의 상태와 스스로 하고자 하는 것을 할 수 있는 것'이다. 국어사전에는 '① 남에게 얽매이거나 구속

받거나 하지 않고 자기 마음대로 행동하는 일 ② 법률이 정한 범위 안에서 자기 뜻대로 할 수 있는 행위'로 풀이하고 있다. 우리가 주목해야 할 것은 '② 법률이 정한 범위 안'이다. 이것은 곧 자유의 울타리를 의미하는 것이다. 그것을 벗어나면 자신의 자유는 보장받지 못하는 것이다. 우리들 일상생활에서는 법률보다 관례, 규약, 양심 등으로 자유의 울타리를 치고 살아야 한다.

우리나라 일부의 사람들은 자기의 자유는 무척 소중히 여기면서 그로 인해 피해를 입는 다른 사람들은 아예 외면한다. 그 중에서도 특히 표현의 자유는 울타리의 경계가 모호하기 짝이 없다. 입을 통해 나오는 말은 곧 자신의 생각을 나타내는 것이다. 그 입에 담아서는 안 될 욕설, 비속어들이 방송이나 인터넷을 타고 방방곡곡을 누비고 있는 세상이다. 우리나라의 희망이요, 미래의역군들이 자라나고 있는 교육 현장에도 거침없이 침투되고 있다. 심지어 인터넷에서는 상대방을 거짓으로 모함하거나 공격하는 말, 국가의 정체성을 해치고 국기를 어지럽히는 내용들이 '표현의 자유'라는 방패를 들고 활보하고 있다.

일제 강제침탈로부터 광복된 후 우리 국민들 사이에 회자되던 말이 있다. '자유 아니면 죽음을 달라.' 이 말은 1775년 영국 식민지로 있던 미국의 식민지의회에서 독립혁명지도자 중 한 사람인 페트릭 헨리가 한 연설의 끝부분에 나온 말이다. "자유를 달라. 그렇지 않으면 죽음을 달라." 나라 잃은 국민들에게 자유는 죽음과도 바꿀 수 있는 삶의 가치였음을 가르쳐 주고 있다. 개개인의 올바르고 참된 자유 향유는 국민들을 아우르는 국가 차원의 자유 향유로 승화시키는 주춧돌이 된다.

남에게 피해가 되지 않는 범위 안에서 자신의 자유를 참되게 올바르게 누릴 수 있는 사람으로 교육되어져야 선진 국민의 일원으로 떳떳하게 살아 갈 수 있다. 자라나는 우리들의 2세부터 이런 교육은 체계적으로 이루어져야 한다. 어릴 때부터 가정에서는 부모들이, 학교에서는 선생님들이, 사회에서는 지도층 인사들이 모범을 보여야 한다. 가르치는 것보다 모범 보이는 것이 훨씬 효과적이다. 조급함은 금물이다. 하루 이틀에 혹은 한 해 두 해에 완성되는 교육은 없다. 꾸준히 반복해서 자유의 참된 의미가 체질화되고 행동화될 수 있도록 힘을 모아 나가야 할 것이다. 열번 해서 안 되면 스무 번, 서른 번 반복하는 끈기 있는 지도만이 우리나라 미래의 참자유인으로 성장시킬 수 있다.

이미 우리 사회에는 일부 사람들의 잘못된 자유로부터 받은 폐해로 고통 받는 사람들이 많다. 인터넷에서 악질적 댓글로 무고한 사람을 괴롭히는 이들은 나라에서 법률로 엄히 다스려야 한다. 남을 괴롭히는 표현의 자유는 어디에도 설 자리가 없음을 분명히 보여 줘야 한다. 나의 자유가 소중하면 남의 자유도 존중해 줘야 마땅하지만 자기 입장만 고집하는 지독하게 이기적인 사람들이 의외로 우리 주위에 많음을 보고 놀랄 때가 있다.

앞날의 올바르고 참된 자유를 누릴 수 있는 사회 구현을 위하여 지금부터 어린이들의 올바른 자유 교육과 체질화에 가정, 학교, 사회가 함께 지혜를 모아야 할 것이다. 코앞의 일에만 정신 팔 일이 아님을 우리 모두 빨리 깨달았으면 좋겠다.

대구신문 〈대구논단〉. 2010.

육신의 영생은 행복일까?

   예로부터 인간은 무병장수를 빌었고 불로장생을 염원해 왔다. 그러나 어느 누구도 그의 열망대로 병 없이 지금까지 살아남은 이는 없다. 하지만 오늘날도 인간은 그 꿈을 포기하지 않고 있다. 옛날과는 다르게 최신 과학으로 가능한 연구를 열심히 하고 있다.

   그리하여 우리나라만 해도 60여 년 전까지 평균수명이 60세에 못 미쳤는데 2008년에는 남자 76세, 여자 83세 정도로 높아졌다고 한다. 생명과학을 연구하는 이들은 인간수명이 150세까지도 가능하다고 본다는 견해가 있는 걸로 알고 있다. 문득 캐나다 퀸스 대학 크리스틴 오버롤 교수가 지은 책의 제목이 떠오른다. 《평균수명 120세 축복인가 재앙인가》 생명연장 반대론과 옹호론 중 후자에 무게를 두었지만 영생문제에는 조심스럽게 접근하고 있다.

우리나라에는 '젊어지는 샘물'이 있어 욕심꾸러기 할아버지가 너무 많이 먹고 갓난아기가 되었다는 전래동화가 있다. 이와는 다른 차원의 '영원한 삶을 주는 샘물'을 매개로 전개되는 미국 동화 작가 나탈리 베비드의 《트리갭의 샘물》은 상상 속에 확신을 심어주는 이미지가 살아 있다. 이 동화에는 온 가족이 숲속에서 목말라 마신 샘물이 영원히 사는 샘물이어서 100년이 지나도 17살 그대로인 아들과 그의 형, 아버지 터크 씨, 어머니 등이 등장한다. 세월이 가도 변하지 않는 이들을 마귀가 씌었다고 기피하는 사람들 때문에 한 곳에 오래 머물지 못하고 끝없는 유랑을 한다. 그러다가 우연히 그 샘물가에서 10살의 주인공 위니를 만나게 된다. 이 가족은 아이에게는 이 샘물을 먹이지 말아야 한다고 생각하고 사건을 벌인다. 그 이유는 터크 씨의 말속에 있다.

"모든 것은 움직이는 수레바퀴처럼 변화할 때 아름답다.", "영원한 삶을 얻는 것이 축복만은 아니다." 100년 넘게 늙지 않고 살아 온 터크씨는 이렇게도 말한다. "항상 새로운 것을 만나고 자라고 변화하고 그래서 결국 새로 태어나는 생명에게 자리를 내어주는 것이 자연의 질서이다." 그러면서 터크씨는 자기 가족이 처해 있는 상황을 이렇게 한탄하고 있다. "수레바퀴는 우리

가족을 스쳐 지나가고 있어. 끝없이 살아간다는 것은 힘든 일이야. 우리 가족처럼 영원히 사는 것은 아무 쓸모가 없어. 도무지 말이 안 돼. 어떻게 하면 다시 생명의 수레바퀴에 올라 탈 수 있는지 알 수만 있다면 나는 당장이라도 하겠어. 죽는 것 없이는 사는 것도 없어. 우리 가족에게 주어진 것, 이것은 그러니까 사는 것도 아닌 거야. 우리 가족은 그저 있는 거야. 길가에 놓인 돌멩이처럼 그저 존재할 뿐이야."

내 앞에 '영원히 사는 샘물'이라는 표를 달고 한 컵의 물이 놓여진다면 과연 마실 수 있을지 생각해 본다. 감히 마실 수 없을 것 같다. 인간의 수명이 무한히 늘어나서 영원히 사는 것은 행복일까? 사람마다 다르겠지만 위 두 책의 제목이나 간략한 내용에서 나름대로 생각의 갈피는 잡을 수 있으리라 믿는다. 오래 살기도 바라지만 건강하게 살기 위해 스스로 노력하는 것은 자신이나 가족, 나아가서 사회와 국가를 위해서도 매우 바람직한 일이다. 요즘에는 생명을 귀중하게 여기지 않는 일부의 사람들이 우리 사회를 걱정스럽게 하고 있다.

인도 철학자 오쇼 라즈니쉬의 비문 〈나는 결코 태어난 적도 없고 나는 결코 죽은 적도 없다. 다만 이 세상을 방문했을 뿐이다. 1931년부터 1990년까지〉에서처럼 주어진 삶을 착실히 살아야 함에도 스스로 삶을 내팽개치고 비명에 간 사람들은 분명 이 세상 방문도 덜 끝내고 계획보다 일찍 귀환했다고 시말서를 쓰고 있지나 않을지 모르겠다. 이 세상을 방문하고 있는 우리들은 그 기간이 언제까지인지 모른다. 그것은 하늘의 비밀이다. 우리들은 그것을 타고난 운명이라고 생각하기도 한다. 우리에게 부여된 방문기간을 충실히 보내고 돌아갈 때까지 매사 긍정적인 사고와 떳떳한 행동으로 심신 모두 건강하게 살기 위하여 꾸준히 노력해야 할 것이다.

육신의 영생을 바라는 것은 마치 외국방문에서 귀국을 포기하고 불법 체류하는 것에 다름 아닐 것이다. 쉴 새 없이 굴러가는 수레바퀴 위의 아름다운 삶을 위해 정직하고 성실하게 그리고 용기있게 정진해야 한다. 이것은 이 세상 방문을 허가받은 우리들의 의무이자 책임이기도 하다.

대구신문 〈대구논단〉, 2010.

반공·방첩은 가출 중

어제는 북한 공산군 기습 남침으로 시작된 6·25한국전쟁에서 자유 대한민국의 공산화 위기를 극적으로 구해준 1950년 9월 15일 새벽 인천상륙작전 성공 60주년이 되는 날이었다.

그해 6월 25일 새벽 북한공산군의 38선 전면 남침을 받자 우리 정부는 미국에, 미국은 유엔안전보장이사회에 도움을 청했다. 유엔안보리는 '즉각 북한공산군은 군사행동을 중지하고 38선 이북으로 물러가라'고 권고 했지만 듣지 않자 유엔군 파견을 결의했다. 이에 미국을 비롯한 16개국에서 60여만 명(이 중 미군이 48만여 명)의 군대를 보내 왔다. 그때 유엔 회원국 50여 개국 중 16개국 군대가 대한민국의 자유를 지켜주기 위해 분연히 참전한 사실은 북한의 불법남침을 증명하고도 남는다. 유엔군 중 미군이 먼저 참전하여 우리 국군과 함께 싸웠지만 소련제 탱크를 앞세운 공산군은 계속 밀고 내려와 칠곡 가산과 영천에서 치열한 전투를 벌였다.

그후 유엔군 총사령관 맥아더 원수는 참모들의 반대를 무릅쓰고 조수간만의 차가 크기로 유명한 인천에 상륙작전을 감행하였다. 맥아더 원수가 진두지휘한 작전은 2시간 만에 월미도를 장악하는데 성공했다. 허리를 찔린 북한군은 북으로, 북으로 패퇴하기 시작했다. 9·28서울수복, 평양탈환, 압록강까지 북진하여 통일이 눈앞에 보였지만 중국공산군의 침략으로 다시 후퇴하는 아픔을 겪었다.

맥아더 원수는 우리나라의 은인이다. 그는 1903년 미 육군사관학교를 수석으로 졸업하고 1, 2차 세계대전에 두루 참전하였으며 태평양 전쟁에서 패망한 일본으로부터 항복조인을 받기도 했다. 그는 미국 상, 하원 합동회의의 연설에서 "노병은 죽지 않고 사라질 뿐이다."라는 유명한 말을 남겼다. 그의 아들을 위한 기도문은 우리를 감동케 한다. '내 아이가 이런 사람이 되게 하소서(중략) / 정직한 패배 앞에 당당하고 태연하며 / 승리의 때에 겸손하고 온유한 사람이 되게 하소서(중략) / 웃을 줄 알면서도 우는 법을 결코 잊지 않는 사람이 되게 하소서(중략) / 그 애가 이런 사람이 되었을 때 / 저는 감히 그에게 속삭일 것입니다. / 내가 인생을 결코 헛되이 살지 않았노라고'

1953년 7월 27일, 3년 2개월 2일 간의 전쟁은 전사, 실종만 국군 28만여 명, 유엔군 4만3천여명(이 중 미군 4만여 명), 전 국토의 잿더미화 등 엄청난 피해를 남기고 휴전이 되었다. 전쟁이 끝난 것이 아니고 일시적으로 쉬고 있는 상황인 것임을 우리는 기억해야 한다. 천안함 폭침도 이를 증명하고 있다.

　휴전 후에도 미처 북으로 도망가지 못한 공산군들과 남한에 자생한 빨치산들이 오대산, 지리산 등에 숨어들어 우리나라에 막대한 피해를 주었고 이들을 토벌하는데 수많은 군경들이 희생되기도 했다. 6·25후부터 지금까지 수많은 우리 군경과 유엔군의 자유 수호를 위한 고귀한 희생 위에 우리 국민들은 잘 살기 위한 노력과 북의 군사적 도발 억제, 후방을 교란시키는 간첩을 잡아내는데 혼신의 힘을 쏟아왔다. 그 결과가 오늘날 아름다운 금수강산에서 우리들이 마음껏 누리는 무한에 가까운 자유와 경제적 번영임을 명심 또 명심해야 한다.

　그런데 1980년대 후반에 접어들면서 공산주의를 반대하는 반공, 후방 사회를 교란시키려는 북한의 간첩침투를 막는 방첩이란 말이 모습을 감추기 시작했다. 요즘에는 대한민국을 무너뜨리려 하던 빨치산을 우상화하고 북한 공산당을 옹호하는 사상을 어린 학생들에게 내놓고 교육하는 교사도 1, 2심 재판에서 무죄라 하니 반공, 방첩이 감히 얼굴을 내밀 수 없는 상황이 되고 있다. 정말 어처구니가 없다. 지금 휴전선에 가 보라. 첩첩의 철조

망을 쳐 놓고 밤낮으로 추위 더위를 무릅쓰며 우리 형제들이, 우리 아버지들이 북을 향해 총부리를 겨누고 있다. 북의 공산군들이 언제, 어디서 불쑥 쳐들어올지 모르기 때문이다. 우리 모두 정신 똑바로 차리고 휴전의 현실을 직시해야 한다.

정말 반공, 방첩은 가출해도 찾아 나설 사람이 없는가? 북한의 적화야욕은 예나 지금이나 변함없고 앞으로도 변할 가능성은 극히 희박하다. 자유 대한민국을 굳건하게 지켜나가기 위해서는 철저한 반공, 방첩의 정신을 되찾아 와야 할 것이다.

대구신문 〈대구논단〉. 2010.

말은 그 사람의 인격을 나타낸다

　말은 그 사람의 생각이나 느낌 따위를 표현하고 전달하는데 쓰는 음성기호이다. 곧 사람의 생각이나 느낌 따위를 목구멍을 통하여 조직적으로 나타내는 소리이다. 상대방의 생각이나 느낌은 글로도 알 수 있겠지만 대체로 말을 통하여 알게 된다. 그래서 말은 그 사람의 인격을 나타내어 준다고 할 수 있다. '말 한 마디에 천 냥 빚을 갚는다' 라는 속담도 이와 무관하지 않을 것이다.

　우리말의 특징 중 한 가지는 경어법이 복잡하고 어렵다는 것이다. 말의 주체가 되는 사람을 높이는 존경법, 말하는 사람과 듣는 사람의 관계에 따라 결정되는 공손법이 있고 어휘적으로 존댓말과 예사말이 나뉘어 있기도 하다. 하지만 우리답고 아름다운 전통이므로 예절에 맞게 쓰고자 하는 의식을 가지고 조금만 노력하면 어렵지 않게 익힐 수 있다.

존댓말 사용의 기본은 자기 쪽은 낮추고 상대 쪽은 높이는 것이다. 그런데 이런 기본은 아랑곳없이 존댓말을 뒤죽박죽 쓰는 광경이 자주 보여 참으로 민망하다. 남편의 친구가 남편 찾는 전화를 걸어 왔다. 아내가 전화를 받았다. "우리 사장님, 집에 안 계십니다." "우리 그이는 집에 없습니다." 어느 쪽이 바를까? 물론 후자가 바른 어법이다. 며느리가 시아버지께 하는 말이다. "아버님, 식사하세요." "아버님, 진지 드십시오(잡수십시오)." 후자가 바르다. 손자가 할아버지께 하는 말이다. "아버지가 편찮으십니다." "아버지가 아픕니다." 역시 후자가 바르다. 앞에 말한 기본을 잘 생각하면 남에게 거부감을 주지 않는 예절바른 언어생활을 할 수 있다.

요즘에는 호칭 또한 혼란스럽다. 가정에서, 사회에서, 방송에서 할 것 없이 젊은 아내가 자기 남편을 가리켜 '오빠'라고 부르는, 상피를 연상케 하는 끔찍한 장면을 자주 보게 된다. 결혼 전에는 오빠, 동생으로 사귀었다 해도 부부가 되면 당연히 그 호칭은 바뀌어야 한다. 오빠와 동생이 부부가 되는 그런 불륜의 호칭이 세상 어디서 용납될 수 있을까? 이런 대화를 거침없이 내보내는 방송국은 무거운 책임을 져야 할 것이다. 남편을 '우리 아빠', '우리 아저씨'라고 부르는 이들도 있다. 참으로 부끄러운 일이 아닐 수 없다. 천박하기 짝이 없다는 생각이 든다. 형수가 시동생을 보고 '삼촌'이라 부르는 경우도 더러 본다. 이것 역시 안 될 말이다. 곰곰이 생각해 보면 모두가 공감할 수 있는 일이다.

오늘날 세계화를 외치면서 그야말로 우리말이 외국어 속에 휩쓸리고 있다. 외국어 남용이 도를 넘고 있다. 현대사회에서 유창한 외국어 구사능력은 거의 필수라 할 만 하다. 그러나 엄연히 우리말이 있는데도 우리나라 사람을 상대로 하는 일상생활에서, 방송에서 외국어를 줄줄이 꿰고 사는 것이 자랑스러운 일은 아니다. 외국어를 입버릇처럼 혼용하는 것이 유식해 보인다는 어리석은 생각을 하는 이들이 있음도 본다. 방송 출연자들의 외국어 투성이 대화, 거리의 간판, 아파트 이름, 심지어 국책사업의 명칭에까지 그 뜻도 모를 외국어 앞에 난감해 하는 국민들의 심정도 좀 헤아리는 사회가 되었으면 한다.

바르게 말하기는 초등교육과정만 충실히 이수해도 누구나 쉽게 잘 할 수 있다. 말은 그 사람의 인격을 나타내어 준다. 아무리 화장을 잘 하고 값나가는 명품을 휘두르고 고급 외제차를 타고 다녀도 그의 입에서 우리 예절에 맞지 않는 존댓말, 인륜에 어긋나는 끔찍한 호칭, 무분별한 광고지처럼 나불대는 외국어, 저속한 비속어 등이 흘러나오는 순간 겉보기의 화려함은 여지없이 벗겨지고 무식하고 천박한 인상만 볼썽사납게 남게 될 것이다.

우리말을 빼앗겼던 일제강점기 그 암흑 속에서의 우리 조상들을 생각하면 외국어 숭상에 빠져 우리말을 홀대하는 것은 곧 매국이나 다름없다 해도 과언은 아닐 것이다. 우리말에는 유구한 배달 민족의 아름다운 혼이 살아 숨 쉬고 있다. 우리들의 진정한 양식과 올바른 양심으로 비록 처벌이 따르지 않는 힘없는 법이지만 〈한글 맞춤법, 표준어 규정, 표준 발음법〉에 어긋나지 않는 바른 국어 생활에 관심을 기울여야 한다. 모든 가정에서 어른들이 어린이들에게 아름다운 우리말 쓰는 모범을 보여야 대한민국의 미래를 환히 밝힐 수 있다.

대구신문 〈대구논단〉, 2010.

국경일엔 축제를

　우리들 일상의 자유롭고 안전한 생활은 어디서 연유하는 것일까? 그것은 두말할 나위 없이 부강한 국가에서 연유한다. 국가라는 울타리 안에서 우리들은 모든 생활을 보장 받는다. 국민을 잘살게 지켜주는 국가에는 온 국민이 한마음으로 경축해야 하는 날, 국경일이 있다.

　국경일은 국가에서 역사적으로 뜻 깊은 날을 기념하기 위하여 법률로 정한 경사스런 날이다. 우리나라 국경일은 공휴일로 정해져 있고 각종 기념식이나 행사를 하며 집집마다 태극기를 게양한다. 우리나라는 1949년 법률에 의해 삼일절, 제헌절, 광복절, 개천절을 4대 국경일로 공포하고 해마다 경축해 왔다. 2005년에 한글날이 국경일로 정해짐에 따라 5대 국경일이 되었다.

한글날은 기념일이면서 공휴일로 지켜오다가 공휴일에서 제외된 후 국경일이 되었고 제헌절은 2008년에 공휴일에서 제외되었다.

문제는 이 국경일이 우리 국민들에게 얼마나 기억되고 그 뜻을 새기는 날로 지켜지고 있는가 하는 것이다. 기껏해야 정부나 사회단체 주관으로 기념식을 하고 그것을 지상파 방송 한 곳쯤 중계하는 것으로 국경일을 보내는 것이 고작인 현실이다. 1980년대까지만 해도 초, 중, 고등학교에서는 방학 중이라도 학생들을 등교하게 하여 기념식을 하고 그날의 노래를 부르고 경축하는 교육을 알차게 하였다.

지금은 어떤가? 이런 교육이 소리 없이 사라지고 있다. 과연 대한민국의 각급 학교에서 미래의 주역들에게 국경일을 잊히게 하는 이들은 누구인가? 나라의 정통성, 정체성은 시대가 바뀌어도 변하지 않아야 한다. 우리 조상들의 피와 땀으로 지켜온 자유 대한민국의 정통성이 온전히 계승되어야 개인이나 기업도 유지 발전할 수 있다.

기원전 2333년(단군기원 원년) 단군이 처음 나라를 세우신 개천절, 서기 1446년 세종대왕이 훈민정음을 반포하신 한글날, 서기 1919년 항일 독립운동의 날 삼일절, 서기 1945년의 광복과 1948년의 대한민국 정부수립의 날 광복절, 서기 1948년 우리나라 최초의 헌법 제정일 제헌절 이들 국경일에 우리나라의 정체성이 모두 함축되어 있다.

언론사들도 국경일에는 특집을 꾸미거나 국민에게 홍보하는 내용의 보도를 강화해야 한다. 그리하여 학교에서의 올바른 의식교육과 언론의 여론선도로 잠자고 있는 국민들 가슴 속의 애국혼을 일깨워야 한다. 정부나 지자체에서는 국경일을 온 국민의 축제로, 애국애족 하는 마음에 불을 댕기는 날로 축하하고 즐기는 계기를 만들어 주어야 할 것이다.

요즘에는 아예 학교에서 가르치지도 않고 부르지도 않는 국경일 노래를 불러 보자. 그 가사 속에는 그날의 숭고한 뜻이 담겨 있다. 가사에서 배어나는 깊은 혼의 울림을 가슴으로 느껴 보자. 개천절 노래(정인보 작사 김성태 작곡) '우리가 물이라면 새암이 있고 / 우리가 나무라면 뿌리가 있다. / 이 나라 한아버님은 단군이시니 / 이 나라 한아버님은 단군이시니(2, 3절 생략)' 한글날 노래(최현배 작사 박태현 작곡) '강산도 빼어났다. 배달의 나라 / 긴 역사 오랜 전통 지녀온 겨레 / 거룩한 세종대왕 한글 퍼시니 / 새 세상 밝혀주는 해가 돋았네. / 한글은 우리 자랑 문화의 터전 / 이 글로 이 나라의 힘을 기르자.(2, 3절 생략)' 삼일절 노래(정인보 작사 박태현 작곡) '기미년 삼월 일일 정오 / 터지자 밀물 같은 대한민국 만세 / 태극기 곳곳마다 삼천만이 하나로 / 이 날은 우리의 의요 생명이요 교훈이다. / 한강물 다시 흐르고 백두산 높았다. / 선열하 이 나라를 보소서 / 동포야 이 날을 길이 빛내자.' 제헌절 노래(정인보 작사 박태준 작곡) '비 구름 바람 거느리고 인간을 도우셨다는 우리 옛적 / 삼백예순 남은 일이 하늘 뜻 그대로였다. / 삼천만 한결같이 지킬 언약 이루니 / 옛길에 새 걸음으로 발맞추리라. / 이 날은 대한민국 억만년의 터다. 대한민국 억만년의 터.' 광복절 노래(정인보 작사 윤용하 작곡) '흙 다시 만져보자. 바닷물도 춤을 춘다. / 기어이 보시려던 어룬님 벗님 어찌 하리. / 이 날이 사십년 뜨거운 피 엉긴 자취니 / 길이길이 지키세. 길이길이 지키세.(2절 생략)'

각자가 자기 가족의 축일을 챙기는 만큼 국경일을 챙겨, 집집마다 태극기 물결로 넘실거리고 축가로 흥겨운 대한민국이 되도록 함께 노력해야 할 것이다.

대구신문 〈대구논단〉, 2010.

과욕은 화를 부른다

소망은 바라는 바이고 욕심은 무엇을 지나치게 탐내거나 누리고 싶어 하는 마음이며 과욕은 지나친 욕심이다. 소망은 인간이면 누구나 갖는 소박하고 바람직한 바람으로 긍정적인데 욕심은 부정적인 면이 강하면서도 때로는 긍정적인 면도 있다. '책에 대한 욕심이 많다.' '예술에 대한 욕심이 많다.' 등이 그러하다. 하지만 과욕은 전적으로 부정적이다.

사람들은 모두 다 소망을 가지고 있다. 그리고 그것을 이루기 위해 최선의 노력을 다한다. 당초 가졌던 소망이 이루어졌다고 그것으로 끝나는 것은 아니다. 또 다른 소망이 새싹 돋듯 돋아나게 마련이다. 이것은 인간의 본능이다. 이리하여 사람들은 소망하고 애쓰고 안 되면 더 애쓰고 이루면 다음 소망에 기대를 건다.

그러나 그 소망의 정도가 욕심에 이르면 눈이 흐려진다. 눈이 흐려지면 한 개가 두 개로 보일 수도 있다. 그것은 화를 향해 미소 짓는 첫 몸짓이 된다. 한 걸음 더 나아가 과욕에 이르면 눈에 뵈는 게 없게 될 수도 있다. 결국 과욕은 자신을 파멸시키고 가족을 피눈물 나게 하고 자신과 연관된 사람들까지 수렁 속으로 떨어뜨리고 만다. 과욕은 분명히 화를 부른다. 과욕에 눈이 멀면 바로 앞에 다가와 있는 무서운 화가 눈에 보이지 않는다.

50대 모 주부가 회비 일만 원으로 하루 명승지 관광과 점심을 제공한다는 광고에 마음이 끌려 흥겨운 기분으로 참가했다. 한 곳을 관광한 후 모 제약공장이라는 곳에 들러 만병통치의 건강식품을 수십만 원어치 구입하고 또 한 곳을 구경한 후 모 농장에 들러 남편 건강에 그만이라는 녹용을 사게 했다. 집에 와 얘기를 들으니 선전과는 다른 제품으로 모두 효능이 떨어지거나 없는 것이었다. 결국 일만 원의 값싼 관광은 수십만 원의 비싼 화로 돌아오게 되었다. 전세버스 한 대에 40명이 탄다고 할 때 1인 1만 원이면 40만 원, 이 돈은 거리에 따라 다르겠지만 부대비용을 제외한 전세버스 하루 대여료밖에 안 된다. 거기에 점심까지 제공하는 이들은 무엇을 바라고 장사하는 것일까? 여기까지만 생각해도 이런 유혹에서 벗어날 수 있었을 텐데 과욕이 눈을 가린 탓이었다.

한 중년 직장인에게 친구가 찾아와 모처에 있는, 아직은 아무도 모르는 개발예정지구의 땅을 헐값에 살 수 있다며 투자를 권했다. 이 직장인은 개발이 되면 엄청난 이익을 얻을 것이란 친구의 말에 현혹되어 은행에 집을 담보하고 대출을 받아 신나게 투자했다. 그러나 그 결과는 친구의 감언이설에 놀아난 과욕의 화로 반 채의 집만 날리고 말았다. 아무리 친구라 해도 큰 이익이 따르는 사업이라면 자기가 투자할 일이지 남에게 그 큰 이익을 흔쾌히 넘겨줄 수 있겠는가. 조금만 생각해 봐도 비밀의 큰 이익에 눈이 멀지는 않았을 것이다. 결국 과욕으로 큰 화를 불러들인 꼴이 되고 말았다.

시장 큰 건물의 지하에 야단스런 장사가 펼쳐진다. 골목마다 전단지가 뿌려진다. '제품 구경하시고 선물 받아 가세요.' 휴지 한 통이라도 공짜라면 놓칠 수 없는 사람들, 특히 연세 드신 어르신들이 많이 모여든다. 매장 가득 모아 놓고 건강식품 선전에 거품을 문다. 그리고는 돌아가는 사람들에게 휴지 한 통씩을 선물한다. 며칠 동안 그렇게 계속하다가 돌연 반 강제로 제품을 사도록 하는 수법으로 어르신들의 건강을 담보로 비싼 제품을 떠맡기고 카드로 결재하게 한 후 흔적을 감추는 것이다. 이 역시 공짜 좋아하는, 과욕에 마음을 뺏긴 사람들을 홀려 쉽게 돈을 벌려는 사기꾼의 속임수에 화를 입은 것이다.

사기를 꾀하는 인간들은 그 소행으로 봐서 천벌을 받아 마땅하지만 사기를 당한 사람도 통렬하게 반성해야 한다. 보통의 많은 사람들은 자기가 당당히 노동한, 노력한 만큼의 정당한 대가를 받는다. 세상에는 절대로 공짜가 없다. 남이 10원 버는 일에 별 재주도 없는 내가 1,000원을 벌려고 한다면 이게 벌써 과욕이고 그 끝에는 감당 못할 화가 기다리고 있음을 명심해야 한다. 자신의 처지에 알맞은 소망을 위해 성실하고 정직하게 날마다 노력하는 이들에게는 사기라는 허상이 감히 다가서지 못한다.

대구신문 〈대구논단〉, 2010.

꽃보다 아름다운 책을 든 사람

　주위의 젊은 부부들로부터 자주 듣는 말이 있다. "우리 아이는
책과 담을 쌓았어요." "우리 아이는 왜 저리도 책을 읽지 않을
까?" "우리 아이에게 어떻게 하면 책에 흥미를 느끼게 할 수 있
을까요?" 학문에 왕도가 없듯이 책에 흥미를 느끼고 열심히 잘
읽게 하는 방법에도 왕도는 없다. 신문, 방송, 잡지 등에 수많은
사람들이 수많은 방법들을 알려주고 있지만 보약도 체질에 안
맞으면 약효가 떨어지듯 아이의 환경, 성격, 흥미 등에 따라 독
서지도 방법은 달라질 수밖에 없다. "무엇이거나 좋으니 책을
사라. 사서 방에 쌓아두면 독서 분위기가 조성된다. 외면적이지
만 이것이 중요하다." 영국 소설가 E.A 베네트의 말이다. 이는
책에 흥미를 느낄 수 있게 하는 환경조성의 중요함을 일깨워 준

다. 맹모삼천지교를 새삼 말하지 않아도 어릴 때부터 독서환경 속에서 자라면 자연스럽게 책과 친해질 수 있을 것이다. 우리 속 담으로 한술 더 뜨면 '세살 버릇 여든까지 간다'가 더욱 가슴에 와 닿을 것이다. 방마다 책이 쌓여 있고 시간만 나면 아버지도 어머니도 신문, 잡지, 단행본 등을 들고 앉는 집 아이들은 저절 로 책을 가지고 놀게 되고 나아가 책과 친하게 된다. 본을 보이 는 것, 이것은 가르치는 것 보다 월등히 낫다.

책은 영원한 친구이다. 독일 작가 P 에른스트는 이렇게 말하 고 있다. "좋은 책은 항상 어디서든지 우리에게 무엇인가 제공 하면서 그러나 자신은 어떠한 것도 우리로부터 요구하지는 않 으며 우리가 듣고 싶어 할 때 말해 주고 피로를 느낄 때 침묵을 지키며 몇 달이나 우리가 오기를 참을성 있게 기다리며, 설사 우 리가 하다 못해서 다시 그것을 손에 들더라도 결코 감정을 상하 는 일을 하지 않고, 최초의 그 말과 같이 친절히 말해 준다." 세 상에서 이런 친구가 몇 사람이나 있을까? 자신의 주위를 돌아보 면 아마도 이런 친구 찾기는 어렵지 않을까 생각된다. 하지만 책 은 변덕 없는 영원한 친구가 될 수 있다.

책은 참스승이다. 편견도 편애도 꾸중도 없는 정말로 훌륭한 스승이다. 제도권 안의 교육 시설에서 배우는 것은 공부하는 방 법일 것이다. 그 방법이 단순하지 않아서 초, 중, 고, 대학까지 배운다. 여기서 배운 공부하는 방법으로 진짜 올바르게 자신을 위해 해야 하는 공부는 책과의 씨름이다.

프랑스의 유명한 곤충학자 파브르가 본격적으로 곤충학에 관심을 갖게 된 것은 그 시대 곤충학자였던 뒤프르가 쓴 책의 영향이었음을 우리는 다 알고 있다. 프랑스의 시인이자 문학 비평가인 G바슐라르는 이렇게 말했다. "책은 꿈꾸는 것을 가르쳐주는 진짜 선생님이다." 이는 책이 실현시키고자 하는 바람이나 이상(꿈)의 길을 가르쳐주는 선생님이란 뜻이겠다.

책은 과학소설의 아버지로 불리는 영국 소설가 허버트 조지 웰스의 소설〈타임머신〉이라 할 수 있다. 과거, 미래의 환경, 인물, 사건을 두루 만나 볼 수 있기 때문이다. 토마스 바트린은 "책이 없다면 신도 침묵을 지키고 정의는 잠자며 자연과학은 정지되고 철학도 문학도 말이 없을 것이다."라고 말했다. 인류가 먼 조상으로부터 물려받아 발전시킨 문명, 문화의 원동력은 책이었음을 일러 준다.

책은 우리에게 상상력, 논리력, 창의력, 비판력, 이해력, 판단력 등 많은 분야의 힘을 길러준다. 좋은 책을 골고루 많이 읽으면 마치 옛날 할머니가 콩나물시루에 검은 보자기를 씌우고 하루에 한두 차례 물을 주면 금방 물은 다 흘러버리지만 콩나물은 용하게도 잘 자라듯 책의 내용은 다 기억 못하더라도 위에 말한 능력들은 모르는 사이 쑥쑥 자란다. 요즘 사람들은 시간이 없다고 한다. "변명 중에서도 가장 어리석은 변명은 '시간이 없어서'

라는 변명이다."라는 에디슨의 말을 음미해 볼 일이다. 시간이 없는 게 아니고 마음이 없는 것이다.

언제 어디서든지 잠시의 짬에도 몇 줄의 글을 읽는 것은 자신의 영혼을 살찌우는 일이다. 책을 읽는 모습은 참으로 아름답다. 꽃보다 아름답다. 책 속의 영원한 친구를, 참스승을 찾아 오늘도 우리는 길을 나서야 한다. 우리에게 주어진 이 지구에의 소풍 기간을 보람 있게 보내기 위한 존엄한 노력이 될 것이다.

대구신문 〈대구논단〉. 2010.

한국적 민주주의와 한글

우리가 심고 가꾸어 온 우리 민족의 빛나는 전통을 지켜나가는 것이 대한민국을 지켜나가는 길이다. 오늘날 다문화 사회가 되어가는 우리나라지만 끝없이 밀려오는 해외문화는 우리 전통문화 속에 융화시켜야 하고 한국 국적을 취득한 외국인들은 우리 말글과 전통을 익혀 우리와 하나가 되어야 한다. 그렇다고 결코 배타적이거나 수구 민족주의를 고집하는 것은 아니다.

1970년대 박정희 대통령은 '한국적 민주주의'를 제창했다. 당시 많은 사람들은 장기집권을 위한 궤변이라며 반발했다. 하지만 필자는 그때나 지금이나 박 대통령의 저의가 어디에 있었건 한국적 민주주의는 꼭 필요하다고 믿었고 지금도 굳게 믿고 있다. 열대지방에서 고무 즙을 채취할 정도로 큰 고무나무가 우리나라에 오면 화분에 심어져 관상수가 된다. 인간이 만든 제도도 그 제도가 만들어져 자란 풍토에 따라 다르게 발전한다. 수백 년 된 서구의 민주주의가 반만 년의 왕정에 젖은 우리 풍토에 여과, 수정 없이 그대로 이식되었을 때 생기는 부작용을 지금 우리가 뼈아프게 겪고 있지 않은가? 울타리도 법도 안중에 없는 자유, 무조건 누구나 똑같아야 한다는 평등, 소수의 폭력 앞에 무릎 꿇는 민주의 다수결 원칙 등등 우리의 전통에 바탕을 둔 그리고 우리 정서와 능력에 알맞은 민주주의로 받아들여야 했었다는 반성이 이는 것은 바로 이 때문이다. 앞으로도 외국문화를 받아 들일 때는 진정 우리 전통문화의 바탕 위에 재창조되어야 할 것 이다.

사실은 한글도 564년 전 이미 세종대왕의 만백성을 위하는 한 국적 민주주의 정신 안에서 태어났다. 현대 정보화 사회에서의 모바일 기기 사용은 거의 필수다. 모바일 기기에 입력되는 문자 중 한글이 가장 우수하다고 한다. 그것은 오로지 한국의 전자산 업이 세계의 일류로 성장했고 한글의 낱자가 가장 과학적으로 만들어졌기 때문이다.

그런데 요즘 느닷없이 한글공정이 중국에 의해 계획, 추진되 고 있다는 보도가 있었다. 중국의 한글공정이란 중국이 휴대전 화와 태블릿 PC 등 휴대용 기기의 '조선어 표준 입력'을 만들겠 다는 계획이다. 만약 중국이 이것을 만들어 국제표준화기구

(ISO)에 상정, 인증되면 준 의무규정으로 지켜져야 하기 때문에 우리가 한글을 입력할 때 이러한 표준규격에 따라야 하는 굴욕을 당하게 되는 것이다. 우리 정부에서는 이미 작년부터 준비하고 있다고 한다. 우리의 자랑인 한글까지 남에게 이용당할까 걱정해야 하는 시대에 우리는 살고 있다. 이런 상황에 우리나라 언어사회는 어떤가? 욕설과 비속어가 흘러넘치고 거리마다 외국어 간판, 방송순서도 외국어, 젊은 가수들의 이름도 가사도 온통 외국어, 아파트 이름도 뜻 모를 외국어로 도배되어 가고 있다.

한글을 갈고 닦아 빛내어야 할 의무는 우리에게 있다. 우리에게는 오랜 역사를 가진 겨레 고유의 시, 시조가 있다. 시조를 통하여 아름다운 민족정서를 함양하고 이를 표현하는 향기 나는 언어를 다듬어야 한다.

하지만 다른 전통문화 분야는 모두 각급 학교 교과서에 실려 교육되고 있는데 시조는 그렇지 못하여 아쉬움이 크다. 앞으로 온 국민이 시조를 짓고 읊을 수 있도록 국어 교육과정에 별도로 포함시켜야 할 것이다. 아직도 시조창은 있다. 여기 말하는 시조는 시 장르 중 정형시인 현대시조를 말한다.

아흔이 넘은 국보급 백수白水 정완영 시조시인의 두 수로 된 시조 한 편에서 우리의 포근한 정서와 살갑게 살려 쓰고 있는 언어의 묘미를 느껴 보자.

내가 사는 초초시암*

감나무가 일곱 그루
글썽글썽 여린 속잎이
청이 속눈물이라면
햇살은
공양미 삼백 석
지천으로 쏟아진다.

옷고름 풀어 논 강물
열두 대문 열고 선 산
세월은 뺑덕 어미라
날 속이고 달아나고
심봉사
지팡이 더듬듯
더듬더듬 봄이 또 온다.
　　　- 〈시암의 봄〉 전문

　노시인의 시골 봄맞이 심정이 심청전에 비유, 형상화 되고 있음은 우리 것을 지키고자 애쓰는 든든한 정열적 지혜이고 한글을 빛내는 길이다.

대구신문 〈대구논단〉. 2010.

* 초초시암(艸艸詩菴) : 검소하게 지은, 시인이 거처하는 집을 낮춰 일컬음

'사랑의 열매'에도 해충이

    1998년 사회복지공동모금법 제정에 따라 설립된 우리나라 유일의 법정 전문모금기관인 사회복지공동모금회에 허위문서 작성에 의한 공금유용, 친인척 거래, 성금분실 및 장부조작, 영수증을 허위작성하고 유흥비에 법인카드 사용 등등 각종 비리, 부정행위가 있었음이 국회 보건복지위원회 이애주 의원에게 제출한 자료에서 확인되었다.

    이 보도를 보고 들은 국민들은 놀라움을 금치 못했다. 그 하나는 이런 전문모금기관이 있었는지를 몰랐다는 놀라움이었다. 가두모금, 시군지회모금, 이웃돕기모금, 생방송모금, 언론창구모금, 배분 받은 복권수익금 등등의 다양한 방법으로 다양하게 모은 성금들이 모두 이곳으로 모아지는 줄을 아는 국민이 몇이나 될까? 놀라움의 다른 하나는 이 사실을 아는 순간, 동시에 성금을 관리하는 이들의 배신행위가 국민들의 가슴을 무너지게 한 것이다. 정성 깃든 귀한 성금의 손길을 다루는 기관의 직원들은 천사는 아니어도 양심적이고 투명성 높은 사람들일 것이라는 기대를 한 순간에 무너뜨린 것이다.

나라마다 어렵게 사는 사람은 있기 마련이다. 인간은 누구나 잘 살기를 원하고 국가는 국민이 잘 살 수 있게 하려고 노력하지만 그 틈틈이 뜻하지 않는 사고, 천재지변, 희귀병 등으로 목숨을 잃거나 장애를 입거나, 재산을 잃는 경우가 허다한 현대이다. 이들을 위해 우리들은, 함께 살아가야 할 우리들은 십시일반으로 이웃돕기성금을 낸다. 이웃을 배려하는 마음이 참으로 아름다움을 새삼 느끼게 된다.

법정기관인 사회복지공동모금회 외에도 대한적십자사의 회비, 대한결핵협회의 크리스마스 씰 판매, 구세군의 자선냄비 그리고 각 임의단체의 이웃돕기 성금, 수재민돕기 성금, 결식아동돕기 성금 등등이 있고 요즘에는 국제적으로도 성금을 모으고 있다. 국제연합아동기금(유니세프) 성금, 아이티 지진피해 돕기 성금, 아프리카 난민구호성금 등이 그것이다. 60여 년 전 전쟁으로 폐허가 된 우리나라는 잘 사는 나라들로부터 오는 성금(해외 원조)으로 연명한 적도 있었음을 우리들은 기억해야 한다.

문제는 국민들이 그 많은 종류의 성금 모금처가 정확히 어딘지를 모르고 있다는 것이다. 누가(단체) 중심이 되어 언제까지 모아서 어떤 기준으로 누구(단체)에게 얼마나 도움을 줬는지를 모르고 국민들은 성금을 내기만 하고 있다는 말이다. 여기에 비리와 부정이 끼어들게 되는 것이다.

사회복지공동모금회는 "사랑의 열매를 나눔의 상징으로 하고 있으며 공동모금을 통해 아동, 청소년, 장애인, 노인, 여성, 가족, 지역사회 등 도움이 필요한 곳을 지원하여 행복 공동체를 만들어가는 전문모금 및 배분기관입니다."라고 소개하고 있다. 개개인이 서로 배려하고 돕기는 하되 하나로 크게 모아 많은 곳으로 도움의 손길을 일관성 있게 줄 수 있는 통합된 기구로 지금까지 힘써 온 걸로 안다.

국민들은 자신이 낸 얼마 안 되는 성금이지만 그렇게 모여진 성금이 얼마나 되며 어떤 기준으로 누구에게 얼마큼의 도움을 줬는지 알고 싶어 한다. 사회복지공동모금법 제24조(배분 결과의 공고 등) ②항에는 '모금회는 제①항(배분 끝난 후 3개월 이내 1개 이상의 일간신문에 공고)의 규정에 의한 공고 외에 다양한 방법과 매체를 통하여 그 배분결과를 알려야 한다.' 라고 되어 있다. 그러나 지금까지 다양한 방법이나 매체를 통하여 그 배분결과를 듣거나 본 국민이 얼마나 되는지 의문이다.

공동모금회의 모금 수입을 보면 2007 ~ 2009년 3년간 약 8695억 5580만 원으로 거의 1조 원에 육박하고 있다. 국민들은 당연히 그 모금액의 배분기준과 배분결과가 궁금할 것이다. 이를 법대로 다양한 방법과 매체를 통하여 상세히 알려줌으로써 국민들의 궁금증을 해소하고 보람도 느끼게 하며 홍보효과도 함께 얻도록 해야 한다.

국민들은 분노하고 있다. 철석같은 신뢰에 뒤통수를 친 배신이 국민들을 분노하게 하고 있다. 감독관청인 보건복지가족부 장관은 복수의 공동모금기구 설립을 검토하고 시민감시기구를 설치하겠다고 한다. 수십 년 동안 무수한 성금이 여러 가지 방법으로 모아졌지만 거의 모두 그 결과는 감감 무소식이었다. 차제에 각 임의단체가 수도 없이 모으는 성금도 모금액과 배분기준, 배분결과를 공개하도록 해야 한다. 그렇게 해야 '사랑의 열매'나 그 밖의 성금에 해충이 꾀지 못하게 될 것이다.

대구신문 〈대구논단〉. 2010.

사람이라면 부끄러움을 알아야

　사람은 스스로 만물의 영장이라 한다. 그렇다면 지구상의 만물 중 사람이 스스로 영장이라 여기고 있는 까닭은 무엇일까? 원초적으로 만물 중에서 두 발로 서서 걷고 불을 사용할 줄 아는 것은 사람뿐이고 더 높은 차원으로 보면 언어사용, 사회생활 등은 사람만이 하고 있기 때문일 것이다. 곤충, 어류, 조류 등에도 집단생활을 하는 종류가 있지만 사람의 사회생활과는 다르므로 군집생활이라 한다. 그 밖에도 사람은 도구를 사용한다, 예의를 안다 등의 특징도 가지고 있다.

　그러나 필자는 사람만이 부끄러움을 안다는 사실을 강조하고 싶다. 역으로 말하면 대단히 미안한 말이 되겠지만 부끄러움을 모르면 사람이 아니라는 뜻이 된다. 심하다면 좀 더 부드럽게 부끄러움을 모르면 사람답지 못하다고 할 수 있겠다. 그렇다면 무엇이 사람답고 무엇이 사람답지 못할까? 인간 사회는 모두가 다 같이 살기 좋은 사회를 유지해 나가기 위해 약속, 규칙, 규약, 법률 등으로 개인의 무한 자유 중 일부를 통제할 수 있도록 해 두고 있다. 살아가면서 자기가 속한 사회의 유지발전을 위해 자기 자유 일부 통제를 잘 지키고 협조하는 사람을 통상 우리는 사람답다고 말한다. 반면 약속, 규칙, 규약, 법률 등을 아예 무시하거나 알아도 모른 체하는 사람, 자주 어기는 사람, 그러면서도 부끄러운 줄 모르는 사람을 우리는 사람답지 못하다고 한다.

초등 4학년 아들과 어머니가 횡단보도 앞에 섰다. 신호등은 빨간 불, 오고 가는 차는 없다. 좌우를 살피던 어머니가 아들의 팔을 잡아끌고 횡단보도에 들어섰다. 아들이 짜증 섞인 목소리로 말했다. "엄마, 빨간 불이잖아요." "야, 바쁘다. 차도 안 오는데 가면 되지." 초등 4학년 학생은 결국 사람답지 못한(?) 어머니 때문에 양심에 죄를 짓고 말았다.

어느 중학교 교문 앞, 막 하교하는 학생들로 길이 비좁다. 한 학생이 주머니에서 과자를 꺼내더니 겉포장을 뜯어 예사롭게 길거리에 버리고 과자는 입으로 가져갔다. 이런 사람들이 생각보다 훨씬 많다는 사실이 우리를 당혹하게 만든다. 승용차를 타고 가면서 창밖으로 쓰레기를 함부로 버린다든지 종량제 봉투를 아끼려고 검은 비닐봉지에 쓰레기를 넣어 몰래 갖다 버리는 등 사소할 것 같지만 이런 약속을 버젓이 어기는 사람들도 모두 사람답지 못하다.

좀 더 눈을 크게 떠 보자. 비자금을 조성해서 정관계에 로비를 했다는 혐의로 구속되어 가는 모 기업의 대표는 기자들의 질문에 이렇게 대답한다. "그런 일 절대로 없다." 하지만 얼마 있지 않아 재판이 열리고 선고 결과는 유죄였다. 그의 말은 모두 거짓이었다. 공직자, 기업인 등 어떤이도 묶여 들어가면서 "잘못했습니다. 벌을 달게 받겠습니다." 자기 잘못을 처음부터 시인하고 반성하는 표정을 짓는 사람을 본 적이 별로 없다.

국민의 대표기관인 국회가 정부의 새해 예산안을 심의 의결해야 하는 법정시한을 수년간 지키지 못한 걸로 알고 있다. 어떤 이유에서건 입법기관이 스스로 만든 법을 밥 먹듯 어기는 것은 국민을 기만하는, 정말로 사람답지 못한 행위임을 깊이 깨달아야 한다. 자라나는 앞날의 주인인 유소아 청소년들의 빛나는 까만 눈동자가 똑똑히 보고 있음을 두려워해야 한다.

부끄러운 일을 하고도 그것이 부끄러운 줄 모르는, 혹은 알아도 아예 모르는 척하는 사람들은 왜 그럴까? 어릴 때부터의 교육이 잘못되었거나 가정이나 사회 지도층의 부끄러움에 무감각한 모습을 다반사로 보고 자랐기 때문일 것이다. 새마을 운동처럼 국민의식개혁 운동이라도 벌여 우리 국민들의 예절, 공중도덕, 준법의식을 바르게 새기는 계기를 만들고 꾸준히 실천해 부끄러움을 모르는 사람들이 없는 우리 사회가 되게 했으면 하는 바람을 가져 본다.

'사는 것이 문제가 아니고 바로 사는 것이 중요한 문제다.' 라는 소크라테스의 말을 뇌어 본다. 가족, 사회, 국가, 인류의 한 구성원으로서 내가 속한 사회에 해를 끼치며 사는 것이 바로 부끄러운 것이다. 누구에게도 해를 끼치지 않으며 부끄럽지 않는, 사람다운 사람으로 살기 위해 우리는 날마다 뒤돌아 반성하며 새로운 각오로 삶에 임해야 할 것이다. 적어도 사람이라면 부끄움은 알아야 한다.

대구신문 〈대구논단〉. 2010.

오른손이 한 일을 왼손이 모르게

성경은 오른손이 한 일을 왼손이 모르게 하라고 가르치고 있다. 남을 돕는 아름다운 선행을 왜 남모르게 하라고 하는지 그 까닭을 생각해 보는 연말이 되었으면 한다. 정신적으로나 물질적으로 남을 위해 베푸는 일은 세상 그 무엇보다 귀하다. 빛이 강렬할수록 그늘은 짙어진다는 말대로 사회가 발전하여 대부분이 풍요롭게 사는 시대일수록 구석진 곳에 소외되고 가난과 질병에 시달리는 이들이 많다는 것을 우리는 기억해야 한다. 옛날에는 '가난은 나라도 못 구한다' 라고 아예 체념하고 버려두었던 시대도 있었다. 하지만 지금은 국가는 국가대로 사회복지제도 확충에 온 힘을 쏟고 있고 국민들은 스스로 자기 형편에 맞게 성금을 내거나 봉사활동으로 어려운 이들을 돕고 있다.

남에게 도움을 주는 사람은 도움 받는 사람의 입장을 역지사
지해서 그들의 자존심에 상처 주는 언행을 각별히 삼가야 한다.
남을 돕는다는 우쭐한 생각으로 상대방을 배려하는 마음을 잊
어서는 결코 안 될 것이다.

　학교급식이 유상으로 처음 실시되던 당시 초등학교 6학년 교
실, 담임선생님이 말한다. "철수야, 너는 급식비 면제다. 안 내도
된다." 순간 철수는 고개를 푹 숙이고 말았다. 선생님은 형편 어
려운 철수를 생각해서 급식비가 면제되도록 힘을 썼다는 뜻이
었지만 교실 안 50명의 친구들 앞에 철수는 돈이 없어 급식비를
면제 받는다고 광고한 꼴이 되었다. 가뜩이나 급식비를 못 내어
주눅든 철수에겐 마음에 큰 상처로 남게 되었을 것이다.

　수학여행이나 체험학습 때 경비 때문에 불참하게 되는 학생들
을 함께 참가시키기 위해 담임선생님들은 여러 방면으로 노력
한다. 그러나 자칫 그 사실을 학급 학생들 앞에서 공개적으로 알
리게 되면 도움 받는 당사자는 마음에 큰 상처를 받게 된다. 아
무도 모르게 만나 살짝 귀띔해주는 배려가 있어야 고마운 도움
이 되는 것이다. 허리 굽은 팔순의 할머니가 날마다 골목을 다니
며 빈 상자나 폐지 모으는 것을 본 젊은 새댁이 다른 집 것도 함
께 모아 두었다가 공손히 그 노인의 리어카에 얹어주는 것을 보
았다. 그 이유를 물었더니 현금을 조금씩 드리고 싶지만 그 분이
무안해 하실까 봐 이렇게 돕고 있다고 말했다. 사려 깊은 새댁이

그지없이 아름다워 보였다.

각 직장이나 단체마다 연말이 되면 성금을 모으거나 생필품을 모아 고아원이나 양로원 등을 방문 한다. 그리고 봉사활동도 한다. 참으로 가슴 훈훈한 일이 아닐 수 없다. 방문자들 중 더러는 도착하자마자 가지고 온 물품들을 쌓아놓고 도움 받는 사람들, 도움 주는 사람들이 함께 기념촬영을 한다. 사진 한 장이 남 보기에 이웃돕기 실적이 되기 때문이겠지만 도움 받는 사람들에게는 정말로 싫은 일이다. 심지어 어느 곳에서는 "사진 그만 찍어라." "비디오 촬영 하지 말라." 등의 거센 반발도 있었다고 전한다. "오른손이 한 일을 왼손이 모르게 하라."는 참뜻을 새삼 깨달아야 한다.

연말 신문지상에는 성금을 낸 이들의 사진과 이름, 금액이 공개되기도 한다. 선행을 널리 알리고 많은 이들의 참여를 이끌어내기 위한 방법인 줄은 안다. 하지만 그것도 많은 돈을 낸 사람은 큰 글자, 큰 사진, 적은 돈을 낸 사람은 사진 없이 금액만 작은 글자로 알려주는 것이 그리 기분 좋은 일은 아니다. 가끔은 익명으로 낸 사람도 있어 다행이라는 생각을 한다.

얼마 전 TV에 아프리카 못 사는 나라 어느 시골에 탤런트와 방송인들이 국민들이 모은 성금으로 지하수를 퍼 올리고 수도시설을 고쳐주고 교실을 지어주는 프로그램이 있었다. 거기에 비친 난민들의 생활은 짐승 수준이라 해도 과언이 아니었다. 우리나라가 그들을 도울 수 있다는 사실은 가슴 뿌듯한 일이다. 그런데 그들을 만나 도움을 주려는 사람들이 반은 장난, 반은 코미디로 저들끼리 놀고 있는 모습을 방영하여 보는 이들의 눈살을 찌푸리게 하였다. 분위기에 맞게 말씨나 행동, 표정관리를 진지하게 해야 했다는 아쉬움을 남겼다.

문제는 기부, 성금의 많고 적음보다 어려운 사람들을 진심으로 걱정하고 배려하는 마음이 있어야 한다는 것이다. '오른손이 한 일을 왼손이 모르게 하라.'는 성경 말씀이 간절히 요구되는 요즘이다. 도움 받는 사람의 답답하고 난감한 심중을 십분 헤아려 그들의 자존심을 존중하고 그들이 간신히 버티고 있는 허한 의지에 반하는 언행도 삼가는 신중함을 지닌 '도움 주는 사람'이어야 할 것이다.

대구신문 〈대구논단〉. 2010.

도로 위 유류 낭비를 줄이려면

우리나라는 석유자원이 없어 해마다 막대한 양의 원유를 수입하고 있다. 수입, 정유된 유류의 상당 부분이 도로 위에서 낭비되고 있다. 등록 차량이 1,700여만 대를 넘고 있으며 이 중 가스 차량 500여만 대를 빼면 유류 차량은 1,200여만 대다. 이 가운데 하루에 $\frac{1}{3}$이 운행된다면 400여만 대가 움직인다고 예상할 수 있다. 차량 1대가 하루에 기름 50cc를 낭비한다고 치면 200kl, 한 달에 20일 운행하면 4,000kl, 1년이면 48,000kl다. 이를 유류 평균 가격인 리터당 1,500원으로 계산하면 720억 원이나 된다. 운행 차량 1대의 하루 소주 1잔 정도(약 50cc) 기름 낭비가 400만 대, 1년이면 700여억 원을 연기로 날려 보내게 되는 것이다. 많은 차량 운전자들의 의식이 조금만 바뀌고 교통시설을 조금만

면밀히 살펴 개선해도 상당한 유류의 낭비를 막을 수 있다.

20년 전 미국에 갔을 때 봤던 광경이 떠오른다. 전세버스가 손님을 태우고 T자형 지선도로에서 큰 도로로 진입, 우회전하려고 멈춰 섰다. 머리 허연 노인 기사가 목을 쭉 빼고 왼쪽을 살피고 있었다. 6 ~ 7초 기다리니 왼쪽에서 버스 1대가 쏜살같이 지나갔다. 그제야 기사는 천천히 우회전해서 큰 도로로 진입했다. 그런 광경이 나에게는 매우 신기하게 다가왔다. 안내원에게 그 이유를 물었다. "이 차는 이미 정차한 상태인데 큰 도로를 주행하는 차가 이 차 진입으로 브레이크를 밟으면 그만큼 기름이 낭비되거든요."

이렇게 차량연료 낭비를 예측하고 국가 전체의 이익을 배려하는 미국 운전자들의 모습이 존경스러웠다. 우리나라 운전자들의 의식과는 딴판임을 알았다. 먼저 가려고, 끼어들려고, 과속을 하다가 습관적으로 그것도 자주 브레이크를 밟는 것을 보는 것은 이상할 것이 없는 우리의 현실이다. 대도시에는 출퇴근 시간마다 상습 정체구간이 많다. 거의 일정한 시간에 일어나는 교통전쟁이다. 바쁠수록 돌아가라는 말과 같이 꼬리물기를 하지 않으면 쉽게 풀리게 되는데 모두가 조급하니 그게 안 되는 것이다. 거의 매일 이런 곳에서 낭비되는 기름도 만만치 않다. 교통경찰이 현장에 나가 지도하면 나을 것이지만 사정은 그렇지 못하다.

역시 20년 전 미국 나이아가라 시에서 있었던 일이 생각난다.

그리 크지 않은 한적한 도시, 교포가 운영하는 호텔에 여장을 풀고 거리를 산책할 때였다. 왕복 2차선 도로에는 차들이 오가고 있었다. 횡단보도에 서서 푸른 신호가 되기를 기다렸다. 5분이 지나도 빨간 신호는 바뀌지 않았다. 주변에는 사람도 없었다. 신호등이 있는 기둥에 눈이 갔다. 거기에는 버튼이 있었다. 'push' 라고 적혀 있었다. '아하, 이거였구나.' 버튼을 눌렀다. 2 ~ 3초 후 신호등은 바뀌었다. 우리나라에는 없는 보행자 신호등이 이미 미국에는 있었던 것이다. 20년이 지난 지금에야 더러 외곽 몇 곳에 선을 보이고 있다. 큰 도시 외곽에는 넓은 도로가 많다. 횡단보도도 많다. 하루 종일 있어도 몇 사람 지나가지 않는 횡단보도에 수많은 차들이 기름을 태우며 신호를 기다리고 있는 것을 볼 수 있다. 왜 우리나라는 이런 시설을 재빠르게 도입하지 못할까?

8년 전 중국 산동성 청도 시에 갔을 때 본 모습이다. 지금도 그렇지만 그때만 해도 모든 시설이 우리나라보다 낙후되어 있었다. 그런데 넓은 도로의 차량 신호등은 그렇지 않았다. 푸른 신호가 오면서 동시에 시각이 나타났다. 30, 29, 28, … 2, 1, 0 빨간불이 왔다. 신기했다. 운전자들이 네거리에서 주행할까, 정지해야 할까를 결정하는데 시간적 여유를 줘 사고를 예방할 수 있고 신호위반도 줄일 수 있는 참 좋은 시설이라고 생각되었다. 당시 우리나라에는 그런 시설을 볼 수 없었다. 그 후 우리나라에도 시각 표시 신호등이 생겼지만 아직도 차량 신호등에는 보이지 않고 있다.

도로 위에서 연기로 사라지는 낭비 유류가 개인으로 봐서는 하루 소주 한 잔 정도이지만 수백만 대의 차량이 움직이는 우리나라 전체로 보면 엄청난 양이 된다. 운전자는 나라 전체를 생각하는 넓은 안목으로 유류 낭비 운전을 자제하고 국가나 지자체에서는 날로 발전하는 신기술로 차량 소통이 원활하게 되는 교통시설과 신호체계를 신속하게 제공해야 아까운 유류 낭비를 줄일 수 있을 것이다.

대구신문 〈대구논단〉. 2010.

국어 살리기 운동을

19세기 프랑스의 시인이자 소설가인 알퐁스 도테는 그의 단편집《월요 이야기》중〈마지막 수업〉에서 아멜 선생의 입을 빌려 이렇게 말하고 있다. "한 민족이 노예로 전락해도 자기네들의 언어만 잊지 않으면 감옥의 열쇠를 쥐고 있는 것과 마찬가지다."

〈마지막 수업〉은 보·불 전쟁에서 패배한 프랑스가 그의 땅 알자스와 로렌 지방을 프로이센(지금의 독일)에게 배상하게 됨으로써 그 지방에 살던 프랑스인들은 졸지에 프로이센 사람이 되어야 했고 따라서 프랑스 언어를 버리고 프로이센 언어를 사용해야 했던 참상을 감동적으로 그려 낸 단편이다.

우리 민족도 이와 흡사한 황당함을 그로부터 40년 후에 겪어야 했다. 그리고 일제 말기 우리는 급기야 소름끼치는 국어말살

정책으로 국어사용을 금지 당했고 성과 이름까지 일본식으로 고쳐야 하는 수모를 감수해야 했다. 그러나 우리는 조선어학회 한글학자들의 목숨 건 노력과 우리 민족의 굳건한 정신력으로 우리 말글을 끝까지 지켰으며 그로인해 우리는 우리가 간직한 감옥의 열쇠로 노예의 사슬을 풀 수 있게 되었다. 물론 정치적, 군사적, 외교적으로 애국지사들의 피나는 광복운동 덕이긴 했지만 눈에 보이지 않는 끈은 역시 우리 겨레의 꺼지지 않는 혼, 그것이 살아 숨 쉬는 말글 지키기였다.

요즘 와서 우리는 우리 국어가 과연 어떤 대접을 받고 있는지 새삼 돌아봐야 할 처지에 이르지 않았나 하는 생각을 하게 된다. 한마디로 지금 우리 국어는 중증 열병에 시달리고 있다. 반만년 역사 속을 살아 숨 쉬며 민족혼을 꿰뚫어 온 우리 언어가 혼돈 속에 헤매고 있고 그에 따라 우리의 정신문화도 갈피를 못 잡고 있다. 답답한 교육현장에서는 인성교육을 고래고래 떠들고 있지만 그 근본이 되는, 사고와 행동의 바탕이 되는 올바른 언어교육 없이는 불가능하다.

세계화 시대에 외국어교육이 필요함은 두말할 필요가 없다. 그러나 모국어를 팽개치고 외국어에만 결사적으로 매달리는 우를 범해서는 결코 안 된다. 영어 조기교육의 광풍은 우리 언어도 제대로 못 익힌 어린이들을 어학연수란 이름으로 수없이 해외로 밀어내고 우리말을 겨우 배우기 시작하는 유아들을 영어 학원으로 내모는가 하면 심지어는 엽기적이라 할 유창한 영어 발음을 위해 혀 수술까지 등장한다는 소문이 도는 현실은 뜻있는 이들의 가슴을 서늘하게 하고 있다.

대중매체의 으뜸이라 할 방송 또한 우리 말글 천대에 한 몫을 하고 있다. 아나운서나 리포터들의 부정확한 발음, 밥 먹 듯 보여주는 자막의 틀린 글자, 코미디언들의 국어 외국어 잡탕말 만들어 쓰기, 방송순서나 제목들의 외국어투성이 등등 모국어에 대한 무관심이 극치를 보이고 있다. 이러고도 우리의 얼을 빛내고 학생들의 인성이 올바르게 자라나기를 바란다면 그야말로 쓰레기통에서 장미꽃이 피기를 기다리는 것과 무엇이 다르겠는가?

거리의 간판, 안내판, 광고, 상표 등도 마찬가지다. 뜻도 모를 외국어가 판을 치고 있다. 대도시 거리를 지나다 보면 외국 거리가 아닌지 착각할 때도 있다. 이젠 그것도 모자라 인터넷이 우리 국어를 난장판으로 만들고 있다. 이런 환경 속에서 자라나는 우리 학생들에게 국어사랑 하는 마음을 기대할 수 있을까?

요즘은 캠페인도 많다. 말 많은 집 장맛도 쓴 것처럼 별별 운동이 수도 없이 생겨나 유행처럼 휘돌다가 바람처럼 사라지고 있다. 그 많은 운동 중에 아직 국어사랑 운동이나 국어 살리기 운동은 본 적이 없다. 그만큼 우리 문화의 바탕인 국어교육에 관심이 없었다는 말이 된다. 우리의 지도층들이 그 잘난 정치나 권력, 자리에만 눈을 파는 사이 우리 모두가 바탕문화실조에 걸린 것이 아닌가 걱정스럽다.

늦었다고 생각할 때가 빠른 때라는 말이 있듯이 이제라도 늦지 않았다. 국어 살리기 운동을 전국적으로 대대적으로 펼쳐 나가야 한다. 국민 정신교육은 국어사랑에서 출발되어야 한다. 이 운동은 빨리빨리 되는 것이 아니다. 긴 시간을 두고 끈기 있게 벌여 나가야 한다. 올바른 인성을 빨리빨리 기를 수 없는 것은 씨앗 심은 1년 후에 재목을 얻을 수 없는 것과 마찬가지다.

매일신문 〈주말 에세이〉. 2002.

딸의 이미지 속에 선명하게 투영된
빛나는 시 정신

- 박곤걸 시집《딸들의 시대》

　박곤걸 시인이 제5시집《딸들의 시대》를 상재했다. 박 시인은 소리 없는 시인이다. 야단스럽지 않다. 30여 년의 등단 시인으로 그것도 향토에서 뿌리내리며 음으로 양으로 향토문단에 밑거름이 되기도 하고 울타리가 되기도 했으며 때로는 방향키를 잡기도 했다. 그는 1964년 매일신문 신춘문예 시 당선에 이어 현대시학 추천 완료로 화려하게 시인이 되었으며 주위의 문학 청소년들, 그리고 후배들을 소리 없이 밀어 주고 길러 주기도 했다.

　박 시인의 시는 한마디로 나이를 먹지 않는다. 언제나 젊고 싱싱하며 시대감각이 빛난다. 또한 과감한 생략에 의한 모호함을 주는 시적기교도 뛰어난다. 일상에서 흔히 얻어지는 자질구레한 대상들로부터 찾아내는 그만이 가지는 독특한 시상과 그것을 상큼하게 표현해 내는 데 너무나 절묘한 시어의 조탁을 우리는 그의 시에서 만끽할 수 있다.

시집《딸들의 시대》는 서문 같은 〈그 여자〉를 앞세우고 〈딸들의 시대·1〉에서 〈딸들의 시대·70〉까지 대단한 끈기와 통찰력으로 연작을 시도하였다. 어찌 보면 먼 신라시대로부터 오늘날에 이르기까지 여인들에 얽힌 희비사와 변천사를 대서사시로 표현했다고도 할 수 있다. 전 작품을 일관하는 여인에 대한 날카로운 시각이 시공을 초월하여 우리를 희열케 하기도 하고 때로는 신구 세대차를 안타깝지만 당당히 긍정하는 그의 야단스럽지 않은 성품을 느끼게도 해 준다. 멀리 조상들로부터 할머니, 어머니, 아내, 며느리, 딸들은 모두 남의 딸들이다. 해서 그는 이 모든 여자들의 통칭을 놀랍게도 '딸들'로 함축해 놓았다.

이 시집의 작품들을 편의상 세 갈래로 나누어 생각해 보기로 한다. 첫째는 이 땅에 살아 온 신라의 여인으로부터 오늘의 여인에 이르기까지 특징 있는 이미지를 함축해 놓은 것이고 둘째는 그간의 할머니, 어머니, 아내, 며느리, 딸들의 사고와 정서, 행동의 변화 모습을 신선하게 그려 나간 작품이다. 그리고 셋째는 오늘 이 시대 여인들의 어쩌면 과도기적, 즉 전통적인 조선 여인에서 구각을 벗고 현대의 여인으로 탈바꿈하는 과정의 갈등과 고뇌를 리얼하게 그려낸 것이다.

〈 1 〉
신라의 여인은 선덕여왕 되었고
산에 올라 오줌 누고
장안이 바다 되는 꿈을 얻어
신라의 누이는
눈이 맞아 띠가 맞아 문명왕후 되었다.

조선의 여인은
꼼짝 못하게 다리를 분질러서
찍소리 못하고 별당아씨 갇혀 살고
조선의 아내는 하늘의 알을 배꼽에 품고
여자는 여자 일을 해라는
여필종부女必從夫다 했다.

현대 여인 미시족은
배꼽티를 풀어 헤치고
자유를 속 팬티 차림으로 걸치고 밖을 나서서
모든 여자가 모든 일을 한다는
여성우위女性優位 내세운다.

안방이듯 다 보여주고 다 보아라는
아주 가까운 눈 주고도
신 구 세대가 눈 맞지 않아
오래된것과 새로운 것이 손잡지 못하고
오늘 이 땅에 딸들은
혼거混居한다. 잡거雜居한다.
　　　　　　　　-〈딸들의 시대·41〉 전문

이 작품에서 우리는 먼 옛날로부터 현재까지 변천되어 온 여성의 지위가 긴 설명 없이 정확하게 읊어지고 있음을 본다. 사실 신라시대는 화백회의라는 고대 민주적 제도 하에 여자도 임금이 될 수 있었다. 물론 왕실에서의 일이긴 했지만 남녀평등 의식을 엿볼 수 있는 일이었다. 공주가 왕이 되고 가야 왕족 김유신의 누이가 태종무열왕의 왕비가 되는 정말로 자유로운 사랑도 살아 숨 쉬던 시대가 아니었나 여겨진다. 그 뿐인가. 신라의 선화공주는 백제 왕자 마동과 비밀스런 사랑으로 추방되고 추방되는 그녀를 손잡고 백제로 간 마동은 왕이 되었다는 사실은 참으로 낭만적이고도 분방했던 신라 여인의 모습을 여실히 보여주고 있는 것이다.

그러나 유교가 들어오고부터는 유교사상에 점점 물들게 되고 꼼짝없이 옛 시대의 자유분방했던 여인의 지위가 서서히 남존여비로 전락하게 된다. 박 시인은 '꼼짝 못하게 다리를 분질러서 / 찍소리 못하고 별당아씨'로 함축해 표현하고 있다. '조선의 아내는 하늘의 알을 배꼽에 품고'로 희화적인 표현 속에 자식 낳아 기르는 일만 집안에서 해야 했던 조선시대 아내들을 은유하고 있다. 현대에 와서 그것도 요즘에 와서 미시족의 등장을 이 시대의 여성 특징으로 읊고 있다. 또한 '자유를 속 팬티 차림으로 걸치고' 라는 시어의 새로운 구축을 통하여 감각적이면서도 심장한 의미를 내포시키는 데 성공하고 있다. 박 시인은 이러한 초현대적 서구적 미숙한 사고를 가지고 구시대가 살아 숨 쉬는 이 땅에 한국의 딸들은 '혼거混居한다. 잡거雜居한다.'로 과감하게 일침을 가하고 있다. 이 작품은 이 시집 전체를 꿰뚫는 근간이 된다고 생각된다.

〈2〉
어머니는 나무로 서서
잎으로 피어 잎으로 말씀을 떨구어 내린다.
말씀을 새기며 말씀을 딛고
어머니를 따라 크고 어머니를 앞서 커서
나무로 서는 가을 여자는
세상과 다른 세상을 본다.

(중략)

춥고 척박한 어머니의 땅
황량한 언덕에서 하늘의 말씀을 담고
하늘이 내리는 하늘의 길을 열고
겨울나무로 서는 맨발의 사랑

잎을 지우고 잎을 틔우는
나무로 서는 봄의 여자는
가슴에 말씀을 비우고

다시 가슴에 말씀을 채우면서
오늘과 다른 오늘을 보아낸다.
                    -〈딸들의 시대·33 일부〉

　시대를 초월해서 어머니의 참모습을 그려낸 작품이다. 어머니
라는 위치는 특히 우리나라에서는 아들딸에게 절대적이다. 자
식을 위해서라면 자기 목숨도 기꺼이 희생할 수 있는 마음으로
살아 왔다. 그 어머니의 가르침으로 자란 딸들은 또 다시 가을
여자로 서서 어머니 세상과는 다른 세상을 보게 되고 또 그 딸을
낳아 오늘과 다른 오늘을 볼 수 있는 딸로 키운다. 그러나 세상
과 다른 세상을 보는 딸은 그의 어머니께 말 못할 서운함을 주기
도 한다.

　이 시는 우리에게 대대로 이어가는 헌신적이고 때로는 맹목적
인 어머니의 사랑을 헤아릴 수 있게 한다. 자신이 어머니가 되어
봐야 부모심정을 알게 되는, 그래서 뒤늦게 깨닫는 안타까움의
후회로 가슴 메는 딸의 그 끈질긴 자식 사랑을 뼛속까지 느끼게
해 준다.

내가 너를 대할 때마다
이 넓은 세상도 꿈의 나라가 되고
네가 나의 방에 들렀을 때
가장 완전한 자유를 지켜주는

이 작은 공간이
거대한 궁전이 된다.
(후략)

-〈딸들의 시대 · 9 〉일부

줄 것이 없어 더 바라는
허한 마음이 나를 슬프게 하는
가을밤에 부질없이 투덜대는
우리 내외의 정이
하루쯤은 훌쩍 떠나고 싶어 한다.
(중략)

뭐 하나 줄 것 받을 것 없는
마음이 외려 넉넉스러워라
뭐 하나 궁색함이 무얼까
생각도 천연덕스럽게 너그러울 일이면
몸인들 병을 앓을 일이 없어라.

-〈딸들의 시대 · 42 〉일부

〈딸들의 시대·9〉와 〈딸들의 시대·42〉는 아내의 존재를 넉넉함으로 받아들이고 있다. 인간성이 상실되고 도덕성이 무너져 내리는 허망한 현실 앞에서도 제자리를 지키며 '줄 것 받을 것 없는 마음이 외려 넉넉스'럽게 여겨지고 '궁전'을 가득 채워주는 정갈하고도 가슴 넓은 전형적인 한국의 아내상을 이미지화하고 있다. 어쩌면 오늘날 세상의 모든 우리 아내들(딸들)이 이러한 정서를 품어 줬으면 하는 바람도 함께 하고 있다. '생각도 천연덕스럽게 너그러울 일'이나 '몸인들 병을 앓을 일이 없어라.' 등의 표현은 박 시인의 시어 구사 능력의 뛰어남을 보여 준다 하겠다. 우리 시대 우리들의 아내에 대한 상징적인 갈망이 숨 쉬는 작품이다.

> 에덴에서 추방당하고 그 여자
> 날개를 하나 달고
> 하늘을 니는 새였다가
> 숲속의 요정이었다가
> 새장 안에 갇혔다.
> 일거수일투족이 조이고
> 들숨 날숨 막히는
> 감당 못하고 가슴 조이는 이 아름다운 죄
> 사랑의 극을 극약으로 치유하지 못하고
> 독버섯처럼 빨간 모자를 쓰고 그 여자
> 이 땅에서도 가출했다.
> 지난 내력의 부끄러운 이름을 옷 벗어 놓고
> 가랑이를 벌린 채
> 햇살에 심장을 꺼내어
> 가시지 않은 악의 피를 세척했다.
>   -〈딸들의 시대·49〉전문

요즘의 딸들(다는 아니지만) 모습을 무서운 시각으로 묘출하고 있다. '새'에서 '요정'으로, 그리고는 '사랑의 죄'로 '새장 안에 갇힌 새'가 되는 미혼 여성들의 심리상태를 잘 갈파하고 있다. 하지만 그 '사랑의 극'을 이기지 못하고 결별을 자초하여 '이 땅에서 가출' 하는 여성들, 우리는 여기서 '귀한 남의 딸'로 자라 '공주병'을 얻고 '사랑'에 빠졌다가 갇히고(결혼) 적응 못해 갈라서는 현대 여성들의 일면을 공감하게 된다.

> 요즈음 딸들은 갓 스물 봄밤을
> 낮은 목소리로 속삭이는 편지글같이
> 시집가기 꿈을 꾸고 행복찾기 꿈을 꾸고
> 막내니까 불한당이고
> 맏이니까 일 고되다며
> 행복의 제비뽑기를 골라 뽑는다.
> (후략)
>
> ─〈딸들의 시대·53〉 일부

이 작품에서는 딸들의 시집가기 양상을 재미있게 그러나 신랄하게 비판하고 있다. 결국 오늘날 시집갈 딸들(역시 이도 다는 아니지만)의 '행복의 제비뽑기'가 진정한 사랑과 행복을 오해하고 있는 더러의 여성들에게 주는 회화적인 백안白眼으로 다가온다 하겠다. 이것은 오늘날을 살아가는 딸들에게만 향해진 백안의 메시지가 아니다. 그 딸들을 품어 사는 부모며, 사회에 대한

항변의 의미도 포함되어 있다 할 것이다.

〈3〉
도시의 아내는
사랑이 숨 쉬는 저녁 식탁을 차려 놓고
초충도草蟲圖 병풍에서 귀뚜라미 소리를 듣는다.

바람 한 웅큼에
병풍 속의 풀잎들도 한 도시의 유서처럼 잎을 떨구고
편리하다는 세상 다 들여놓아도
안방은 외로운 섬이 되어
여린 풀벌레도 날개가 자라서 둥지를 떠나고
하늘도 잃고 땅도 잃는다.

여인의 한을 내력으로
어둠을 밝혀온 혼이었던
내방內房속의 사랑의 불빛까지도
거듭 잠그고 가두어 길들이기를 하지만
초충도草蟲圖 병풍에서 귀뚜라미 소리만 들린다.

바람 불지 않아도 멎은 마음 흔들리며
열두 개 발목을 풀어 산마루를 기어올라
꽃불을 지펴 놓고
올빼미의 지혜만큼 어둠 속에 빛난다.

그림 속의 운치만큼 못 닳으며
살아 간다는 것이
4지선다형 시험처럼 치르는 일상에
뺄 것도 더할 것도 없이
허리 휘도록 귀뚜라미로 인생을 버틴다.

도시의 아내는
풀 수 없는 한 시대의 질문을 안간힘으로 따돌리고
초충도草蟲圖 병풍 안에서 귀뚜라미 소리로 운다.
　　　　　　　　　　　-〈딸들의 시대·58〉 전문

　이 시집을 마무리하는 작품으로 〈딸들의 시대·58〉을 꼽아 본
다. 마지막에는 〈도시의 아내〉에게도 시선이 가 멈춘다. 아내는
남의 딸로서 딸을 낳아 기르며 그의 어머니가 되고 또 남의 며느
리가 되는 이 시집 제목 '딸들의 시대'의 중심에 서 있는 위치가
된다.
　도시는 현대를 상징한다. 이 시에서는 아내와 초충도 그리고
그림 속의 귀뚜라미가 이미지를 구축하고 있다. 초충도는 조선
의 대학자 율곡 이이의 어머니 신사임당이 남긴 그림이다. 해서
초충도가 상징하는 것은 곧 신사임당이 된다. 신사임당은 여자
들이 방안에 갇혀 살던 조선 중기 여인으로서는 너무나 훌륭한
어머니요, 며느리요, 아내요, 딸이었으며 또한 예술가였다. 초충
도에는 한국여성의 거울이 될 신사임당의 언행이 은은하게 배어

나고 있는 것이다. 첫째 연에서는 '초충도 병풍에서 귀뚜라미 소리를 듣는다.', 셋째 연에서는 '초충도 병풍에서 귀뚜라미소 리만 들린다.', 다섯째 연에서는 '귀뚜라미로 인생을 버틴다.', 마지막 연에서는 '귀뚜라미소리로 운다.' 로 표현하고 있다. '듣 는다' 는 자의적이다. '들린다' 는 타의적이다. '버틴다' 는 타의 에 의한 힘든 자신을, '운다'에 가서는 무너지는 자신을 상정해 볼 수 있다. 박 시인은 이 작품에서 도시의 아내가 현실을 살면 서 겪는 숱한 고뇌, 갈등, 상실을 이해의 측면에서 시화했다.

박곤걸 시인의 다섯 번째 시집《딸들의 시대》는 시대마다 달 라지는 물질문명 및 정신문화의 모습을 목청 높이지 않고 담담 하게 '딸들'을 통하여 조명하고 있다. 일관되게 꿰뚫어 가고 있 는 '딸들'을 통한 '딸들'의 의식 변천 큰길가에는 심심찮게 여자 의 사랑 꽃이 피어 있기도 하고 팔년을 사는 팔손이의 연정도 있 다. 더러는 청정한 바람 실리는 소나무도, 오동나무도 지나간다. 때로는 '재물이 오물'이 되는 구경거리도, 허전한 빈 도시도 보 인다. 뒤돌아보는 그리움도 있고 독신녀의 자유도, 미시족의 발 랄함도, 아버지도, 주위의 가족들도 간간이 지나간다.

박 시인의 이 시집에서 우리는 진정 먼 세월 동안 대대로 이어 온 이 나라 딸들의 자유와 권위와 속박과 평안, 그리고 숨겨진 사랑과 펼쳐낸 사랑, 오늘의 분방함을 새삼 다시 볼 수 있는 눈을 뜨게 된다. 시집《딸들의 시대》는 이런 측면에서 본다면 분명 손에 들면 마지막 작품까지 읽어야 하는 마력을 가지고 있다.

《문예한국》 여름호 2000.
《서정의 햇살 아래》 2007.

7부

낯선 풍토
다른 문화

뉴욕 이야기

1990년 12월 26일 오후 4시 20분, 대구공항을 출발하여 18일 간의 미국방문 길에 올랐다. 사철 옷과 속옷을 넣고 자질구레한 일용품들을 넣은 꽤나 무거운 가방을 화물로 싣고 설레는 가슴을 진정시키며 비행기에 몸을 실었다. 다가올 낯선 생활에의 두려움도 함께 했다.

매서운 추위 속에 김포공항 국내선에 도착한 우리는 공항버스를 타고 바쁘게 움직여 국제 2호선에 있는 뉴욕행 KE028기에 올랐다. 한겨울 꽁꽁 언 밤하늘의 별들을 향하여 서울을 떠난 것은 밤 8시였다. 화려한 서울의 야경이 잠시 창밖으로 흐른 다음은 암흑뿐이었다. 이제 나는 허공에, 그것도 망망한 동해, 그리고 북태평양 쪽으로 향하는, 지구에 비하면 바닷가 모래알 하나같은 비행기에 세균만큼이나 작게 떠 있는 것이다.

기내에서는 안내 방송이 흘러나오고 있었다. 덮을 모포도 나누어 주고 미국 입국수속 서류작성도 시작되었다. TV 화면에서는 안전을 위한 여러 가지 주의사항이 방영되었다. 이어폰으로 음악을 듣다가 책을 읽었다. 호킹 박사의 〈시간의 역사〉였다. 하늘 위에서 시간의 역사를 생각하니 한층 더 흥미로웠다. 그러다 잠이 들었다. 눈을 뜨니 기내식을 주었다. 저녁인지 밤참인지 주는대로 먹었다. 곧 앵커리지에 착륙한다는 안내방송이 흘러나왔다. 시속 1,000km, 고도 8,500m로 날아왔다고 한다. 내 시계로 김포공항 이륙 후 약 7시간 만에 앵커리지에 도착한 것이다. 우리나라 시간으로는 27일 새벽 3시경이겠지만 현지는 26일 아침 9시 30분이었다. 일부 변경선을 넘어와서 그렇겠지만 참으로 묘한 생각이 들었다. 26일 밤 8시에 출발해서 약 7시간을 날아왔는데 오히려 시간은 거꾸로 흘러 26일 아침 9시 30분이라니 4차원의 세계에 온 것 같은 느낌이었다.

1867년 10월 18일, 러시아로부터 720만 달러를 주고 미국이 사 들인 49번째의 주 알래스카, 그 수도 앵커리지는 북위 60도 이북에 있다. 알래스카 주는 우리나라의 약 7배 넓이를 가지고 있다 한다. 아침 9시 30분인데도 사방은 해뜨기 전의 희붐함뿐이었다. 공항과 주위의 낮은 구릉지 먼 높은 산들은 모두 흰 눈으로 두껍게 옷을 입고 있었다. 활주로만 아스팔트가 보이고 공항의 넓은 눈밭에는 길을 표시하는 전등들이 수없이 줄을 지어 빛나고 있었다. 한 폭의 그림이었다. 공항에 잠시 내려 북극권 가까운 곳의 대기를 마시며 그림엽서 몇 장을 샀다. 현지 시각 10시 30분, 우리는 다시 비행기에 몸을 싣고 이륙했다. 보이는 것은 구름뿐이었다.

앵커리지를 이륙한지 5시간 40여 분 만에 뉴욕 상공에 도착했다. 내려다보니 끝이 안 보이는 불바다였다. 드디어 뉴욕 부루클린 구에 있는 케네디 공항에 내려앉았다. 그날 오후 8시 경이었다. 시간 계산에 혼동이 왔지만 앵커리지와 뉴욕의 시차 4시간을 생각하니 이해가 되었다. 나는 아예 내 시계를 한국시간에 그대로 두고 가는 곳마다 빠르면 더하고 늦으면 빼어서 시각을 알기로 작정했다.

출구에서 손짓, 발짓, 서툰 몇 마디 영어로 체류기간을 얘기하니 91년 1월 31일까지로 확인해 주었다. 어둠 속에 낯선 이역만리, 말과 얼굴이 다른 사람들을 만나면서 나는 참으로 멀리 날아와 있음을 실감할 수 있었다. 버스를 타고 중심가로 들어갔다. 비행장 주변의 도로는 낡았고 구석구석 쓰레기도 많이 눈이 띄었다. 특히 낙서가 많았다. 지나는 교각, 벽 등에는 가지각색의 스프레이로 꼬부랑글자가 무자비하게 갈겨져 있었다. 심지어는 세워져 있는 자동차에도 낙서가 되어 있었다. 단속은 하지만 잡을 수가 없어 경찰들도 골머리를 앓는다고 한다. 사람 사는 곳은 크게 다름이 없었다.

맨해튼 구 중심부에 있는 부림장 식당에서 저녁을 먹었다. 세계의 심장부에 한국식당이 의젓하게 자리하고 있다는 사실이 무척 자랑스러웠다. 식당 밖 인도에는 우리나라 신문이 판매대에 놓여 있었다. 이면 도로마다 양쪽에 줄지어 서 있는 승용차도 우리 거리와 다를 바 없었다.

자정이 넘은 도로에는 군데군데 쓰레기 수거차가 인부들과 함께 거리에 쌓여진 쓰레기 봉지를 수거하느라 분주히 움직이고 있었다. 새벽 수거하는 우리나라와는 딴판이었다. 시민의 불편을 최대한 덜어주는 그들 행정의 봉사정신을 엿볼 수 있었다. 허드슨 강 밑으로 뚫린 링컨 터널을 지나 맨해튼 서쪽의 뉴저지에 있는 조금은 한적한 라마다 호텔에 여장을 풀었다. 미국인이 경영하는 곳, 27일 0시 30분이었다.

새벽 6시에 눈을 떴다. 시차 극복을 못해 고생하는 사람도 있다 한다. 하지만 나는 그걸 느끼지 못했다. 뷔페로 차려져 있는 식당에서 양식으로 아침 식사를 했다. 유리컵에 부어놓은 숭늉 같은 게 있어 마셔보니 연하게 타놓은 커피였다. 홀짝 다 마셨더니 또 한 컵을 따라 놓고 갔다. 마시면 또 부어놓을 것 같아 마시지 않았다. 눈치로 식사를 하고는 실내 수영장에서 피로를 풀며 오전을 쉬었다. 점심때가 가까워서야 출발을 했다. 다시 링컨 터널을 지나 맨해튼에 있는 두리면옥에서 점심을 먹었다. 역시 교

358

포 식당이었다. 겨울이지만 포근한 날씨였다.

맨해튼 남쪽 끝에 있는 배터리 공원으로 갔다. 자그마하지만 아담하게 꾸며진 곳이었다. 수많은 갈매기들이 날고 있었다. 사람들의 어깨에도 내려앉았다. 인간과 무척 친한 갈매기가 신기했다. 4달러로 배표를 사서 줄을 섰다. '자유의 여신상'을 보러 가는 것이다. 수백 명이 수십 줄을 서 있었는데 배문이 열리자 소리 없이 배 안으로 빨려 들어갔다. 배터리 공원을 출발한 배는 남서쪽에 있는 리버티 섬으로 갔다. 미국독립 1백주년을 기념해서 1886년 프랑스가 보낸 '자유의 여신상'은 뉴욕의 상징이 되었다. 높이 46m, 왼손에 독립선언서를, 오른손엔 횃불을 높이 든 자유의 여신상 내부에는 168개의 계단과 엘리베이터가 있어 머리 부분의 전망대까지 오를 수 있다. 개미가 기어오르듯 사람들이 오르내리고 있는 여신상의 등 뒤에서 바라본 맨해튼의 모습은 장관이었다. 마천루를 뚫고 국제무역센터 쌍둥이 빌딩이 나란히 어깨를 걸고 그 뒤로 엠파이어스테이트 빌딩이 하늘을 찌를 듯이 솟아 있었다. 날이 어두워지면서 빌딩숲들은 찬란히 빛을 내기 시작하였다. 다시 맨해튼으로 돌아왔다. 월가를 지나 오른쪽으로 아름다운 브르클린 다리, 맨해튼 다리를 뒤로 하고 유엔본부 외부를 본 뒤 록펠러 센터에서 잠시 스케이팅 구경을 했다. 크리스마스를 지낸 지 얼마 되지 않아서 거리마다, 건물마다 온통 크리스마스트리와 전등으로 아름답게 꾸며져 있었다.

뉴욕곰탕집에서 저녁을 먹고 호텔로 돌아왔다.

28일 아침 눈을 뜨니 창밖에는 그새 흰 눈이 소복소복 몰래 내려 쌓여 있었다. 우리나라 겨울 눈을 본 듯 정겨운 마음이 출렁거렸다. 아침 식사 후 미국 육군사관학교 견학 길에 올랐다. 왕복 30여 차선이 넘을 것 같은 운동장 같이 너른 길을 지나고 시골길로 뉴저지를 한 시간 반 정도 벗어나니 허드슨 강을 따라 공원길이 길게 이어져 있었다. 겨울눈을 이고 잎 진 나무들이 길 양 쪽에 빽빽하게 늘어서 있고 사이사이 푸른 나무가 조화를 이루는 아름다운 길이었다. 유엔본부 터와 건물을 지어 모두 희사했다는 미국의 세계적 거부 록펠러가 길 양 쪽도 자연보호 차원에서 모두 사서 가꾸어 놓았다고 한다. 국민을 대상으로 번 돈을 이렇게 보람 있게 쓸 수 있는 재벌이 절실히 기다려지는 우리나라를 돌아보는 순간이었다. 눈 녹아 질척이는 공원길을 한 시간 반 정도 달려 육사 정문에 도착하였다. 1,600에이커(약 200만평)나 되는 넓은 땅에 돌로 지은 웅장한 본관 건물들, 여기저기 교수사택들, 넓은 연병장이 아득히 펼쳐져 있었다. 눈이 하얗게 덮혀서 더욱 아름다웠다. 교사 주위에는 유명한 졸업생의 동상들이 세워져 있었다. 그 중 맥아더 장군의 동상 앞에 서니 왜 그리 반가운지, 이웃집 아저씨를 만난 듯한 기분이었다. 4,000여 명의 생도에 1,200여 명의 교수가 있다니 그 교육정도를 가히 알고도 남을 만 했다. 정문 앞에 따로 있는 미 육사 박물관을 돌아봤다.

그들이 치른 독립전쟁, 서부개척의 면면들이 모형으로 만들어져 전시되어 있었다. 각종 무기의 발달도 알아볼 수 있게 되어 있었다. 맥도날드 햄버거 집에 들러 셀프서비스로 점심을 해결했다.

오후에 엠파이어스테이트 빌딩에 갔으나 안개와 구름으로 내일 보기로 하고 유엔본부로 갔다. 금속 탐지기 검사를 받고 입구를 지나 오른쪽으로 돌아가니 벽에 '6·25 korea'라는 제목의 동판이 붙어 있었다. 동족상잔의 아픈 상처가 재발하는 기분을 느끼며 내부를 둘러보고 나왔다. 100여 년 전부터 공사가 시작되어 앞으로 약 50년 후에야 완공 예정이라는 성 요한 교회를 바라보며 그들의 전통과 끈기에 마음의 박수를 보냈다. 지금은 텅텅 비어 귀신이 나올 것 같은 옛 흑인 주택가 할렘 가를 돌아 콜롬비아 대학을 지나 다시 뉴욕곰탕집에 들러 저녁을 먹었다. 양이 많은 것이 특징이었다. 인심이 좋아서 일까? 고기가 싸서 일까? 거의 50m마다 네거리가 있어서 신호등이 가로등처럼 설치되어 있는 거리지만 차는 막히지 않고 잘 빠져나갔다. 신호등마다 정확한 시간차를 두어 연동이 잘 되고 있었다. 4차선 도로를 일방으로 가고 오는 곳이 많았다.

라마다 호텔에서의 마지막 밤을 보내고 29일이 되었다. 눈 온 후의 겨울 날씨답지 않게 포근했다. 거리에는 아직도 눈이 쌓여 있고 오가는 차 위에도 여전히 눈이 쌓여 있었다. 거리의 차들이 볼만 했다. 박혀서 찌그러진 차, 헤드라이트가 깨진 차, 낙서로

얼룩진 차, 뒷유리가 깨진 차들이 심심찮게 보였다. 차는 사치품
이 아니라는 그들의 실용정신이 돋보이는 풍경들이었다. 거기
다가 차 수리를 위해 상당한 돈을 들여 시 외곽지로 나가야 하기
때문이기도 하단다.

엠파이어스테이트 빌딩으로 갔다. 86층까지 올라갔지만 보이
는 것은 안개뿐이었다. 그래도 102층 꼭대기까지 올라갔다. 귀
가 멍멍해졌다. 안개바다뿐 아무 것도 보이지 않았다. 내려와서
센트럴파크에 갔다. 맨해튼의 숨통, 중앙에 위치한 공원이다.
625에이커(약 85만평)의 넓이로 뉴욕 시민이 쉬고 즐길 수 있는
가장 큰 녹색공간이다. 메트로폴리탄 박물관도 이 안에 있다 한
다. 입장료가 없다. 겨울 눈 속에서도 많은 사람들이 들락거리고
있었다. 공원 옆 거리에는 서부 개척시대의 역마차가 곱게 꾸며
져 마부와 함께 관광객을 기다리고 있었다. 과거와 현재가 정답
게 공존하고 있는 현장이었다. 브로드웨이의 한인상가를 돌아
보고 강서회관에서 점심을 먹었다. 실내의 화분에서 자라나는
꽃이나 식탁의 채소들이 낯설지 않았다. 교외의 교포들이 경영
하는 농장에서 신선한 한국채소를 사 들여온다고 했다. 역시 한
핏줄, 한 전통은 쉽사리 가시지 않음을 볼 수 있었다.

허드슨 강 밑 홀란드 터널을 지나 뉴저지 남쪽에 있는 뉴와크
공항으로 갔다. 가는 길에 보이는 집, 다리, 공장, 길 모두가 컸
다. 웅장했다. 땅이 크니 거기에 비례해서 그런가 보다 생각했

다. 뉴욕 북서부에 있는 버팔로 행 미국 비행기를 탔다. 오대호 중 이리 호에서 온테리오 호로 북류하는 나이아가라 강이 도중 50m 너비의 절벽으로 떨어져 만들어지는 나이아가라 폭포를 보기 위해서였다. 스튜디어스로부터 승객까지 모두 미국인들이라 우리를 외롭게 했다. 정중하게 내미는 음료수를 손가락으로 가리키며 창밖을 내다봤다. 하얀 구름밭 위로 3층, 4층 구름으로 지어진 갖가지 모양의 건물들이 하늘에 또 다른 도시를 만들고 있었다. 나는 영락없이 신선이었다. 어쩌다 구름을 벗어나면 그 자리엔 또 다른 희미한 녹색의 장원이 펼쳐지며 그 사이로 실핏줄 같은 강이 흐르고 멀리는 푸른 바다가 구름처럼 그렇게 누워 있었다.

한 시간 정도 걸려 버팔로 공항에 내렸다. 나이아가라로 가는 길에는 겨울인데도 파란 잔디가 곱게 자라고 있었다. 겨울 잔디란다. 미국의 국경지대에 온 것이다. 폭포를 이루는 나이아가라 강 건너 북쪽은 캐나다였다. 한국인이 경영하는 대이스인 호텔에 짐을 풀었다. 바람이 세어지며 겨울비가 추적추적 내리고 있었다. 잠시 길거리로 나가 봤다. 몹시 조용한 곳이었다. 가끔씩 지나는 차를 바라보며 횡단보도의 신호등이 파랗게 되기를 기다리고 있었다. 5분이 지나도 차는 계속 지나가고 파란불은 오지 않았다. 이상하게 생각하며 신호등 기둥을 바라보았다. 거기에는 스위치가 있고 〈push〉라는 글이 씌어 있었다. 얼른 눌러 보왔다. 잠시 후 신기하게도 파란불로 바뀌었다. 차들도 멈추었다. 얼른 건넜다. 뒤돌아보니 다시 빨간불로 바뀌었고 차들도 지나갔다.

건널 사람도 없는데 많은 차들이 휘발유를 낭비하는 소리 숨가쁘게 부릉거리며 기다리는 우리나라 도시 외곽 도로를 이렇게 바꿀 수는 없을까? 교통 이야기가 나왔으니 말이지 내가 본 그들은 T자형 길에서 우회전하는 차는 좌측에서 오는 차가 없을 때까지 기다렸다가 우회전을 한다. 국가 전체의 경제를 생각하는 그들의 사고방식에 감탄했다.

《대구문예》 제12집. 1993.

나이아가라에서 워싱턴까지

1990년 12월 29일, 겨울비가 심심찮게 굵어졌다 가늘어졌다 하는 틈을 비집고 오후 7시 30분 어둠 속으로 나이아가라 폭포 구경을 나섰다. 자욱한 비구름 속에 천지를 뒤흔드는 물소리가 우리의 혼을 빼고 있었고 무지개다리 건너편에는 휘황찬란한 불빛의 캐나다 도시가 손짓하고 있었다. 희끄무레한 어둠 속에서 마치 하늘이 온통 무너져 내리듯 꽝음을 내며 내리쏟아지는 폭포의 야경을 놀라운 눈으로 아쉽게 구경하고 호텔로 돌아왔다.

이튿날 아침 일찍 식사를 마치고 다시 나이아가라 폭포를 찾아 나섰다. 우선 이리 호에서 흘러오는 폭포의 상류 쪽으로 갔다. 드넓게 퍼져 흐르는 나이아가라 강에는 여기저기 많은 바위가 솟아나와 작은 섬들을 이루었다. 문득 〈나이아가라〉라는 영

화가 떠올랐다. 오래 되어서 기억은 희미 하지만 마릴린 먼로가
노란 비옷을 입고 폭포 아래 철다리로 쫓기는 모습이 보이고, 쫓
고 쫓기던 남자가 지금 내가 서 있는 강의 복판까지 도망치다가
미끄러져 나무술통 하나를 잡고 폭포 아래로 물과 함께 떨어져
내리는 장면이 보인다. 참으로 아슬아슬하고 웅장했던 느낌의
그 현장에 내가 서 있다는 생각을 하니 마치 내가 영화의 주인공
이 된 듯 착각되기도 했다. 강을 따라 폭포 쪽으로 트인 넓은 아
스팔트에는 군데군데 살얼음이 얼어 미끄러웠다. 그러나 춥다
는 느낌은 없었다. 풍동으로 내려가는 엘리베이터를 탔다. 밑에
서 거대한 캐나다 폭포를 올려다보는 내 눈에 쏟아져 내리는 폭
포의 크기를 가늠해 볼 수 있는 힘이 없음을 그저 안타깝게 여길
뿐이었다. 나이아가라 폭포는 고우트 섬 왼쪽을 캐나다 폭포, 오
른쪽을 아메리카 폭포라 부른다. 아메리카 폭포는 폭 323m, 캐
나다 폭포의 폭은 826m, 모두 낙차는 약 50m이다. 아프리카의
빅토리아 폭포는 폭이 약 1,670m, 낙차 약 108m, 남아메리카의
이구아수 폭포는 폭 약 4,000m, 낙차 약 70m이다. 이들이 세계
3대 폭포이다. 맑은 하늘 아래 아름다운 비단 폭의 나이아가라
를 못보고 빗속에 하늘과 구름이 한데 엉킨 천지개벽 같은 모습
만 본 것이 못내 아쉬웠다.

  그날 오후 나이아가라 폴즈에서 30km 떨어진 버팔로 공항을
이륙하여 3시 30분 워싱턴 공항에 도착했다. 워싱턴 상공에서

공항에 내리는 동안 먼저 눈에 띈 것은 시가지 서쪽을 감아 흐르는 맑은 포토맥 강과 그 강의 서쪽에 자리한, 단일 건물로는 세계 최대라는 미 국방성 건물 펜타곤이었다. 워싱턴은 특별구(D·C)로 인구 약 50만, 미국 수도, 행정중심도시다. 워싱턴 대통령 당시부터 계획도시로 건설하기 시작했으나 수도를 옮기기 전에 워싱턴은 세상을 떠났다고 한다. 그래서 그의 이름을 따 워싱턴이라는 이름을 얻게 되었다 한다. 이곳은 인종차별이 심하지 않아서 흑인 비율이 많다고 한다. 시내로 들어가는 차속에서 보이는 모든 것이 깨끗하고 산뜻했다.

컴프리 호텔에 여장을 풀었다. 워싱턴 시내에는 우리가 흔히 말하는 유흥업소는 아예 없고 식사할 곳도 그리 흔치 않았다. 그래서 차를 타고 포토맥 강을 건너 버지니아 주에 있는 '한국관'으로 저녁식사를 하러 갔다 워싱턴 DC에서 버지니아로 빠지는 길은 왕복 10차선 정도는 됨직한데 1, 2차선은 3인 이상 탄 승용차만 다닐 수 있다는 것이다. 참으로 효과적인 카풀제(?)의 점잖은 실시라 생각되었다. 워싱턴 야경은 퍽이나 환상적이었다.

1990년의 끝 날이 밝았다. 겨울이지만 상큼한 기온에 맑은 하늘, 점점이 떠있는 불그스레한 구름들이 우리나라를 그립게 했다. 이른 시간 길 건너에 있는 맥도날드 햄버거 집에서 셀프서비스의 아침 식사를 했다. 조용한 손님들, 먹고 나서 뒷정리를 스스로 깨끗이 하는 손놀림 모두가 인상적이었다. 미 연방 수사국

(FBI) 건물을 힐끗 쳐다보며 백악관 뒤편 라페르 공원으로 갔다. 잔디로 단장된 공원에는 별의별 사람들이 우리들의 호기심을 끌고 있었다. 며칠을 여기서 잠자 가며 가슴과 등에 자기주장을 써 붙이고 오락가락하는 사람도 있었다. 백악관 정문의 남쪽에 는 넓은 잔디밭이 펼쳐져 있었고 그 가장자리에는 50개 주 깃발 과 상징물들이 질서정연하게 늘어 서있었다. 그 광장 동쪽 끝에 는 야외무대도 설치되어 있었다. 크리스마스 축하 행사의 흔적 들인성싶었다.

미국 대통령 관저 백악관은 주위의 집들보다는 크지 않게, 그 러면서도 아담하고 정답게 보였다. 백악관 왼쪽은 예산국, 오른 쪽은 재무성이라 하는데 모두 지하로 연결되어 있다 한다. 백악 관에서 바라보면 거대한 연필같이 하늘 높이 솟아 있는 워싱턴 기념탑이 있고 그 너머로는 제퍼슨 기념관이 있다. 1888년 미국 각 주는 물론 세계의 여러 곳에서 모아온 돌중의 돌로 만들어진 이 탑의 높이는 555피드(약170m), 898계단으로 꼭대기까지 엘 리베이터가 설치되어 있다. 한편 이오니아 식의 제퍼슨 기념관 에는 미국 독립선언문을 기초하고 버지니아 대학을 설립했으며 제3대 대통령을 지낸 제퍼슨의 청동입상이 19피드(약6m) 높이 로 서서 백악관의 역대 대통령을 어버이 같은 심정으로 지켜보 고 있다. 그의 기념관 대리석에는 다음과 같은 그의 말이 새겨져 있다. '인간의 정신을 억압하는 일체의 압제에 대해서 영원한

투쟁을 신의 제단 앞에서 나는 맹세했다.'

국회 의사당으로 갔다. 크고 둥근 철제 돔 위에 '자유의 신' 상이 높이 솟아 있는 대리석의 대칭 건물이었다. 바깥과 내부는 조각되거나, 그려지거나, 만들어져 있는 모든 것이 한데 어울려 그 자체가 미국의 역사를 상징하고 있었다. 정면에서 보아 돔 아래에는 대통령 취임식장이 있고 오른쪽은 상원, 왼쪽은 하원이다. 의회가 일을 하고 있을 낮에는 성조기가 올라가고 밤에는 불이 켜져 있다 한다. 국회 의사당에서 워싱턴 기념탑을 바라보면 그 너머엔 링컨 기념관이 있다. 여기에는 관람객이 줄을 잇고 있었다. 흰 대리석 기념관 홀 안에는 '의자에 앉은 링컨 상'이 국회 의사당을 향하고 있다. 노예해방의 기수, 민권의 아버지 링컨은 의사당을 바라보며 역대 국민의 대표들을 혹은 격려하고 혹은 질책해 왔다고 한다. 기념관 주위에는 웅장한 36개의 원주형 돌기둥이 서 있는데 이는 링컨 암살 당시의 36주를 나타낸다고 한다. 링컨 기념관 앞에는 길이 50여m의 사각형 모양 연못이 있는데 여기서 바라보면 거울처럼 맑은 물위에 워싱턴 기념탑과 의사당이 그림같이 투영된다. 참으로 아름다운 모습들이었다.

미국 역사의 위대했던 인물들이 고스란히 워싱턴 시내 곳곳에서 살아 숨 쉬고 있었고 시민, 아니 국민들은 그들에게서 무언의 커다란 자긍심과 교훈을 얻고 있었다. 현실의 이해에 매달려 지나간 인물의 공과를 구별해 낼 여유도 없이 허물투성이로 만들어 헌 신발짝처럼 내버리는 우리의 모습은 이곳에서 바라본 그들의 의식에 비해 너무나 초라하고 단세포적이라는 느낌이었다. 다시 버지니아로 나가 미국인이 경영하는 뷔페식당에서 점심을 먹었다. 화장실을 찾으려고 카운터에 물었다. "Toilet?" 했더니 고개만 갸웃거렸다. 다시 한번 되풀이 했더니 "Restroom?" 하고는 눈을 끔벅거렸다. 나는 뭐라 하는지 몰라 어리둥절한 눈으로 쳐다보기만 했다. 그때 마침 지나가던 교포가 말했다. "여기서는 화장실을 restroom이라 합니다." 외국어는 역시 교과서적, 사전적이 아니고 그들과의 생활 속에서 익혀야만 의사소통이 잘 되겠다는 것을 새삼 깨달았다.

오후에는 포토맥 강의 서편에 있는 펜타곤을 바라보며 알링턴 국립묘지를 찾았다. 사실 조금은 망설여지는 일이었다. 우리나라 국립묘지도 참배 못한 주제에 남의 나라 국립묘지를 찾는다는 것이 어딘지 모르게 썩 내키지 않았기 때문이었다. 여러 종류의 새들과 다람쥐들도 함께하는 거대한 공원이었다. 케네디 묘의 '영원한 불' (지금은 그의 부인 재클린도 옆에 묻힘)은 보는 이로 하여금 가슴 뭉클하게 하였다. 남북전쟁 때 남군 총사령관 리이 장군의 저택도 거기 있었다. 유명한 음악가, 시인, 영화배우들의 구역도 감동적이었다. 케리쿠퍼의 묘비도 보았다. 그들은 미국을 빛낸 모든 사람들의 영혼을 모든 영역에 걸쳐 고르게 모시고 살고 있었다. 미 국방성 건물 펜타곤은 지상 5층 지하 2

층의 5각형 건물로 여기서 근무하는 사람 수는 4만 여 명, 이 건물 자체가 하나의 도시였다. 펜타곤에는 셔틀버스가 있다 한다. 건물 바깥에는 여러 곳에 주차장이 있고 거기에는 승용차가 자동차 생산 공장처럼 빽빽이 주차되어 있었다. 세계의 전략을 지휘하는 총본부로 거대한 전자계산기가 장치되어 있단다. 다시 포토맥 강을 건너 자연사박물관을 견학했다. 생물, 무생물 할 것 없이 지구 모든 것의 발달 역사를 그림, 모형, 도표, 실물, 화석, 표본 등으로 시대별로 전시하고 있었다.

워싱턴은 계획에 의해서 이룩된 도시답게 의미 깊은 자태로 점잖게 앉아 있었다. 워싱턴 기념탑을 중심으로 남과 북에는 백악관과 제퍼슨 기념관이, 동서로는 국회 의사당과 링컨 기념관이 +자로 서로 마주 보도록 고리 지어져 참으로 민주의 터전답게 든든해 보였다. 평화롭고 깨끗하고 산뜻하며 차분한 모습이 극히 인상적이었다. 셀프서비스 하는 식당에서도 조용하고, 차례가 있고, 서두름이 없으며 먹고 남은 빈 팩, 그릇, 비닐 등 모두가 하나같이 잘도 치우고 있었다. 자율과 책임과 자유가 빈틈없이 어우러진 그런 모습은 나에게 많은 가르침을 주었다. 해외로 많이 나가 보라. 그리고 정말로 우리가 배울 것이 무엇인지 정신 차려서 보고 오라. 관광뿐인 우리의 현실이 너무도 아쉽다.

《대구문예》13집. 1994.

LA에서 라스베이거스까지

1990년 12월 31일, 워싱턴 시내를 돌아본 뒤 덜레스 공항에 도착한 것이 오후 3시였다. 겨울이면서도 그리 춥지 않은 깨끗한 워싱턴을 뒤로 하고 로스앤젤리스를 향하여 미국 비행기는 5시 15분에 이륙하였다. 5시간쯤 남서쪽으로 날아 LA 공항에 도착한 것은 오후 7시 30분경이었다. 워싱턴과 이곳과는 3시간의 시차가 있었다. 하늘에서 내려다본 초저녁의 LA 야경은 장관이었다. 사방이 끝없는 불바다였다. 세계에서 면적이 제일 넓은 도시라 한다. 58개의 타운이 연합하여 이루어진 거대한 도시다. 연이은 위성도시도 80여 개나 되어 인구 약 860만(비공식적으로는 1,100만)의 미국 제3의 도시다. 이곳에는 지하철이 없다고 한다. 다운타운을 지나 우리가 묵을 코리아타운에 있는 로텍스 호텔로

갔다. 짐을 부려놓고 호텔 안에 있는 교포가 경영하는 춘원식당
에 갔다. 마음이 푸근하였다. 거리에 나가보니 마치 우리나라 어
느 도시에 온 느낌이었다. 우리글, 낯익은 간판들이 나를 반가는
듯 길거리 양쪽에 줄지어 얼굴을 내밀고 있었다.

　눈을 뜨니 새해 첫날이었다. 우리나라에서는 어제가 새해 첫
날이었을 것이다. 새해 경축을 위해 해마다 미국 전역에서 참가
하는 '로즈퍼레이드'를 구경하러 동북쪽으로 1시간 가량의 거리
에 있는 파사데나로 출발하였다. 미국 전역에서 수많은 부호들
이 모여들어 호화로운 주택을 짓고 사는 곳이라서 '억만장자의
도시'라고 불리는 곳이다. 영화에서나 보았던 담장 없는 집 앞
에는 푸른 잔디가 융단처럼 깔려 있고 갖가지 꽃들이 아름답게
피어 있었다. 퍼레이드가 지날 넓은 도로 양쪽에는 임시로 마련
된 관람석이 스탠드 식으로 군데군데 설치되어 있었고 이미 거
기엔 관람객이 가득 차 있었다. 관람석에 끼지 못한 수많은 사람
들은 역시 길 양쪽에 앉고 서서 퍼레이드가 시작되기를 기다리
고 있었다.

　올해 102번째로 맞는 로즈퍼레이드에는 장미 흉작으로 외국
서 수입한 꽃으로 대신했다고 한다. 약 2시간이나 진행되는 퍼
레이드는 미국 각 주의 특징, 특산물, 상징물 등이 크게 모형화
되어 꾸며진 자동차 위에 실려 천천히 나아가고 그 사이사이에
는 일사불란한 밴드와 행진, 춤, 묘기들이 어울려 지나갔다. 참

으로 웅장하면서도 아기자기한 세밀함, 흥겨우면서도 질서정연한 장미 축제였다. 우리나라에서는 운동회나 축전 때 마스게임, 카드섹션, 행진 등이 자유롭지 못하다고 없애자는 의견이 많은 줄로 알고 있다. 미국 등 선진국에서는 우리처럼 이렇게 형식을 딱딱하게 만들지 않는다고 어떤 이는 말하지만 사실은 그렇지 않았다. 이 행사를 위해 미국 각 주에서는 오랫동안 치밀한 계획과 연습을 했다고 한다. 이 행사에서는 '로즈 퀸' 선발대회도 있다 한다. 구경을 마치고 LA로 돌아와 한인촌 중국집에서 점심을 먹었다.

오후에는 북쪽에 위치한 주립 '그리피스 공원'에 올랐다. 여기서 내려다보는 LA 시가는 넓고도 아름다웠다. 내려오는 길에 할리우드 음악당에 들렀다. 수용인원이 2만 명이라 한다. 할리우드 거리를 지나 '차이니스 디어터' 앞을 지났다. 인도에는 유명했던 연예인들의 서명, 손바닥 등이 새겨져 있었다.

이튿날 큰 짐은 로텍스 호텔에 두고 겨울옷과 세면도구만 챙겨 그랜드 캐년 등 견학을 위해 3박 4일의 일정에 들어갔다. 시내를 벗어나 동북쪽에 있는 바스토우에 들러 간식을 먹은 뒤 동쪽으로 한없이 뻗은 40번 고속도로를 신나게 달려갔다. 버스 뒤편에는 화장실이 있었다. 우리나라 같으면 가다가 아무 곳에나 세워 놓고 용변을 보라고 하는 것이 보통인데…. 황량한 사막을 가로 지르는 도로에는 차가 그리 많지 않았다. 점심때가 되자 기

374

사는 도중에 있는 휴게소에 정차해 주었다. 거기에는 화장실, 야외용의자, 쓰레기장 등이 있을 뿐이었다. 김밥으로 점심을 해결하고 다시 고속도로에 들었다. 오늘은 그랜드 캐년으로 가는 길목 윌리암스라는 작은 도시까지 가는 것이 일정의 끝이다. 캘리포니아 주를 벗어나 아리조나 주에 들어섰다. 모하비 사막, 아리조나 사막을 통과했다. 군데군데 낮은 산봉우리가 보였지만 끝없는 사막은 지루하기도 하고 시원하기도 했다. 사막이라 해도 곳곳에 심심찮게 자라고 있는 조수아 선인장들이 있어 덜 허전했다. 오래된 유행가 가사 중 '아리조나 카보이'가 떠올랐다. 안내자에 따르면 이곳은 관개만 하면 농토로 바꾸어질 수 있는 땅이라 한다. 이 사막지대는 미국의 서부영화 촬영장으로 많이 활용되기도 했다고 한다. 톱니처럼 생긴 니들 산을 남쪽으로 바라보며 오늘의 목적지 윌리암스에 도착했다. 시계는 오후6시 30분을 가리키고 있었다. 장장 10시간 넘게 달려온 것이다. 마운틴 사이드 모텔에 여장을 풀었다.

1월 3일, 날이 밝았다. 그랜드 캐년으로 가 그 웅장하다는 콜로라도 강의 거대한 계곡을 보게 된다고 생각하니 가슴이 마구 설레었다. 그랜드 캐년은 폭이 6 ~ 30km, 깊이 약 1.6km, 길이 약 350km로 그야말로 엄청나게 큰 계곡이다. 흐름이 빠른 콜로라도 강의 물이 침식하여 생긴 자연의 최대 걸작품이다. 처음 간 곳은 매터포인트였다. 여기저기 눈이 덮인 계곡의 장관을 그려

낼 수 있는 말을 찾지 못해 안타까울 뿐이었다. 흰색, 붉은색, 다갈색, 회색 등 갖가지 색채로 차곡차곡 쌓여진 시루떡 같은 거대한 지층을 바라보며 자연의 위대함을 새삼 절감할 수 있었다. 우리나라에는 서해안의 채석강이 있다. 규모는 작지만 지층 모습은 비슷하다. 주위에는 카이바브(향나무 일종) 숲이 어우러져 있었다. 다음에는 야바파이포인트에서, 마지막으로 디저트포인트에서 웅장한 계곡에 혼을 빼앗겼다. 건너 보이는 지층들이 너무 멀어 파르스름한 하늘빛을 닮아 있었다.

눈으로 보는 그랜드 캐년보다 내가 직접 탐험하는 기회를 갖기 위해 IMAX 영화관에 4불을 내고 들어갔다. 웅장한 음악과 함께 내 자신은 비행기를 타고 협곡 곳곳을 아슬아슬하게 날아다니다가 보트를 타고 성난 콜로라도 강물을 헤치며 하늘처럼 높은 계곡 위의 바위를 쳐다보기도 했다. 직접 내 자신이 탐험하는 듯 깜짝깜짝 놀라는 순간순간을 맛보았다.

오후에는 첨성대 모양으로 세워진 전망대를 돌아보고 북쪽으로 출발했다. 인디언 보호구역을 지나 그랜드 캐년 댐으로 갔다. 높이 210m, 8개의 발전기로 140여 만kw의 전력을 생산하고 있다고 댐 관리소 아저씨가 설명해 주었다. 해가 서산에 걸려 있었다. 서쪽으로 달려 오늘의 숙박지인 유타 주의 캐납으로 갔다. 썰로인 모텔에 짐을 부렸다. 조금 전까지도 멀쩡하던 하늘에 펑펑 눈이 쏟아지고 있었다. 저녁을 그곳 미국인이 경영하는 중국

집 '대길루'에서 해결했다. 유타 주에서의 1박은 향수와 함께 보냈다. 흰 눈에 덮인 작은 도시 캐납의 밤거리는 조용했다. 우리나라의 겨울 풍경이 오늘은 더 그립다.

1월 4일, 눈이 밤새 더 많이 내렸다. 아침 식사를 위해 식당까지 가는 길에 쌓인 눈은 내 종아리까지 빠지게 했다. 예정했던 브라이언 캐년은 문을 열지 않는다고 해서 자이언 캐년으로 달렸다. 눈길이지만 운전기사는 조금도 염려하는 눈빛이 아니었다. 우리들은 안심했다. 자이언 캐년 입구에 도착하니 11시 40분이었다. 눈은 계속 흩날리고 있었다. 일찍 점심을 먹고 기념품점에 들렀다가 뜻밖에 벽에 붙어있는 태극기를 발견했다. 그때의 감격은 말로 다할 수 없었다. 손짓, 발짓, 서툰 영어로 이유를 물었더니 남자 주인이 6·25 참전용사라는 것이었다. 그와 함께 기념사진을 찍었다. 자이언 캐년은 그랜드 캐년처럼 위에서 계곡을 내려다보는 것이 아니고 차를 타고 달팽이처럼 계곡 아래로 내려가면서 구경하는 곳이다. 가장 아래인 곳에 도착하여 위를 보니 흐린 하늘은 손바닥만 하고 그 주위의 기암괴석들이 금방이라도 무너져 내릴 듯 긴장되기도 했다. 이곳의 사철은 참으로 황홀하다고 한다. 나는 책자 한 권을 사서 사계절의 자이언 캐년을 보기로 했다. 자이언 협곡을 빠져나온 우리들은 오후 3시 아리조나 주로 들어섰다. 검문소가 있었으나 다른 일은 없었다. 버진 캐년을 통과하여 네바다 주에 들어서니 시간이 1시간 늦어져 오후 2시 30분이 되었다. 두 시간을 줄곧 달려 라스베이거스에 도착했다. 17층 규모의 파크 호텔 12층에 숙소를 정하고 한국식당에서 저녁식사를 했다. 이곳에도 우리 교포가 15,000명 정도 살고 있다 한다. 자랑스럽고 가슴 뿌듯한 일이었다. 가는 곳마다 우리나라 사람들이 있으니 얼마나 반갑고 마음 든든한지 이루 말할 수 없었다. 입버릇처럼 하는 말을 되풀이 할 수밖에 없었다. "외국에 나가면 모두가 대단한 애국자가 된다." 해지기 전 도착해서 본 라스베이거스는 우중충하고 여느 도시와 별로 다른 점이 없었다. 아니 어느 면으로 보면 여느 도시보다 섬세하지 못하다고나 할까? 해가 지고 땅거미가 밀려들자 라스베이거스는 사뭇 달라지고 말았다. 현란한 네온사인이 별의별 모양과 글자를 새기며 번쩍이고 거리에는 사람들의 물결로 출렁거렸다. 네바다 주 사막에 이루어진 도시는 도박과 쇼로 온밤을 하얗게 지새우며 네바다 주의 수입원을 이루고 있었다. 미국에서 내가 다녀본 곳은 다 그렇지만 이곳 호텔에 드나들며 엘리베이터를 타면 가끔 당황하는 수가 있다. 엘리베이터에 들어서면 낯모르는 사람인데도 "굿 모닝"은 습관처럼 나에게 다가오는 것이다. 참으로 그들은 먼저 인사하는 예절이 몸에 착 달라붙은 사람들임을 절감했다. 밤의 라스베이거스 거리로 나가 보았다. 대낮보다 더 밝은 각종 네온사인이 어지럽게 번쩍이고 사람들의 물결을 헤쳐갈 수 없을 정도였다.

이튿날 아침 눈을 떠보니 해가 창살에 와 있었다. 호텔에서 내려다본 라스베이거스는 언제 그랬느냐는 듯 사막도시 본래의 허술한 모습으로 돌아와 있었다. 아침 식사를 위해 세계에서 뷔페식당으로는 제일 크다고 하는 '서커스서커스' 뷔페식당으로 갔다. 1,800명을 한꺼번에 수용할 수 있다고 한다. 음식을 이것저것 담아가지고 자리를 찾다보니 빈자리가 있었다. 얼른 앉아서 빵 하나를 입에 넣었을 때 종업원이 다가와서 무어라고 말을 했다. 그러더니 식탁 위의 표를 가리켰다. 자세히 보니 [장애자] 표시였다. 어찌나 무안한지 얼른 음식을 들고 다른 자리를 찾았다. 가는 곳마다 미국은 장애자를 위한 시설이 잘 되어 있었고 또한 그들은 손님을 불편하지 않게 대우하는데 인색하지 않았다.

《대구문예》14집. 1995.

캘리코에서 하와이까지

　10시 30분 짐을 꾸려 라스베이거스를 출발했다. 시가지를 벗어나니 사방은 온통 적막이었다. 끝없는 네바다 주 모하비 사막, 더러는 야트막한 언덕들이 이국 나그네의 마음을 이상하게도 흔들어주고 있었다. 막막한 벌판을 뚫고 한없이 이어진 포장도로를 달리노라면 진기한 모습들이 눈에 들어 온다. 길에서 조금 떨어진 곳에 거대한 주차장 같은 곳이 그것이다. 우리나라의 야영장 같은 곳이다. 숙식을 해결할 수 있게 만들어진 큰 차들이 혹은 꽁무니에 승용차를 매달고 많이 주차해 있었다. 거기에는 전기, 가스, 물 등이 공급되고 있다 한다. 가족들이 온통 며칠간씩 캠핑카에 몸을 싣고 여행하고 있는 것이다. 밤이면 더러 승용차를 타고 가까운 도시 나들이도 한단다. 넓은 땅에 사는 사람들의 재미있고 여유 있는 삶의 모습이 인상적이었다. 12시 40분쯤 네바다 주에서 캘리포니아 주로 경계를 넘었다. 10분쯤 더 가니 은광촌이 나타났다. 높다란 뒷산에는 크게 'Calico' 라고 새겨져 있었다. 서부개척시대의 모습이 그대로 재현되어 있는 마을이었다. 서부영화에서 흔히 보던 소도시의 모습 그대로였다. 이곳에 들어서면 제일 먼저 맞아주는 이가 보안관이다. 영화에서 본 그런 차림의 보안관은 익살을 부리며 안내를 한다. 나무로 지은 서부개척시대의 건물들이 손님을 기다리고 있다. 서부 사나이가 된 기분으로 안에 들어가 보니 조금은 음산한 분위가 감돌았다. 마을 뒤에는 산기슭을 돌아 조그만 증기기관차가 일정한 시간마다 운행되고 있었다. 구경을 끝내고 떠날 때 보안관과 기념촬영을 했더니 그는 나에게 명함을 내밀면서 꼭 사진을 보내달라고 했다. 그의 명함에는 Calico Ghost Town Sheriff "Lonesome Geoge" 라고 적혀 있었다. 일명 '유령촌' 이라고도 하는 모양이다. 바스토우를 지나 오후 4시 30분, 로스앤젤리스 코리아타운 로텍스 호텔에 도착했다. 마치 고향에 온 느낌이었다.

이튿날은 일요일이었다. 식사 후 월셔한인교회 예배에 참석했다. 낯선 땅 이곳에서 한국 사람들이 모여 예배 보는 광경이 감격스러웠다. 모두가 한 가족처럼 환히 웃는 얼굴로 만나 얘기하고 즐거워하는 정이 무궁화만큼이나 은근하고 깊었다. 예배가 끝나자 지하로 내려가 점심을 함께 했다. 우리나라에서 지천으로 보던 라면박스가 쌓여있고 냄비에서는 보글보글 라면이 끓고 있었다. 거기다가 바나나가 가득 놓여 있었다. 한국의 라면과 미국의 바나나가 함께하는 자리였다. 오후에는 가주백화점에 들렀다. 규모는 작았지만 한국 주인에 미국 점원들이 부지런히 움직이는 그림이 흐뭇했다. 세계로 뻗는 우리의 국력을 확인할 수 있는 곳이었다.

1월 7일 아침 디즈니랜드에 갔다. 넓은 주차장에는 차들이 질서정연하게 주차해 있고 정문에는 많은 사람들이 표를 사기 위해, 입장하기 위해 조용히 줄을 서서 기다리고 있었다. 우리들은 입장하여 정문에서 시계방향으로 돌아갔다. '모험의 세계', '새오르레안 광장', '개척의 세계', '크리터칸추리', '환타지랜드', '미래의 세계' 등이 차례로 기다리고 있었다. 중앙에는 디즈니 광장, 중앙거리가 곱게 단장되어 있었다. 입장객 모두를 위해 세심하게 꾸며놓은 별천지였다. 그렇게 많은 사람들이 북적대는 곳이지만 휴지 하나 떨어진 곳이 없고 뱀처럼 구불구불 줄을 서서 기다리지만 짜증을 내거나 새치기를 하는 사람은 눈을 닦고 봐도 없었다. 모두가 싱글벙글이었다.

1월 8일은 샌디에고에 있는 시월드에 가는 날이다. 로스앤젤리스에서 남남동으로 약 2시간 달려 멕시코와의 국경 가까운 시월드에 도착했다. 정문을 지나 여러 개의 문을 빠져나가니 하늘 높이 스카이타워가 솟아 있고 그 꼭대기에는 성조기가 힘차게 펄럭이고 있었다. 각종 바다동물을 종류별로 구경할 수 있게 등 그런 바다를 만들고 주위에는 스탠드를 설치해 관람객이 구경할 수 있도록 해 놓았다. 바다범, 물개 등 재롱떠는 모습이 귀여웠다. 돌고래 쇼 장에는 많은 구경꾼들이 모여 있었다. 점심때가 되어 간이식당에 가니 햄버거 한 개 사먹기 위해 선 줄이 길고도 길었다. 점심을 굶은 채로 여러 곳을 구경하고 오후 6시에 코리아타운 호반식당에 와서 고픈 배를 채울 수 있었다.

1월 9일 LA에서의 마지막 날이다. 아침부터 비가 주룩주룩 내리고 있었다. 시내 구경을 하기로 했다. 먼저 메모리얼파크로 갔다. 그림 같은 잔디밭에 갖가지 예쁜 꽃들이 아름답게 피어 있었다. 본관을 돌아보고 내려오는 길에 보니 기슭에 작은 꽃다발들이 여기저기 놓여 있었다. 무덤이라 했다. 이·저승이 함께하는 공원묘원이었다. 중심가에 있는 박물관을 구경하는 길에 뜻밖에도 유학 와 있는 제자를 만났다. 무척 반가웠다. 롱비치로 갔다. 호화여객선으로 유명했던 퀸메리 호가 이제 그 임무를 끝내고 해상 고급호텔로 살고 있었다. 롱비치의 비오는 거리는 한 폭의 그림이었다. 돌아오는 길에 레돈도비치에 잠시 들렀다. 미국 서부 해안 태평양을 바라보며 깨끗한 모래밭에 서 있으니 멀리 수평선 너머에서 아는 얼굴이 솟아오를 것 같기도 했다. 그 너머에는 우리나라가 있는데….

오후 7시 50분 발 하와이 행 비행기를 타기 위해 LA공항으로 갔다. 점점 불빛들이 밝게, 넓게 빛나는 LA 야경을 내려다보며 비행기는 태평양 상공을 날았다. 잠시 눈을 붙이고 나니 하와이 호놀룰루 공항에 내리고 있었다. 밤 12시였다. 공항 대합실로 나가니 마중 나온 이들이 꽃목걸이를 걸어주며 반갑게 맞아 주었다. 와이키키리조트 호텔(KAL빌딩)로 갔다. 말로만 듣고 사진으로만 보던 와이키키는 나를 엄청나게 들뜨게 했다. 북회귀선 바로 아래 위치한 하와이는 미국의 50번째 주로 열대기후지만 건조하여 땀이 흐르지 않는 곳이라 했다. 우리가 묵은 곳은 하와이 제도 중 오하우 섬 호놀룰루였다. 아침에 일어나니 8시, 창 너머로 맑은 햇살이 찾아들고 있었다. 창을 여니 시원한 바람이 사정없이 달려와 내 가슴에 안겨주었고 짙푸른 태평양 와이키키 해변의 비단 물결이 발밑에 와 속삭이고 있었다. 아침 식사를 위해 거리로 나갔다. 맨발의 군상들, 해수욕복 차림의 사람들, 갖가지 모습들이 자연스럽게 조화를 이루고 있었다. 바퀴 세 개 달린 조그만 오토바이가 빠르게 지나갔다. 경찰 순찰차라 한다. 줄을 서서 기다린 끝에 뷔페로 아침을 해결하고 코닥 쇼 장에 갔다. 맨땅, 잔디밭이 무대였다. 그 동쪽으로 스탠드가 설치되어 관광객이 앉는다. 하와이 각 부족의 민속의상을 입은 무희들이 나와 여러 가지 민속춤을 공연하였다. 남자 무용수도 있었다. 공연 중간에 관람객과 함께하는 시간도 있었다. 출연자와 관람자가 하나 되는 순간도 별미였다. 동물원 앞 잔디밭에 앉아 점심을 먹고 와이키키 해변으로 갔다. 깨끗한 모래, 맑은 바닷물, 마냥 푸른 하늘, 몇 덩이 솜털구름, 상쾌한 바닷바람이 나에게 낙원을 보여주었다. 물속에서 노는 것보다는 해수욕복 차림의 남녀들이 모래밭에 반듯이 눕거나 배를 깔고 엎드려 일광욕을 즐기고 있었다. 여기에는 먹을 것을 들고 들어오지 못하게 되어 있었다. 그래서 그런지 해변은 더없이 깨끗했다.

밤에 인터내셔널 마켓에 갔다. 낯설어 그런지 도무지 그 골목이 그 골목 같아서 길 찾기가 여간 어렵지 않았다. 재미있는 무늬의 옷이 걸려 있는 가게에 들러 가격을 물어보려고 마음먹었다. 영어로 물을 용기가 나지 않아 머뭇거리고 있으니 여점원이 먼저 말했다. "이 옷 마음에 드세요?" 나는 깜짝 놀랐다. 우리나라 말을 용기 있게 쓰지 못했음이 조금은 부끄러운 순간이었다.

1월 11일 하와이에서 두 번째 아침을 맞았다. 오하우 섬을 일주하는 날이다. 먼저 하나우마 베이로 갔다. 바위 언덕에서 내려다보이는 항아리 같은 바닷가에는 많은 사람들이 물놀이를 하고 있었다. 여기를 지나 바닷가를 따라가는 차에서 안내하는 이가 가리키는 곳을 보니 산중턱에 집들이 늘어서 있는데 마치 우리나라 지도 그대로였다. 얼른 카메라에 담았다. 집에 와 인화해 보니 신기하게도 우리나라 지도였다. 내력을 듣긴 했는데 기억이 나지 않아 아쉬웠다. 다이아몬드해드를 바라보며 고래섬을 지나 바람산으로 갔다. 날아갈 듯 불어오는 센 바람이 이곳 이름을 바람산으로 지었나 보다. 폴리네시안 민속촌으로 가서 카누를 탔다. 사모아, 아로테로아, 피지, 하와이, 마케시사스, 타이티, 통가의 민속을 보고 알로하할레카누 수상 쇼 장으로 갔다. 카누 위에서 각 종족들의 특이한 민속무용을 공연하는 모습이 이채로웠다. 우리나라 민속촌도 좀 더 다양하게 지방색이 드러나게 꾸며졌으면 좋겠다고 생각했다. 파인애플 농장을 끼고 진주만이 건너다 보이는 박물관으로 갔다. 태평양 전쟁의 불씨가 되었던 일본의 진주만 기습을 현장에서 확인하는 순간이었다. 그때 가라앉은 군함 아리조나 호를 건져 올리지 않고 그대로 둔 채 그 위에 아리조나 전쟁기념관을 지었다 한다. 박물관에서 건너 바라보이는 기념관은 따가운 햇살 아래 하얗게 빛나고 있었다. 과거의 아픔을 후회하기 위해 기억하는 것이 아니라 더 나은 미래를 설계하기 위해 기억한다는 사실을 다시 한 번 깨달았다. 호텔로 돌아와 짐을 꾸려놓고 잠자리에 들었다. 이제 내일이면 내 사랑하는 조국을 향해 하늘을 날아오를 것이다.

드디어 1월 12일이 밝았다. 일찍 서둘러 8시에 공항을 향해 출발하였다. 탑승수속을 마치고 비행기에 올랐다. 18일 동안 알래스카 주, 뉴욕, 뉴저지 주, 워싱턴DC, 캘리포니아 주, 아리조나 주, 유타 주, 네바다 주, 하와이 주 등지를 돌아보며 넓힌 견문을 안고 그리운 우리집이 있는 조국으로 가는 비행기에 오르는 기쁨 또한 한국을 떠나올 때의 설레임만큼 컸다.

태극기도 선명한 대한항공 KE051기는 하와이 시각 12일 오전 11시(한국시간 13일 오전 6시)에 이륙했다. 호놀룰루 시가, 와이키키 해변, 오하우 섬이 점점 작아지더니 끝내는 완전히 시야에서 사라지고 어디를 보나 하늘, 구름, 그리고 아득히 내려다보이는 바다뿐인 우주(?)를 날고 있었다. 시속 860km로 날아가는 비행기 안에서 나는 생각했다. '인간의 지혜는 어디까지인가? 스티븐 호킹 박사는 시간의 역사를 연구하고 있다. 과연 우주는?'

서울 시간 13일 오후 5시, 서울 상공에 이르니 낯익은(?) 시내 모습이 겨울 석양 속에 눈물겹도록 반가웠다.

《대구문예》15집. 1996.

상하常夏의 나라 말레이시아

20세기 마지막 해, 서기 2000년은 참으로 뜻 깊은 해였다. 우리나라 관습으로 환갑을 맞는 해이기도 했고 생후 두 번째 세기를 맞을 무언지 모를 설렘도 컸다. 마침 이런 때 기회가 되어 동남아 중 남들이 잘 가지 않는, 그러면서도 산뜻한 느낌의 말레이시아를 3박 4일이라는 짧은 기간 여행할 수 있게 된 것이다. 말레이시아는 북쪽으로 태국과 국경을 맞대고 말레이반도 남쪽에 위치한 적도 바로 북쪽, 열대의 나라다.

1월 26일 한겨울 대구공항을 출발, 김포공항에 가서 대한항공 쿠알라룸푸르행 비행기에 몸을 실었다. 우리나라와는 2시간의 시차지만 가는 시간은 7시간 정도 걸린다고 했다. 꽁꽁 언 겨울을 떠나 예닐곱 시간 만에 열대지방에 오니 꿈만 같았다. 말레이

시아 수도 쿠알라룸푸르 상공에 이르니 아래로 열대식물들이 온 천지를 진한 초록색으로 물들이고 있었다. 쿠알라 국제공항에 내렸다. 시설이 깨끗하고 편리하게 잘 되어 있었다. 공항 전철을 타고 밖으로 나가니 버스가 대기하고 있었다. 보석처럼 빛나는 열대의 햇살을 창밖으로 받으며 버스는 팜오일 나무숲을 지나 번화한 쿠알라룸푸르 시내로 진입, 우리들이 묵을 그랜드시즌 호텔에 도착했다. 우리 부부는 319호실에 여장을 풀었다. 어스름이 몰려오는 시가지는 휘황한 불빛 속에 이국의 정취를 내 눈가득 안겨 주었다. 호텔 식당에서 저녁을 먹었다. 이곳 메뉴를 보니 뭐가 뭔지 알 수 없었다. 눈으로 보고 몇 가지를 골라 요기를 했다. 향신료의 냄새와 맛이 우리와는 전혀 달랐다. 거무스레한 피부에 대체로 왜소한 말레이시아인들의 언행이 무척 낯설지만 그런대로 친절하여 조금은 우리 마음을 놓이게 해주었다. '아빠까바' (안녕하십니까)라는 말 한마디에 그들의 얼굴에는 미소가 떠올랐다. 그들은 곧바로 '까바바이' 라고 반겨주기도 했다.

둘째 날 바투 동굴로 향했다. 270개의 계단을 올라 동굴 속 부처님께 소원을 비는 곳으로 힌두교도들이 고행하는 곳이라 한다. 계단 난간에 바닷가 갈매기처럼 작은 원숭이들이 재주를 부리고 있었다. 내려와 가게에서 파파야를 사 그 속의 물로 갈증을 풀었다. 다음에 이 나라의 중요 특산물인 주석공장에 갔다. 세계 주석의 90%를 생산한다고 한다. 주석 컵에 물을 넣어두면 보온

이 잘 된다고 해서 몇 종류의 컵을 샀다. 다음에 찾은 겐팅하일 랜드는 높은 산위 600여만 평에 카지노를 비롯하여 여러 오락시설을 갖춘 하나의 도시를 이루고 있었다. 잠시 돌아보고 쿠알라룸푸르 시내로 향했다. 도로마다 노선표시도 거의 없고 자전거나 오토바이, 자동차가 무질서하게(?) 달리고 있었다. 그러나 교통사고는 거의 없다고 한다. 그만큼 양보하고 배려하는 마음이 크다는 것을 알 수 있었다. 특이한 것은 오토바이를 탄 사람들이 웃옷을 앞뒤 돌려 입은 것이었다. 가슴 속으로 바람이 들어가지 못하게 하기 위함이라 한다. 이 나라는 국민들이 술을 못 먹게 한다고도 했다. 집도, 차도 국가에서 많은 융자를 주어 쉽게 살 수 있고 고등학교까지 의무교육을 한단다. 범죄도 거의 없다고 한다. 지금도 태형이 있다고 하니 민주주의 나라라도 죄값이 커야 남의 권리 침해가 없어질 것이라는 생각이 들었다. 오는 길에 오랑아슬리 박물관에 들렀다. 이곳은 주로 특산물인 통갓알리라는 만병통치약 쯤의 약재를 선전하고 파는 곳이었다. 다음은 바틱 공장에 갔다. 그들이 직접 짠 천에 물을 들여 만드는 그들 전통의상 및 각종 의류를 생산하고 판매하는 공장이었다. 우리나라로 치면 한복이었다. 대단히 화려했다.

밤에 쿠알라룸푸르 야경을 보기 위해 시내로 나갔다. 세계에서 제일 높다고 그들이 말하는 페트로니스 트윈타워(쌍둥이빌딩)가 두 개의 큰 원기둥 모양을 하고 아득한 창마다 불빛을 별처럼 빛내고 있었다. 그 중 한 개는 일본건설회사가, 다른 한 개는 우리나라 삼성건설이 지은 것이라 한다. 두 건물을 연결하는 160m 높이의 스카이브릿지도 한국의 기술자가 이뤄 냈다니 우리나라의 건설기술을 짐작할 수 있었다. 밤의 왕궁은 조용했다. 호텔로 오는 길에 어둠 속의 마르데카 축구경기장을 볼 수 있었다.

셋째 날, 이 나라 북서 해안에 있는 '동양의 진주'라 불리는 페낭 섬에 국내선 비행기를 타고 1시간 쯤 날아갔다. 뱅골 만의 푸른 바다가 하얀 파도를 몰고 와서 반도의 서쪽 겨드랑이를 간지르고 있었다. 언덕 및 산기슭에 군데군데 세워진 아파트, 호텔, 식당 건물들은 자연과 조화를 이뤄 황홀하게 아름답고 그 건물 층층이 색색의 꽃들이 커텐처럼 드리워져 있는 모습은 낙원이라 할 만 했다. 이곳에도 우리나라 부산 사람이 경영하는 식당이 있어 반가웠다. 점심 후 우리들이 묵을 바닷가에 자리한 골든샌드스 호텔에 여장을 풀었다. 로비로 내려가니 드나드는 사람들 모두가 해수욕복 차림이었다. 앞에는 풀장이 여럿 있고 그 앞 모래밭을 지나면 바다였다. 유럽 각국에서 휴양 차 많이 온다고 한다. 오후는 자유시간을 내어 즐겼다. 바나나보트 타기, 발맛사지 받기, 해상 행글라이더 타기, 안락의자에 누워 열대의 열기 만끽하기 등등 세상만사를 모두 잊는 시간을 보냈다.

넷째 날은 페낭 섬 안에 있는 볼거리를 찾아 나섰다. 누워있는 부처, 와불상을 찾아 기도드렸다. 이 나라 사원은 다른 동남아 사원들과 같이 울긋불긋 원색으로 화려했고 사찰 내에도 행상들이 즐비했다. 더러는 맨몸의 땟국 꾀죄죄한 어린이들이 고사리 손을 내밀어 돈을 구걸하는 모습도 보였다. 빈부 차이는 어디에나 존재하는 걸까? 국립식물원을 찾았다. 열대의 신기한 식물들이 곳곳에서 손짓하고 그 새로 원숭이들이 제멋대로 돌아다닌다. 페낭과 말레이 반도를 잇는 페낭 대교는 길이 13.5km의 세계 네 번째로 긴 다리다. 우리나라 건설회사가 1986년 건설했다고 한다. 지금도 통행료의 몇 %는 우리나라 건설회사가 받고 있다 한다. 마지막으로 뱀사원에 들렀다. 여기도 돈 얻으려는 아이들로 붐볐다. 법당 곳곳에 자리 틀고 앉은 초록색 뱀들이 이색적이었다.

꿈같은 시간이었지만 세상에는 별의별 모습의 자연과 사람들이 있음을 다행으로 여기며 김포공항에 내린 것은 다음 날 새벽이었다. 말레이시아여! 뜨라마까시(감사합니다).

2000. 2.

중국 산동성을 찾아

    근래 중국 여행이 잦아졌다. 여러 번 갔다 온 사람들과 처음 가는 우리 부부가 함께 할 수 있는 곳을 찾다가 산동성으로 가기로 했다. 산동성은 역사적으로 신라와 가까웠고 고대문명 발상지 황하, 세계 대 성인 중 한분인 공자의 유적, 중국 역대로 유명한 5악 중의 제1악인 태산 등을 돌아볼 수 있어 그 의의는 컸다.

    4박 5일의 일정으로 2002년 8월 1일 오후 대구공항에서 중국 민항기를 타고 청도로 향했다. 황해 상공을 날아가는 두 시간 채 안 되는 동안 갖가지 생각이 많았다. 저 아래 바다의 사나운 물결을 헤치고 넘나들었던 우리 선조들의 용기와 개척정신이 새삼 위대함을 깨달았다. 청도 외곽에 위치한 청도국제공항에 내렸다. 시설이 매우 조잡했다. 공중화장실에 들르니 소변기는 1

개 뿐 줄을 서서 기다리고 있는 사람들이 많았다. 버스를 타고 옛 제나라 수도였던 치박으로 가기 위해 제청고속도로로 진입했다. 평일이어서인지는 몰라도 오가는 차가 가물에 콩 나듯 했다. 치박까지는 350km, 약 4시간 이상 달려야 한다. 두 시간을 달려도 산이 보이지 않았다. 도로 양 옆에는 끝없이 옥수수 밭이 펼쳐졌다. 그 사이에는 군데군데 군인막사 같은 붉은 시멘트기와에 단출하게 지은 공동주택들이 수십 채씩 마치 수용소처럼 자리하고 있었다. 공산사회의 협동농장이라 했다.

노을이 질 무렵부터 주위에 언덕 같은 산이 조금씩 나타나다가 더러는 벌거벗은 바위산이 우뚝 얼굴을 내밀기도 했다. 제청고속도로에서 지름길을 찾아 나왔는데 길을 잘못 들어 어두운 밤길을 헤매다가 허물어진 개울 바닥을 겨우 건너 아스팔트 길로 들어서게 되었을 때 느닷없이 통행료를 달라는 현지 주민의 손에 2위안(우리 돈 300원쯤)을 쥐어 주기도 했다.

옛 제나라 수도였던 치박 시는 오늘날도 번창했다. '齊都大順酒店'(센추리플라자 호텔)에 여장을 풀었다. 밤거리에 나가 봤다. 한더위 속 시민들은 무질서하게 오가고 큰 건물 앞에는 노점상들이 즐비했다. 고층 빌딩 아래의 풍경이 너무나 대조적이었다. 경주나 공주처럼 역사의 도시 같은 느낌은 별로 없었다. 현대 모습이 옛 모습을 지우고 있었다.

이튿날 우리는 황하를 찾았다. 황하문명의 티끌 하나를 보기 위해서였다. 길이 5,464km의 황하는 청해성 바엔카라 산맥의 야허라다쩌 산에서 발원하여 드넓은 중국의 북부지방을 휘돌다가 황토고원을 지나고 화북평야를 흘러 산동성 컨리현의 발해만에서 걸음을 멈춘다. 우리가 가 본 곳은 산동성 성도 제남시에서 30분 거리에 있는 황하, 그곳에는 길이 2.4km의 황하대교가 있었다. 우리나라 낙동강 하류쯤의 풍경과 별다름이 없었다. 강물은 그 폭이 넓지 않았다. 황하대교를 지나 건너편에 갔다가 되돌아 나왔다. 중국 5,000년 역사가 이 강을 중심으로 시작되고 문명을 꽃피웠다고 생각하니 감개무량했다. 마치 타임머신을 타고 온 듯.

오후에는 제남시를 거쳐 공자 고향을 찾았다. 곡부에 있는 공림, 공묘, 공부를 둘러봤다. 공림은 공자와 그 자손들의 묘가 모여 있는 곳이다. 20ha에 달하는 광대한 삼림지대에 위치한다. 정문 부근은 말할 것도 없고 들어가는 길 양쪽에 기념품을 팔려는 가게들이 수도 없이 늘어 서 있었다. 공자의 분묘는 수수교 북쪽에 있었다. 공묘는 노나라 애공이 공자가 죽고 1년 후에 세운 사당이다. 그 후 역대 황제가 기부, 희사를 계속하여 현재의 웅장한 규모가 되었다 한다. 공묘의 중심인 대성전은 황금기와 지붕, 용의 부조가 있는 거대한 18채의 석주로 되어 있다. 성적전에는 공자의 일생을 석각화 하여 20매로 소개하고 있다. 공부는 역대 공자의 자손이 살던 저택 겸 관공서이다. 송나라 보원 2년에 세워져 여러 번의 개축을 했고 청대에 이르러 대규모로 지어졌다고 한다. 베이징 고궁, 타이산 대묘와 함께 중국 3대 건축의 하나인 공묘를 볼 수 있었다는 것을 이번 여행의 큰 보람으로 안고 싶었다. 남쪽으로 조금 내려가면 추성이 있고 거기에는 맹자의 고향이 있다. 거기에도 맹림, 맹묘, 맹부가 있다 한다. 일정에 없어서 아쉽지만 가 볼 수 없었다. 공자의 그늘이 2500년 가까이 중국을 뒤덮고 있음을 보며 거대한 국가의 거대한 문화를 실감할 수 있었다.

버스를 돌려 태산이 있는 태안시 '泰山華僑大廈'(타이산오버시스차이니스 호텔)에 여장을 풀었다. '大廈'는 중국에서 빌딩을 의미한다고 한다. 저녁 식사 후 태안시내 구경을 나섰다. 역시 무질서했다. 후덥지근한 밤공기를 가르며 야시장에 들어섰다. 입을 것, 먹을 것, 기념품, 일용품 등등 독특한 냄새를 풍기며 돈벌이에 모두가 여념이 없었다. 사람 사는 곳은 다를 게 없었다. 다만 언어와 풍습이 다를 뿐이었다. 호텔에 와서 우리들은 곡부에서 산 담배 '孔府'를 피워 물고 40도의 독주 '孔府○酒'를 마시며 2500년을 뒤돌아가 희희낙락하는 시간을 누렸다.

이튿날 우리는 태산에 오르기 위해 태산 밑 천외촌으로 갔다. 15인승 작은 버스가 연신 관광객을 실어 나르고 있었다. 천외촌에서 올려다본 태산은 온통 돌 천지였다. 여기 와 보고는 새삼 나의 무식했음을 깨닫게 되었다. 초등 국어 교과서에 '태산이 높다 하되' 라는 고시조가 나오는데 태산은 세상에서 가장 높은 상상의 산이라고만 여겼었다. 그런데 실재하는 산이었음을 알았기 때문이다. 하남성의 숭산(중악), 산동성의 태산(동악), 섬서성의 화산(서악), 호남성의 형산(남악), 산서성의 항산(북악)의 오악 중 으뜸으로 친 산이 태산이었다. 영혼이 깃든 산이라 여겨져 중국인들에게 숭앙되어 왔고 역대 제왕들이 봉선의식을 행한 신성한 산이 태산이다. 1,545m의 높이를 오르려면 7,412 돌계단을 약 5 ~ 6시간 걸어야 한다. 그러나 대부분 천외촌에서 버스를 타고 중천문까지 간다. 중천문에는 작은 도시를 방불케하는 식당, 상점들이 즐비하다. 차 한 잔을 마신 뒤 케이블카를 타고 남천문까지 오른다. 보이는 기암괴석마다 성한 돌이 거의 없다. 잘생긴 바위라는 바위에는 이백의 시를 비롯해서 명언, 명구들이 빽빽하게 음각되어 빨갛게 눈을 뜨고 있다. 천국의 경계선을 지나 승선방, 한참을 더 올라가서 태산의 정상 옥황정에 도착했다. 앞뜰에는 '정상 1,545㎡' 라는 팻말이 꽂혀 있고 그 둘레에는 수없이 많은 자물쇠들이 걸려 있었다. 방문한 사람들이 소원을 빌고 잠궈 두는 것이라 했다. 나뭇단 같이 굵은 향들도 무럭무럭 연기를 내며 타고 있었다. 바위마다 새겨진 음각의 붉은 글씨를 보며 북한 김일성도 태산 본을 본 것이 아닐까 생각했다 .오늘날 같으면 자연훼손이라고 야단났을 것이다.

　오후에는 제남시 중심에 있는 72개의 샘 중 으뜸으로 춘추전

국시대 녹수라 불렀던 표돌천 공원에 들렀다. 고색창연한 건물들 사이로 샘솟는 물이 고여 있는 연못이 여러 개 자리하고 있었다. 수온 섭씨 18도를 유지하며 깨끗하고 물맛 좋기로 유명한 표돌원에는 송나라 때 세워진 녹원당이 있고 주변 찻집에서는 그 물로 달인 차를 팔고 있었다.

표돌천을 나서니 빗방울이 떨어지기 시작했다. 버스를 몰아 제청고속도로에 진입하고 보니 서쪽 황하 부근에서 검은 구름이 비를 잔뜩 머금고 온 하늘을 휘말듯 황하 유역의 황사를 더불고 우리 뒤를 쫓아오기 시작했다. 우리는 시속 90km 이상으로 청도를 향해 달렸다. 두어 시간 뒤 우리는 그 빗줄기에 추월당하고 구름 뒤를 밟아 저녁 무렵 청도에 닿았다. 청도 외곽에는 도로가 넓게 잘 닦여 있었다. 신호등도 새로웠다. 빨간등이 켜짐과 동시에 시간 알리는 숫자가 같은 색깔로 1초씩 재깍재깍 줄어들다가 0이 됨과 동시에 녹색으로 변한다. 운전자나 보행자에게는 참으로 편리한 시설임을 알 수 있었다. 식당에 가서 회도 먹고 술도 한잔했다. 매우 친절하였다. 청도시 동쪽 외곽에 자리한 35층 원형의 '기린대주점'에 여장을 풀었다.

청도시 동쪽 외곽지는 광대하였다. 새벽에 밖에 나가 보았다. 여기저기 집을 짓고 도로를 건설하느라 어지럽게 차들과 자재들이 널려 있었다. 그 사이로 들어선 아담하고 깨끗한 주택들과 나지막한 빌딩들이 신도시 같은 느낌을 주었다. 식사 후 동쪽으로 40km 떨어진 노산으로 향했다. 해변 입구에 다다르니 수많은 차들이 정차하여 대 혼잡이었다. 길이 험하다고 여기서 차 점검을 한다는 것이다. 점검하는 동안 잠깐 내려 주위를 돌아보았다. 중국 간판 글자는 대부분 간자체로 되어 있어 우리가 아는 한자와는 사뭇 달랐다. '手拉手'라는 간판이 눈이 띄었다. 글자는 알겠는데 무슨 뜻인지 몰라서 안내인에게 물으니 '손에 손잡고'라 한다. 험한 해안도로에 들어섰다. 왕복 좁은 2차선에 들어가고 나가는 차들이 가득했다. 그래도 경적 한번 울리는 차가 없었다. 중국인들의 국민성을 엿볼 수 있는 시간이었다. 주차장에 내려 두서너 층의 바위 둔덕을 오르니 케이블카 타는 곳이 있었다. 태산보다는 낮지만 오르는 중간중간 바위마다 역시 붉은 음각의 문구들이 빠짐없이 얼굴을 내밀고 우리를 맞이하고 있었다. 노산은 도교의 사원이 있는 곳으로 최고봉이 1,133m였다. 진시황제가 불로초를 구할 목적으로 사절단을 파견한 곳으로도 기록되어 있다 한다. 정상에 올라 바라본 황해는 가슴 탁 트이게 검푸른 물결 끝에 수평선을 긋고 있었다. 그 너머에는 우리나라 한반도가 있을 것이다.

　오후에 청도해수욕장에 갔다. 수많은 인파가 들끓고 있었다. 잠시 바람을 쇠고 시내 서남쪽에 있는 소어산 공원으로 갔다. 근대화 과정에 서구열강의 입김이 드세었던 곳이라 건물 모양이나 색깔이 서구풍을 보여주고 있으면서 매우 균형 잡힌 아름다움을 뽐내고 있었다. 특히나 소어산 공원에서 내려다보는 해변과 청도시내, 일몰 풍경 등은 서구식의 숲에 싸인 아름답고 아담한 건물들과 어울려 한 폭의 그림처럼 화려했다. 우리나라의 1.5배나 되는 산동성, 그 안에는 중국의 옛 문명을 말해주는 유적들이 많았다. 샅샅이 그 속내를 알기 위해서는 배낭여행이 최적이라 생각되었다. 이튿날 돌아오는 중국 민항기에서 승객들이 대구상공에 무사히 들어서자 "야호!"라는 환성을 울렸다. 그만큼 중국 민항기의 위험을 너도 나도 몸으로 느끼고 조마조마했음을 알 수 있었다.

2002. 8.

태국의 파타야, 앙코르 와트의 그 불가사의

우리나라에서 캄보디아의 앙코르로 가는 방법은 베트남을 거쳐 비행기로 가는 길과 태국 방콕을 거쳐 자동차로 가는 길이 있다 했다. 우리 일행(6가족)은 후자를 택했다. 경비도 적고 태국과 캄보디아의 풍광도 좀 자세히 살피고 싶었기 때문이었다.

2004년 1월 25일 오후 김해공항을 이륙한 칼기는 그날 심야에 태국 방콕의 돈무앙 공항에 내려 앉았다. 버스로 동쪽 1시간 거리에 있는 사총사우로 이동, 그곳 왕타라리조트에서 눈을 붙였다. 방콕의 야경은 서울, 대구와 별다름이 없었다. 사총사우는 너른 평야에 강을 끼고 아름다운 풍경으로 자리하고 있었다. 아침 식사 후 버스에 올라 국경도시 아란으로 향했다. 정식 도시이름은 아란야프레테트인데 아란으로 부르고 있었다. 너른 들판에는 각종 농작물이 자라고 더러는 물고기를 기르는 시설도 보였다. 2차선 도로는 깨끗이 포장되어 있었다. 집들도 깨끗하게 띄엄띄엄 흩어져 앉았다. 풍요로운 태국의 농촌이 아름답게 보였다. 태국의 관광버스는 모두 2층 버스였다.

국경도시 아란은 제법 붐비었다. 우리나라 시골 장날처럼 여러 가지 꾀죄죄한 기념품, 먹을 것 등을 파는 가게가 늘어섰고 지저분한 리어카 비슷한 것에 실려 오가는 짐들도 보였다. 1시간 가량 기다려 입국비자를 받고 버스에서 내려 걸어서 국경을 넘었다. 마치 기차 타는 역에서 개찰을 하듯 그렇게 간단히 국경을 넘어 캄보디아로 넘어 왔다. 여권은 거기에 맡겨 놓았다가 올 때 찾는다고 했다. 국경을 넘으니 연이은 작은 도시가 캄보디아의 포이펫이라 한다. 여기서부터 앙코르 와트가 있는 도시 씨엠립까지 152km 된다고 한다. 나라가 바뀌니 모습들이 완전히 바뀌었다. 우리나라 1950년대 말의 풍경이 재현되고 있었다. 거지꼴의 아이들이 벌거벗고 혹은 아이가 갓난아기를 업고 손을 내밀며 돈을 달라고 야단이었다. 그 기막힌 모습들이 우리의 옛날을 떠올리게 하여 잠시 눈을 감았다. 그러나 그들의 얼굴에는 평화스러움과 느긋함이 묻어나고 있었다. 우리들도 그때 그 시절 그 어렵던 때 우리 얼굴에 저런 천연함이 배어 있었을까? 지금 오히려 그때가 그립다고 생각되는 것은 웬 일일까? 메말라 가는 인정 때문은 아닐까? 경제적인 부와 행복은 비례하지 않는다는 사실을 새삼 느끼는 순간이었다. 산이 보이지 않는 까마득한 들판에는 잡초 같은 벼들이 한없이 바람에 흔들리고 있었다. 집들은 나무로 지은 2층에 마치 우리의 마굿간 같은 곳이었다. 국경을 넘으면서부터 도로는 비포장으로 황토 먼지가 시야를 가렸고 울퉁불퉁 우리들은 앉은 채 춤을 춰야 했다. 따라서 낡은 버스의 속도는 시속 30km 정도였다. 중간 도시 시소폰에서 점심을 먹었다. 도로 중간 중간에 집들이 더러 보이고 그곳에는 노점상들이 옥수수, 열대과일 등을 팔고 있어 그들과 눈을 맞추며 옥수수를 사 먹었다. 마치 그 먼 옛날로 돌아 온 듯 신비함이 가슴을 설레게 했다. 두어 뼘 남은 해를 보며 목적지 씨엠립에 도착했다. 우리나라 읍 정도인 씨엠립은 그래도 깨끗이 정돈되어 있었다. 곧바로 동양 최대의 호수 톤레샵으로 향했다. 호수가 바다처럼 펼쳐진 곳에 도착하여 배를 탔다. 하수같이 지저분한 호숫가에는 수많은 수상 가옥들이 빽빽하게 들어차 있었다. 집집마다 배를 가지고 이동하고 있었다. 호수의 물을 먹고 빨래하고 대소변을 처리하고 있다 하니 비위생적인 생활은 말로 다 할 수 없었다. 그래도 병에 걸리지 않는지 모두가 거무튀튀하게 건강해 보였다. 호수 안으로 들어가니 양쪽에 수상마을이 큰 군락을 이루고 있었다. 물위에 레스토랑, 음식점, 전망대, 수상학교, 병원 등 없는 게 없다고 한다. 이들은 참족으로 원래는 베트남인들인데 여기서 살게 되었다고 한다. 지상에는 살 곳이 없어 물위에 산다고 하니 참으로 딱할 뿐이었다. 수상 레스토랑에서 간단한 음식을 먹고 호수를 구경하며 마침 호수 위로 넘어가는 태양을 배웅할 수 있었다. 말로 다 할 수 없는 열악한 환경 속에서도 그들은 느긋하고 행복해 보였다.

씨엠립의 품바이온 호텔에 여장을 풀었다. 캄보디아의 전통 민속춤 압사라 디너쇼 장에 가서 나긋나긋하고 신비스러운 무희들의 춤을 구경하며 저녁을 먹었다. 숙소로 오는 길에 눈에 띈 '평양냉면' 집에 대해 안내자에게 물었더니 북한에서 운영하는 음식점이라 했다. 밤에 평양냉면집을 찾았다. 아담하게 꾸며진 내부가 겉에서 보던 초라함을 벗겨 주었다. 우리나라 월드컵 때 와서 관심을 모았던 북한 응원단과 흡사한, 예쁘게 차린 아가씨 6명이 분주히 움직이고 있었다. 홀 안은 우리나라 여행객들로 붐볐다. 평양소주와 안주를 시켜 놓고 잠시 즐거운 한때를 보냈다. 노래방 기기도 갖추고 있었다. 격세지감이 들었다. 멀리하던 사회주의 국가 안에서 북한인이 경영하는 음식점에 앉아 그들과 환담할 수 있다는 것이 마냥 신기하기만 했다.

이튿날 아침, 씨엠립 북쪽 10분 거리에 있는 유네스코가 지정한 세계문화유산인 앙코르 와트로 갔다. 화면이나 사진으로만 봐 왔던 곳으로 나는 깊은 산속에 위치해 있는 것으로 짐작하고 있었다. 그런데 그게 아니었다. 대평원에 있었다. 1861년 처음 발견한 프랑스 박물학자 앙리 무어의 글이 생각났다. '숲 저쪽의 광대한 지역에 원형 지붕과 5개의 탑을 가진 거대한 건물이 솟아 있었다. (중략) 푸른 하늘과 정적을 배경으로 한 짙푸른 숲 위로 높이 솟은 아름답고도 장엄한 이 건물의 웅장한 선을 발견 했을 때 나는 그 거대한 윤곽이 한 종족 전체의 분노를 발견한 듯한 느낌을 받았다.' 미국의 유명 여배우 안젤리나 졸리가 주연한 영화 〈툼레이더〉의 배경으로도 유명한 곳이다. 자이언트 팜 나무의 거대한 뿌리가 석조물을 휘감고 있는 모습을 떠올리며 앙코르 와트 시티의 정문 앞에 섰다. 앙코르 와트란 왕조의 사원이란 뜻이다. 동서 1.5km, 남북 1.3km의 정방형에 가까운 대지 둘레에는 인공으로 파서 물을 넣어 호수를 만들어 놓았다. 돌다리로 인공호를 건너면 사원 뜰에 선다. 다리 난간부터 빈틈 없이 넓적한 돌을 깔았고 난간마다 거대한 뱀을 조각해 놓았다. 머리 부분은 살아 움직일 듯 하늘을 향해 있는 형상이었다. 수많은 회랑, 그 벽면마다 제국의 역사를 말해주는 부조가 이채로웠다. 제1화랑에는 '마하바라타' '라마야나' 두 고대 인도 서사시 에서 따온 문구가, 제2화랑에는 힌두신화가, 제3화랑엔 압살라 (선녀)들의 화려한 율동이, 전쟁의 모습도, 신이 내리는 벌을 받는 사람들의 모습도 적나라하게 부조되어 있었다. 〈킬링필드〉 라는 영화로 널리 알려진, 1975 ~ 1979년까지 캄보디아 크메르 루즈 공산정권의 대학살도 이곳의 부조를 흉내 낸 것이라고 사람들은 말하고 있다. 거대 네모 회랑 가운데는 5개의 탑이 웅장하게 솟아 있다. 그 탑을 오르는 계단이 또한 흥미롭다. 어떤 사람도 반듯하게 서서는 오르지 못하게 가파르게 만들어져 있었다. 몸을 굽혀 올라오라는 뜻이란다. 한곳은 덜 가파르게 만들어졌는데 이곳은 왕이 오르는 계단이었다 한다. 동서를 막론하고 절대권자의 위력을 짐작할 수 있었다. 그 북쪽에는 이보다 더 거대한 넓이의 앙코르 톰이 자리하고 있다. 거대한 왕도라는 뜻이다. 이 안에는 바이욘 사원, 바푸욘 사원 등이 똑같은 돌로 만들어져 있다. 바이욘 사원은 자야바르만 7세가 앙코르 톰의 중심에 세운 거대한 바위산 모양의 불교 사원으로 탑들에 새겨진 자비로운 관음보살상은 '바이욘의 미소'라 불린다. 남쪽에는 문둥왕의 테라스, 바푸욘 사원 동쪽에는 코끼리 테라스가 있다. 앙코르 톰 동쪽에는 자야바르만 7세가 그의 어머니를 위해 건립한 따쁘롬이 있다. 여기는 훼손된 채 방치되어 있었다. 곳곳에 무너진 돌들이 쌓여 있고 그 사이마다 자이언트 나무의 뿌리가 마치 거대한 뱀처럼 돌과 건물들을 옭죄고 있었다. 이 유적들은 13세기 초에 만들어졌다고 한다. 우리나라로 치면 고려시대 중엽쯤의 일이 아닌가 생각되었다.

늦은 점심은 평양냉면집에 가서 해결했다. 마침 손님이 우리뿐이어서 노래해도 되느냐고 물었더니 그녀들은 상냥하게 대답했다. "우리가 먼저 환영의 가무를 보여드리겠습네다." 그리고는 '반갑습네다' 등 두어 가지를 부르고 춤도 보여주었다. 우리들은 대중가요를 신나게 부르며 피로를 풀었다. 그날 오후 고물 버스를 타고 어제 온 길을 되돌아 달렸다. 국경도시 포이펫에 오니 늦은 저녁 때, 이미 날은 어두워져 있었다. 그곳 다이아몬드 카지노 호텔에 들었다. 겁이 나서 밤거리 구경은 접었다. 이튿날 일찍 일어나 거리에 나가 보았다. 8시도 안 되었는데 남루한 옷의 남녀노소 수백 명이 줄을 서서 데모나 하듯 태국 국경 쪽으로 밀려가고 있었다. 태국에 품을 팔러 갔다가 저녁이면 다시 자기 나라로 돌아온다는 것이다. 태국과 캄보디아의 삶이 금 하나를 사이에 두고 너무나 판이함을 볼 수 있었다. 위정자들이 눈여겨보고 깨달아야 할 모습이었다.

국경을 넘어 태국 휴양지 파타야로 가는 길에 농눅 빌리지에 들렀다. 농눅 할머니가 전 재산을 털어 조성했다는 거대한 태국 전통민속촌, 코끼리 쇼에다 각종 식물, 물고기, 도자기를 쌓아 만든 각종 조형물 등 그야말로 눈이 휘둥그레지는 풍광들이 우리들의 마음을 사로잡았다. 파타야 졸찬 호텔에 짐을 풀고 저녁은 시푸드로 했다. 해변 정원에 뷔페식으로 파도소리에 라이브 음악이 흐르는 분위기 있는 곳이었다. 밤에는 간이주점에서 휴양 온 영국신사와 어울려 우리 소주의 참맛을 알려 주었다.

마지막 날 아침 일찍 방콕으로 향했다. 낮에 본 방콕시내는 조금 어수선했다. 큰 도로가에도 무너질 듯 초라한 집들이 보였다. 남의 눈을 위해 시민들을 괴롭히지 않는다는 안내자의 말이 귀에 쟁쟁하다. 이층도로도 보였다. 태국 왕궁을 둘러 봤다. 비좁게 지어졌지만 화려한 색채와 기묘하고 정교한 대승불교 사원식의 왕궁이 이채로웠다. 특히나 에메랄드 사원은 찬란했다. 지금도 왕이 살고 있다. 태국 어느 음식점에 가도 왕과 왕비의 사진이 걸려 있다. 부러웠다. 국민들의 추앙을 받는 지도자 한번 있어 봤으면 하는 우리의 바람이 슬프게 느껴진다. 왕궁을 나와서 방콕을 가로지르는 강에 있는 수상시장을 배를 타고 둘러 봤다. 물속에는 팔뚝만한 고기들이 버글버글했다. 강의 오염방지를 위해 애쓰는 그들의 노력을 알 수 있었다. 강 오른편 건너에 있는 새벽사원은 눈요기로 지났다.

그날 밤중에 귀국 비행기를 타고 하늘로 치솟았다. 짧은 기간이었지만 참으로 많은 새로운 문물을 보고 느끼며 새로운 시각도 가지게 되었다. 여행은 사람을 사람답게 만들어주는 가 보다.

2004. 3.

미항美港 시드니 엽신葉信

2005년 1월 11일 우리 부부는 김해공항 출발, 일본 동경 나리타 공항에서 호주 행 비행기로 환승한 후 10여 시간 비행 끝에 아침 햇살을 받으며 시드니 공항에 내렸다. 기상에서 내려다보이는 시드니 전경은 거의 환상적 아름다움으로 물들여져 있었다. 이탈리아의 나폴리, 브라질의 리우데자네이루와 함께 세계 3대 미항으로 꼽히는 곳이다. 우리나라와는 적도를 중심으로 정반대의 남반구에 위치한 시드니는 여름인데 우리가 떠난 것은 한겨울이었다. 해양성 기후를 닮아서인지 우리 여름과는 다르게 그리 덥지 않았다. 남쪽으로 한없이 멀리 왔어도 우리나라와의 시차는 1시간이었다. 섬머타임으로 2시간 빨랐다. 자동차 운전석은 오른쪽에, 따라서 도로 통행도 우리나라와는 반대였다.

횡단보도마다 '오른쪽을 살펴라' 는 문구가 길바닥에 씌어있었다. 야생동물원 '코알라 파크' 로 가는 길에 보이는 아담한 주택들은 하나같이 화원처럼 정원이 금빛 나는 식물들과 아름다운 색색의 꽃으로 꾸며지고 나머지는 잔디가 융단처럼 심어져 있었다. 명물 코알라는 참으로 귀엽게 생겼다. 우거진 숲 사이 나뭇가지에 앉아 재롱 피우는 모습이 아기 같았다. 코알라가 잘 먹는 유칼리투스 나무가 울창했다. 희귀한 새와 진귀한 동물들이 이방인의 눈길을 사로잡았다.

불루마운틴으로 오르는 길에 있는 한국인 경영의 식당에서 뷔페로 점심을 해결했다. 불루마운틴은 시드니 서쪽 약 100km에 있는 평균높이 1,000m 정도의 산줄기를 말하는데 숲과 하늘이 모두 푸르다고 붙인 이름이라 한다. 정상 가까이까지 차가 올라갔다. 멀리 서쪽으로 첩첩이 이어진 나지막한 숲에 덮인 산줄기들이 파르스름한 안개 속에 잠들어 있었다. 에코포인트에서 세자매봉을 보고 내려오는 길에 옛 탄광지대의 궤도열차를 탄 후 시내로 들어왔다. 시드니 시내 지상 건물 사이로 달리는 모노레일을 탔다. 시드니 시가지를 내려다보며 지상낙원임을 실감했다. 모든 것은 자연 그대로 이용하여 인간을 위한 시설을 해 놓고 있음을 확인할 수 있었다. 비행장이 건너다보이는 바닷가 노보텔 브라이튼에 첫 짐을 풀었다. 바닷가 모래밭은 퍽 깨끗했다. 모두가 규칙을 잘 지키고 있는 것이 부럽게 여겨졌다.

410

이튿날 시드니 동부 해안 구경을 나섰다. 금빛 햇살과 푸른 하늘, 맑고 푸른 바다 그리고 햇살에 반짝이는 은빛 모래가 천국이었다. 먼저 본다이 비치로 갔다. '본다이'는 원주민 말로 '바위에 부서지는 하얀 파도'라는 뜻이란다. 해수욕장은 이름 그대로였다. 오전인데도 많은 사람들이 나와 즐기고 있었다. 모래가 밀가루처럼 고운 것이 특징이었다. 맨발로 그 모래를 밟는 기분은 말로 표현하기 어려운 감동이었다. 바위 절벽이 아름다운 곳, 갭 공원을 돌아 유람선 타는 곳으로 갔다. 유람선 '캡틴쿡'에 올라 뷔페로 점심을 먹었다. 시드니 해안을 두루 돌아 2시간 동안 구경하게 되어 있었다. 구석구석 바다가 들어가고 나온 곳에는 깨끗한 건물과 기타 시설물들이 그림처럼 잘 배치되어 있었다. TV에서 자주 보던 하얀 오페라 하우스와 하버브릿지를 여러 각도로 볼 수 있게 배는 요리조리 천천히 움직여 주었다. 배에서 내려 다시 시드니를 다르게 감상할 수 있는 멕콰리 포인트로 갔다. 여기서 바라보는 오페라 하우스는 또 다른 아름다움이었다. 아름드리 나무들이 듬성듬성 서 있는 공원이었다.

오페라 하우스에 갔다. 오페라 하우스는 1959년 착공하여 1973년 10월에 개관하였다 한다. 그 모양이 어쩌면 파도, 조개 등의 모양에서 따온 것이 아니냐고들 하지만 실제로는 덴마크의 설계자가 잘라놓은 오렌지에서 힌트를 얻었다고 한다. 세계에서 두 번째 긴 다리로 길이가 1,149m, 높이가 143m나 되는 하버브릿지 바로 아래 위치한 오페라 하우스는 순수한 흰색은 아니었다. 내부에는 2,450석 규모 홀 1개와 1,000석 규모 홀 2개가 있는데 우리는 1,000석 규모 홀에 들어가 앉아보았다. 안내자의 말을 빌리자면 내부는 우리 세종문화회관보다 나을 게 없단다. 한가지 놀란 것은 입구에 들어서니 천장과 주위 벽이 시멘트 그대로인 것이다. 까닭은 시공 그대로 유지하기 위함이란다. 색칠을 하면 계속 칠을 해야하기 때문일 것이다. 푸른 바다 위 육중한 하버브릿지와 하얗게 빛나는 오페라 하우스를 함께 바라보는 감동은 컸다.

호주는 한반도의 약 35배 넓은 대륙이다. 중서부는 대부분이 사막이고 도시가 발달한 곳은 동부 해안이다. 사철이 있지만 기온 차가 그리 크지 않아 아열대식물들이 주를 이루고 있다. 인구 300만이 넘는 도시는 시드니와 수도 멜버른뿐이다. 사람들은 모두 여유 있고 온화한 표정으로 만나는 사람들로 하여금 친밀감을 느끼게 하고 있다. 여자들의 권익이 특히 우선시 되는 호주사회는 사회보장제도도 잘 되어 있어 노후가 편하다고 한다. 부러운 감이 없지 않았다.

2005. 3.

신서란新西蘭의 물빛

한자의 육서六書 가운데 가차假借(외래어, 외국어를 적을 때 한자의 음만 빌려 적는 방식)의 방법을 쓴 한자어로 뉴질랜드를 신서란으로 적었다. 프랑스를 불란서로 적은 것과 같다. 뉴질랜드는 크게 남섬과 북섬으로 이루어져 있는데 한반도의 약 1.2배 정도라 한다. 12개의 국립공원, 전 국토의 30%에 이르는 자연보호구역, 총 연장 15,000km의 해안, 19개의 3,000m급 높은 산, 수많은 호수, 피요르드와 빙하, 활화산과 간헐천, 온천수 등등 언제나 사계절이 공존하는 천국이다. 그래서 이 나라는 유럽의 알프스, 태평양의 하와이, 북유럽 스칸디나비아의 정취를 한꺼번에 보고 느낄 수 있는 곳이다. 우리나라와 3시간의 시차가 있으나 우리가 갔을 때는 섬마타임으로 4시간의 차를 보이고 있었다. 이

나라에는 해충, 뱀, 맹수가 없다 한다.

　2005년 1월 14일 우리 부부는 시드니공항을 출발하여 동남쪽으로 약 3시간 비행 끝에 뉴질랜드 남섬 동쪽 해안에 있는 크라이스트처치에 도착했다. 동, 서경 180도가 만나는 날짜변경선을 동쪽 바다에 둔 하루 중 가장 먼저 해가 뜨는 나라이기도 하다. 한적한 곳이었다. 1월의 여름 태양이 찬란히 빛나 깨끗한 인상의 도시 전체가 더욱 맑고 아름답게 보였다. 시가지를 벗어나와 끝없이 펼쳐진 풀밭과 나지막한 산들 사이로 오솔길처럼 틔어 있는 2차선 아스팔트길을 남서쪽으로 달려갔다. 멀리 가까이 수많은 양들이 마치 누에가 꼬물거리듯 널려 있는 모습이 인상적이었다. 보일 듯 말듯 목장마다 경계를 나타내는 철사가 둘러쳐져 있고 더러는 10 ~ 20m 높이로 미끈하게 자란 소나무가 울타리를 이루기도 하였다. 이 나라에서 기르는 양은 약 5,000만 마리나 된다고 한다. 인구 400만에 비하면 엄청난 수이다. 구릉지나 언덕에는 터석이라는 풀이 산발한 머리카락처럼 바람에 흔들거리며 지천으로 자라고 있었다. 세 시간 남짓 달려 데카포 호수에 도착했다. 진한 에메랄드빛 물이 바다같이 끝없이 출렁이는 그 너머로 하얀 눈에 덮인 산들이 눈에 들어왔다. 그 중 가장 높은 쿡 산 정상은 구름 때문에 보통 잘 보지 못한다고 하는데 우리는 운좋게도 구름이 살짝 비켜주는 바람에 사진기에 고이 담을 수 있었다. 내일 저 산 밑에까지 가 볼 예정이란다. 스위스

알프스에는 못 가 봤지만 아마도 저런 모습이 아닐까 상상해 보았다. 호수가에는 '콜리' 개의 동상과 낡은 '선한 양치기 교회'가 낯선 손님을 반갑게 맞아주고 있었다. 손을 넣으면 금방 파랗게 물들 것 같은 물이지만 막상 손을 넣으면 무색투명이다. 놀라운 현상이다. 우리들의 놀라움과 감탄을 호수에 띄워놓고 다시 차는 달렸다. 전체가 공원 같은 시골 작은 마을에 도착하여 맥캔지칸트리인 2층 아담한 숙소에 들었다.

이튿날 아침 우리는 남반구에서 제일 높다는, 만년설을 이고 있는 쿡 산(높이 3754m) 아래까지 가기로 했다. 버스로 데카포 호수 서쪽 길을 따라 달려 산장처럼 지어진 호텔에 차를 세우고 우리는 걸어서 갈 수 있는 쿡 산 아래까지 갔다. 바람이 몹시 세차게 불어 날아갈 듯 했다. 1시간 쯤 걸어 등산객 외에는 가장 쿡 산을 잘 볼 수 있는 캐어 포인트까지 갔다. 거기서 쳐다보는 쿡 산은 웅대하기 짝이 없었다. 손에 잡힐 듯 산록마다 흰눈이 쌓여 있었다. 더러는 경비행기로 산정상을 한 바퀴 돌아보는 관광도 있다 했다. 쿡 산의 최고봉은 아오라키라 부른다고 한다. 캐어포인트에 서니 거대한 댐의 둑 같은 바위가 우리 앞을 가로 막고 그 위로 만년설을 힘겹게 인 쿡 산이 우리를 인자하게 내려다보고 있었다. 이렇게 걸어서 빙하와 만년설을 구경하는 코스를 안내자는 마운트빙하트래킹이라 했다. 다시 남서쪽으로 달려 푸카키 호수 주변에 있는 푸카키 가든에서 점심식사를 했다. 가는 곳마다 우리나라 사람이 경영하는 식당이어서 기뻤다. 계곡에 흐르는 물, 호수에 담긴 물, 지대가 높은 호수에서 낮은 호수로, 발전소로 보내기 위해 파놓은 고속도로 같은 수로에 가득히 흐르는 물 모두가 짙은 에메랄드빛이라는 게 신기했다. 퀸즈 타운으로 가는 길에 과수원이 있었다. 사과, 포도, 복숭아, 열대과일 등이 재배되고 있는 과수원 길옆에는 과일 파는 가게들이 있었다. 처음 보는 풍경이었다. 해충도, 농약도 없다고 해서 포도 한 봉지를 사서 먹었다. 조금 더 가니 번지점프의 원조라 하는 '카와라우 번지점프대'가 있었다. 아득한 계곡을 가로질러 양쪽에 튼튼한 갈색의 철다리와 난간을 설치해 놓고 있었다. 발목에 줄을 묶고 뛰어내리는 젊은이를 아찔한 기분으로 내려다보며 인간의 도전정신이 어디까지인지를 가늠해 보았다.

마침내 우리의 남섬 목적지인 퀸즈 타운이 눈에 들어왔다. 와카티프 호수 안으로 아담하게 자리잡은 퀸즈 타운은 역시 여왕이 머물만한 아름다운 곳이었다. 길이 약 84km, 깊이 약 400m의 와카티프 호수는 바다처럼 훤했다. 호수를 내려다볼 수 있는 파크로얄퀸즈 타운에 들었다. 서울 가든 한식당에서 저녁식사를 하고 호수 주위를 산책하며 즐기는 한때를 보냈다. 상주인구 16,000명 정도이지만 유동인구는 2배가 넘는다고 한다.

아침에 일어나니 비가 내리고 있었다. 걱정이 되어 안내자에게 말했더니 그는 말했다. "손님, 이거 천우신조입니다. 밀포드 사운드로 가는 길과 그곳에는 비가 내려야 진짜 옳은 구경을 할 수 있습니다. 오는 분들 중 70 ~ 80%는 비올 때의 폭포를 못보고 갑니다. 운수대통입니다. 기뻐하세요." 비가 조금 뜸한 사이 길 앞 저 먼 하늘에는 어느새 고운 무지개가 우리들을 반갑게 맞아 주었다. 이 나라에서 두 번째로 큰 호수 테아나우를 왼쪽에 끼고 차는 달렸다. 먼 옛날 빙하가 스쳐 내려간 U자 형 계곡을 올라갔다. 양옆 바위산은 거의 수직으로 솟아 있었다. 비가 내리니 그 물이 폭포가 되어 높은 바위산 골짜기마다 흰 비단 폭을 걸쳐놓은 듯 물줄기가 무수히 쏟아져 내리고 있었다. 장관이었다. 바위 사이마다엔 흰눈이 자욱자욱 쌓여 있었다. 멀리 동굴 입구가 보였다. 터널이었다. 입구에는 신호등이 빨간 눈을 부릅 뜨고 서라고 한다. 이 호머 터널은 오랜기간 동안 기계를 이용하지 않고 인력으로 뚫었다 하니 자연을 훼손하지 않도록 노력한 이들의 마음을 읽을 수 있었다. 파란불이 들어오자 차는 헤드라이트를 밝히며 터널을 빠져 나갔다. 산 중턱의 터널을 빠져 나오니 아래로 U자 형 계곡이 아득히 내려다 보였다. 이런 지형을 피요르드(fiord)라 한다. 특히 북유럽 스칸디나비아 반도에 많다. 만년설에 얼어붙었던 큰 얼음덩어리가 녹아 밀려내려 가면서 파인 곳이다. 우리가 가는 곳은 밀포드 사운드이다. '밀포드'는 지명이고 '사운드'는 해협, 작은 만이라는 뜻이다. 뉴질랜드 남섬의 남서쪽 해안에 깊숙이 들어온 사운드가 이 나라의 국립공원이다. 비가 오는 가운데 밀포드 사운드 크루즈 선상 관광에 나섰다. 배 위에서 점심을 먹고 갑판위에 나가 섰다. 비바람이 몹시 거셌지만 사운드를 천천히 빠져나가는 배 위에 서서 양쪽 절벽으로 쏟아져 내리는 수많은 크고 작은 폭포를 감상하는 우리들은 감탄에 감탄을 아끼지 않았다. 왔던 길을 되돌아 퀸즈 타운으로 거의 다 왔을 때 비는 그치고 거짓말 같이 맑은 하늘에 금빛 햇살이 찬란하게 빛나고 있었다. 색색의 장미가 푸짐하게 피어있는 공원을 산책하고 호텔로 갔다.

이튿날 맑게 갠 하늘을 가슴 가득 안고 크라이스트처치로 향했다. 드넓은 목초지가 끝없이 펼쳐져 있었다. 양들이 한 목초지에서 풀을 다 뜯어 먹으면 다음 목초지로 이동시킨다고 한다. 양 1마리 가격은 이 나라 돈으로 약 50달러, 미화로 약 25달러란다. 더러는 하얀 육면체의 벌통도 보이고 작은 마을을 지날 때면 비석들이 즐비한 공동묘지도 보였다. 차가 거의 없는 도로를 달리다가도 갑자기 속도를 줄일 때는 어김없이 속도제한 표지가 서 있다. 교통법규를 누가 보든 말든 생명처럼 지키고 있는 그들의 모습이 든든했다. 이곳에는 우리나라 한솔제지에서 100만평을 빌려 유칼리투스 숲을 가꾸었다고 한다. 펄프 원료를 얻기 위함이었지만 지금은 교토의정서 체결로 온실가스 배출권을 가지는 데 큰 도움이 된다고 하니 해외로 진출하는 우리 기업들이 참으로 자랑스러웠다. 크라이스트처치에서 저녁을 먹고 국내 비행기를 타고 한 시간 반 정도 날아 북섬 오클랜드에 도착했다. 헤리태지 호텔 오클랜드에 숙소를 정했다.

　다음날 마지막 관광지 로토루아로 가는 길에 와이토모 반딧불 동굴을 구경했다. 동굴 속은 물이 차 있고 깜깜했다. 작은 배에 앉아 숨죽인 가운데 천정을 쳐다본다. 마치 밤하늘의 은하수처럼 반짝이는 빛을 볼 수 있었다. 반딧불이의 애벌레가 거미줄 같은 줄을 내리고 붙어살면서 내는 빛이란다. 먼 우주여행을 하는 것 같은 착각을 불러일으키기에 충분했다. 남섬보다는 마을이 많고 군데군데 구릉지도 많았다. 점심때가 되어 유황의 도시 로토루아에 도착했다. 이 나라에는 제조공장이 거의 없다고 한다. 따라서 공해도 거의 없다. 며칠을 입고 다닌 옷에도 때가 묻지 않았다. 푸른 물이 가득한 호수를 바라보며 자리잡은 로토루아는 한폭의 풍경화였다. 스카이라인 곤돌라를 타고 시내를 한 눈에 내려다볼 수 있는 언덕으로 올라가 뷔페식당에서 점심을 먹었다. 이곳에서만 난다는 녹색홍합을 실컷 먹었다. 파라다이스 밸리로 가서 숲길 곳곳에 서식하고 있는 희귀한 식물과 자연처럼 아담하게 지어진 집에서 사육되고 있는 각종 짐승, 새들을 구경했다. 남섬 마운트 쿡을 바라볼 수 있는 최적의 자리 '캐아 포인트'는 캐아라는 새 이름이었다. 이 나라에서만 사는 캐아 새는 매우 귀하게 대우하고 있었다. 송어 양식장을 돌아보고 어느 목장으로 들어갔다. 아크로톰 양털 깎기 쇼를 보기 위해서이다. 여러 종류의 순한 양이 차례로 들어와 제자리에 서고 훈련된 양몰이 개들이 양의 등허리를 밟고 뛰어다니는 모습, 양 한 마리 털을 2분 안에 다 깎는 신기한 모습, 소 젖 짜기 실습 등등 다양한 쇼를 환상적으로 펼쳐 보이고 나중에는 주인의 신호에 따라 양을 몰아넣는 개의 활약상을 보여주었다.

밀레니엄 호텔 로토루아에 여장을 풀었다. 원주민 마오리 민속 쇼를 보며 저녁 항아 디너를 즐겼다. 폴리네시안 유황 온천욕을 하고 호텔로 향하는 길에 하늘을 쳐다보니 말로만 듣던 남십자성이 4개의 마름모꼴로 빛나고 있었다. 우리나라에서는 볼 수 없는 별이기에 더욱 신비함을 느꼈다. 뉴질랜드 국기에는 왼쪽 위의 유니온 잭과 짙푸른 바탕에 남십자성이 그려져 있다. 그리고 반달이 반갑게 떠 있었다. 이상했다. 분명 오늘이 음력 초아흐레인데 왼쪽이 둥근 반달, 즉 우리나라에서 보면 하현달이었다. 남반구에서는 우리나라와 반대되는 것이 많다. 우리나라 초승달은 여기서 그믐달이 된다. 그림자가 남쪽으로 지고 세면대 물을 내리면 시계 반대방향으로 소용돌이치며 빠진다. 우리나라에서는 시계방향이다. 세상은 넓고 재미있는 일도 많다. 상현달의 모습을 열심히 익힌 학생이 여기 와서 살면 하현달로 바꿔 이해해야 한다. 과연 진리는 온 우주에 다 통하는 것일까?

뉴질랜드에서의 마지막 날이 밝았다. 로토루아 인근에 있는 레드우드 삼림욕장에 갔다. 약 30분간 숲길을 걸었다. 높이 30 ~

40m의 나무들 사이로의 산책은 온몸이 맑은 공기로 산뜻하게 씻겨내리는 듯한 느낌이었다. 이어서 와카레와레와 마오리 민속촌을 구경하고 인근에 있는 간헐천을 봤다. 나지막한 계곡이 온통 솟아오르는 수증기로 뒤덮여 있었다. 그 사이로 마치 콩죽이 끓듯 부글부글 끓어오르는 걸쭉한 간헐천이 우리들의 눈길을 휘둥그레지게 했다. 근처의 바위에 앉으니 온돌처럼 뜨끈뜨끈하다.

오클랜드로 돌아와 뉴코아 식당에서 중식을 하고 시내 구경을 했다. 남섬에는 양을 많이 기르고 털깎기는 북섬에서 한다고 한다. 에덴동산이라 불리는 마운트 이든에 올라 시내를 바라보니 각종 배들이 정박한 항만과 아기자기하게 배치된 건물들이 평화롭고 아름답게 보였다. 서울로 치면 남산쯤이라 생각된다. 공항에서 시드니로 가는 비행기에 몸을 실었다. 세 시간 날아 시드니에서 갈아타고 10시간, 도쿄 나리타 공항에서 또 갈아타고 김해 공항으로 돌아갈 것이다. 집으로 간다고 생각하니 아쉽기도 했지만 내가 살던 곳에의 끈적한 정이 새삼 그리워지기도 했다.

2005. 3.

| 후 기 |

부끄럽지만 그 동안 틈틈이 발표하거나 써 둔 산문들을 한데 묶었다.

오늘의 내가 있기까지 내가 네 살 들던 해(생후 28개월) 요절하시어 얼굴 모르는 아버지의 음덕과 극락에 계실 청상의 어머니가 평생 기울여 주신 사랑과 정성, 세상의 어느 아버지, 형보다 더 애정 어린 손길로 밀어주신 형님, 형수님의 말로 다 할 수 없는 은혜를 요즘 들어 나는 자주 상기하곤 한다. 아마도 철이 더 드는 건지…

그 사랑의 우산 아래 숱한 희로애락의 세월을 살아오면서 나름대로 세우고 있는 정신적 나의 뼈대, 우리 가족의 뼈대는 정직, 성실, 용기이다. 이 중 용기는 '씩씩하고 굳센 기운' 이라는 사전적 의미에 불의에 과감히 맞설 수 있는 용기와 남을 먼저 배려해 줄 수 있는 용기, 잘못을 솔직히 인정할 수 있는 용기, 남의 잘못을 용서할 수 있는 용기, 나의 불편을 감수하고 기꺼이 양보할 수 있는 용기, 좋은 일에 진심으로 칭찬, 격려해 줄 수 있는 용기 등등으로 넓혀 반목 없고 정다운 따뜻한 사회에서 살 수 있기를 바라는 마음으로 세운 기둥이었다.

그 뼈대가 얼마만큼 굳게 세워지고 바르게 견디어 왔는지는 지금 그다지 중요하지 않다. 다만 최선을 다해 거기에 어긋나지 않으려 애쓰며 살아왔다는 데는 나 스스로 후회됨이 없다고 여기고 있다. 이 글들 속에 스며있는 내 정서는 아마도 알 듯 모를 듯 위 뼈대 주위를 맴돌고 있을것이라 믿는다.

일제 말기로부터 1945년 8·15해방, 1948년 8·15 대한민국 정부수립, 6·25전쟁(1953.7.27 휴전), 2·28대구학생의거, 3·15부정선거 및 마산의거, 4·19혁명, 5·16군사혁명, 10월 유신, 10·26사태(박정희대통령서거), 12·12사태, 5·18민주화운동, 6·10민주항쟁, 1997년 외환위기 등등 험난한 역사의 무수한 고비들을 다 겪은 우리 세대에게는 공감할 부분도 더러는 있지 않을까 하는 바람을 가져 본다.

앞만 보며 묵묵히 걸어온 내 삶의 길, 이제는 뒤돌아보는 여유도 갖고 싶다. 뒤돌아보는 내 눈에 비쳐나는 추억의 영상들을 졸작 서사적 시조 한 편, 여섯 수로 그려 본다.

어떤 형제

(1)
이른 봄 싹튼 형제 꽃샘 끝에 앗긴 부정父情
일제 미친 끄트머리 동해 외론 청상青孀 엄마
가시밭 가문의 운명 열 살 형이 함께 했다.

(2)
삼 모자母子 해방 혼란 윗목 얼던 단칸살이
허기져도 하나 사랑 자신보다 귀히 앉혀
여명(黎明)에 아우를 향한 형의 바람 높았다.

(3)
뼈와 살로 얻은 식솔 용마루는 나눠지고
귀한 손 예쁜 재롱 늦복을 얼러 빌며
노모(老母)는 당신이 중심 형제 소통 덮으셨다.

이인삼각 선 골목 서릿발이 보이다가
풍문에 빗장 걸고 노모 먼길 지차之次 집서
문득 깬 상원사* 꺼벙이 둥지 털어 나눴다.

데면데면 한 세대 명절 때면 바튼 기침
잦아지는 되새김에 새삼 눈뜬 찰나 인생
북극해 빙하가 녹 듯 이해 수위 올랐을까?

(4)

팔순 훌쩍 동안童顔 형님 칠순 중반 어린 동생
이른 봄 잃은 부정父情 동지섣달 도진 정이
노老 형제 엉킨 실타래 돋보기로 풀고 있다.

* 상원사 : 꿩이 목숨을 바쳐 은혜를 갚았다는 전설이 전해 오는 강원도
치악산에 있는 절

2014.

지은이

연보 ──

〈일반〉

1940년 경북 울릉군 남면 도동에서 부 김유조(金有祚), 모 임두남(任斗南)의 막내로 출생 (선친 고향은 영일)

1954년 경북 영천군 금호초등학교 졸업

1957년 경북대학교 사범대학 부속중학교 졸업

1960년 대구사범학교 졸업. 대구신천초등 교사(입대자 제대복직 시끼지)

1961년 해임. 정식 신천초등 발령. 군 입대(휴직)

1962년 군 제대. 대구신천초등 복직

1967년 대구중앙초등학교

1970년 영신초등학교(사)

1986년 한국방송통신대학 졸업(초등교육학사)

1987년 동요〈햇빛 비치면〉(김몽선 작사 이재덕 작곡) 제5회 mbc 창작동요제 본선 진출

1993년 대구범물초등학교(공립특채)

        대구교원연수원 강의(1, 2급 정교사 연수)〈1995까지〉

        대구광역시립 9개 도서관 독서교실 특강 및 독후감 심사(2002까지)

1997년 대구용지초등학교. 대구시립동부도서관 자료선정 위원

2002년 정년퇴직(황조근정훈장 수훈). 대구대청초등학교 운영위원

2004년 《길을 밝혀주는 우리 시조》(대구광역시교육청 장학자료. 179쪽)

         엮음. 영진전문대 사회교육원 출강(논술 지도사 자격)

2005년 대구대학교 평생교육원 출강

2007년 대구과학대 평생교육원 특강

※ 초등학교 교가 작사. 〈 〉안은 작곡자

비봉초등(대구서구) 〈한창희〉   구암초등(대구북구) 〈박민환〉

노변초등(대구수성구) 〈박민환〉   태암초등(대구북구) 〈권의열〉

팔달초등(대구북구) 〈권의열〉   장기초등(대구달서구) 〈권의열〉

장산초등(대구달서구) 〈권의열〉   용호초등(대구동구) 〈안국환〉

〈문단〉

1960년 《교육자료》(7월호)에 시 〈연기〉 발표

1976년 '문학 경부선' 동인 활동

|연보

1977년 《월간문학》신인문학상(시조) 당선 등단. 영남시조문학회 회원

1978년 '크낙새' 동인

1979년 한국문협 경북지부 간사

1981년 영남시조문학회 부회장. 대구아동문학회 회원. '미래시' 동인

1982년 5인 동시화전. 5인동시집《새순은 자라 푸른 잎이 되고》출간
　　　　월간《현대시학》시조월평 집필(1988까지)

1986년 시조집《한지·냉이 꽃 그 하얀 이마》출간

1988년 한국문협 대구광역시지부 시조분과 회장. 대구아동문예연구회
　　　　회장

1989년 제7회 한국시조문학상 수상. 성장소설《애비병법》출간

1991년 한국문협 대구광역시지회 부지회장. 장원글짓기《첫걸음》《한마
　　　　당》(공저) 출간
　　　　대구청년회의소백일장('64~'91) 입상작품 시대별 분석 모음집
　　　　《우리도 다 안다구요》(3인 공편저) 발간

1993년 고려말에서 현대에 이르는 대구·경북 시조시인 작품 선집《太白
　　　　의 푸른 줄기》(6인 공동편찬. 대구직할시 문화원) 발간

428

1994년 새슬글짓기《글짓기가 재미있어요》 전6권(공저) 출간

1996년 시조집《쓸쓸해지는 연습》, 5인 시집《그리움은 길이 없어라》 출간. 제12회 윤동주문학상우수상 수상

1997년 《월간문학》시조월평 집필

1998년 문학 경부선 회장. 5인 시집《보리밥, 풋고추》 출간

2001년 시조집《울 없이 사는 바람》, 평론집《여백과 공감의 시학》 출간

2002년 계간《시조세계》편집위원

2006년 《재미있는 글짓기》(저, 중, 고) 3권 출간. 6인 동시집《도라지 꽃밭》(저),《아기 물방울》(중),《여름날 숲속에서》(고) 출간

2008년 시집《덧칠》 출간. 제11회 대구시조문학상 수상

2009년 동시집《섬초롱꽃》 출간

2014년 2월 27일 별세

2014년 산문집《기다림의 미학》 출간

김몽선(金夢船) 배화련(裵花蓮) 가계(家系)

1936년 부 김유조(金有祚)(김해 김씨 71대손) 모 임두남(任斗南)의 막내
로 경북 울릉군 남면 도동에서 태어남

1942년 아버지 돌아가심(향년 38세)

1944년 강원도 평창군 방림면 방의동으로 이주(고모댁, 외가 근처)

1946년 경북 영천군 금호면 냉천동으로 이주

1947년 할머니(월성 손씨) 돌아가심(강원도 평창에서, 방림면에 모심)

1957년 경북 경산군 하양읍으로 이주

1962년 대구 동구 신천동으로 이주

1967년 배화련(본은 분성)과 결혼

1969년 장남 상봉 출생. 어머니 모시고 분가

1971년 장녀 명주(도현) 출생

1973년 어머니 돌아가심(향년 63세). (현대공원에 모심)

1974년 수성구 만촌동으로 이주. 차녀 연정 출생

1990년 상봉 서울대 약대 제약학과, 명주 효성여대 전자학과 진학

1994년 연정 서울 덕성여대 약대 약학과 진학

1998년 명주 최한일과 결혼(명성예식장)

1999년 상봉 구서연과 결혼(수성관광호텔)

2003년 연정 채석중과 결혼(호텔 제이스)

2009년 대구 수성구 수성4가동 수성보성타운으로 이주

* 손자녀들

손 녀   민지. 손 자 민규 (김상봉 구서연)

외손자 최준영 (최한일 김명주)

외손녀 채여진 채규진 (채석중 김연정)